Las mujeres que fuimos

Las mujeres que fuimos

Mayka Jiménez de Aranoa

Papel certificado por el Forest Stewardship Council®

Primera edición: abril de 2025

© 2025, Mayka Jiménez de Aranoa
© 2025, Penguin Random House Grupo Editorial, S. A. U.
Travessera de Gràcia, 47-49. 08021 Barcelona

Penguin Random House Grupo Editorial apoya la protección de la propiedad intelectual. La propiedad intelectual estimula la creatividad, defiende la diversidad en el ámbito de las ideas y el conocimiento, promueve la libre expresión y favorece una cultura viva. Gracias por comprar una edición autorizada de este libro y por respetar las leyes de propiedad intelectual al no reproducir ni distribuir ninguna parte de esta obra por ningún medio sin permiso. Al hacerlo está respaldando a los autores y permitiendo que PRHGE continúe publicando libros para todos los lectores. De conformidad con lo dispuesto en el artículo 67.3 del Real Decreto Ley 24/2021, de 2 de noviembre, PRHGE se reserva expresamente los derechos de reproducción y de uso de esta obra y de todos sus elementos mediante medios de lectura mecánica y otros medios adecuados a tal fin. Diríjase a CEDRO (Centro Español de Derechos Reprográficos, http://www.cedro.org) si necesita reproducir algún fragmento de esta obra.
En caso de necesidad, contacte con: seguridadproductos@penguinrandomhouse.com

Printed in Spain – Impreso en España

ISBN: 978-84-666-7651-9
Depósito legal: B-1.491-2025

Compuesto en M. I. Maquetación, S. L.

Impreso en Liberdúplex
Sant Llorenç d'Hortons (Barcelona)

*Para mí, que fui capaz de escribir esta historia
en medio de muchas tormentas*

1

PAULA

Madrid, noviembre de 2021

Paula paseaba con calma por el Retiro, que se había convertido en un símbolo de libertad pospandemia y en el que cualquier madrileño que se preciara de serlo practicaba deporte, paseaba a su perro, caminaba con bastones de senderismo o hacía pesas siguiendo las instrucciones de alguna nueva app, nacida durante el confinamiento, para mantenerse en forma.

Nadie quería seguir encerrado, aunque el viento de la sierra empezara a estar presente y no luciera el sol. ¡Todo eso daba igual! Madrid volvía a la vida como si se tratara de una ciudad adolescente que nunca duerme, con la espada de Damocles en forma de virus mutante sobre las cabezas de sus habitantes.

Paula se acercaba a la treintena y sentía que le habían robado los últimos meses de su vida entre normas, prohibiciones y una muy mala racha personal y profesional.

Pero si algo sabían hacer bien en Madrid era divertirse y exprimir la vida al máximo.

Adoraba el otoño en la ciudad, sobre todo los atardeceres, que teñían el ambiente de nostalgia y necesidad de abrazos para recuperar el calor perdido. Era capaz de distinguir la luz de cada estación tan solo con mirar a su alrededor, sabía captar el cambio de colores en todo aquello que la rodeaba según incidiera el sol. Si bien siempre intentaba explicárselo a los demás, era algo tan suyo... Solía poner como ejemplo sus ojos, extraños pero cautivadores, que tenían una parte de color miel, otra verde y una pizca de azul. En verano, cambiaban a un tono muy claro, hasta el punto de resultar inquietantes.

Era una chica guapa, o eso decían. Una mujer perspicaz y directa, aunque su madre siempre la reprendía:

«Todavía te falta mucho para conocer tu verdadero ser, está ahí dentro escondido. Tienes que dejar que salga, que todos vean quién es Paula de verdad».

Esas palabras solo podían pertenecer a su madre, la mujer que se lo había dado todo y a la que quería profundamente por su amabilidad y calidez, aunque a veces tuviera poca delicadeza a la hora de dar su opinión.

Amaia Clemente era médica, una muy buena, a pesar de que lo hubiera olvidado...

—¡Paula! ¡Paula!

—¡Voy, mamá!

—Dile a tu padre que no me gusta el café tan caliente, ¡me quemo la lengua!

Había días en que Paula no soportaba ser espectadora del deterioro de su madre. Este le causaba una profunda tristeza que la obligaba a salir corriendo del pequeño salón para encerrarse en el baño entre sollozos.

No consideraba justo que, a sus veintinueve años, y tras haber perdido a su padre recientemente, tuviera que enfrentarse al alzhéimer de la doctora Amaia Clemente.

—Mami, ¿te acuerdas de que papá no está?
—¡Guillermo, Guillermo, Guillermo!
—Por favor, ¡basta, mamá! Papá está muerto.

Aquella tarde, como en muchas otras ocasiones, Paula no pudo regresar a casa de su madre hasta el día siguiente.

La ansiedad, las palpitaciones por las noches y la inapetencia formaban parte de su cotidianidad desde que su padre falleció por el covid, o por algo que nunca supo, el 3 de abril de 2020.

Amaia ya estaba enferma desde hacía unos tres años y su padre solo vivía para intentar ganar a la enfermedad del olvido un día más. Paula creía que su única intención era que su madre jamás lo olvidara.

La historia de amor de sus padres era la más verdadera que había conocido en toda su vida.

En 2017, Paula ya empezó a notar algún comportamiento extraño en su madre. Pronto se marcharía a estudiar un máster a Boston y su padre, aun sabiendo ya cuál era el diagnóstico de Amaia, había decidido ocultárselo para que su hija pudiera irse feliz.

Amaia Clemente era donostiarra, y Guillermo Suárez, madrileño, de esos gatos de pura cepa. Los dos se amaban de manera envidiable y Paula reclamaba en muchas ocasiones la grandeza de ese amor para ella, pero nunca acababa de sentirlo del mismo modo.

De pequeña pensaba que había sido un obstáculo en aquella historia de amor, que en realidad nunca habían deseado tener un hijo y que llegó tarde para entorpecer los planes de vida de sus padres, más de él que de ella. Amaia tenía cuarenta y un años, y Guillermo acababa de cumplir los cincuenta.

Paula siempre los recordaba haciendo surf hasta bien entrados los sesenta de su padre, ¡les encantaba!

Ella tenía unos diez años y detestaba el clima del norte, el agua fría, los trajes de neopreno… Siempre intentaron que lo amara, que sintiera la bravura del mar Cantábrico, el aire golpeando el rostro y despeinando su melena ni lisa ni rizada, pero había algo en ella que rechazaba todo lo que tenía que ver con esa humedad, ese viento y ese océano enfadado al que parecía molestarle su presencia.

Le daba tal pánico subirse a aquella tabla de surf que se agarraba con fuerza a su madre, que siempre salía con las marcas de sus uñas en las manos. Al final desistían de convertir a Paula en una surfera y la dejaban volver a la orilla. Ella, envuelta en una manta de franela que siempre llevaban para cubrirla, miraba con cierto desprecio aquel mar bravo que la retaba constantemente para vencerla una y otra vez.

Cuando le recordaban que era una madrileña de secano a la que no le gustaba el mar, puntualizaba que no era así. Ella lo amaba, pero el Mediterráneo; al fin y al cabo, había nacido en Barcelona.

Sin embargo, el recuerdo de la mirada decepcionada de su padre cada vez que regresaba sin ni siquiera subir a aquella maldita tabla que llevaba atada al tobillo le venía a la mente hasta en sueños.

Paula estaba convencida de que Guillermo jamás había querido tener hijos y creía que lo que más le costó asumir fue que ella no estudiara Derecho como él y que un buen día, con veinte años recién cumplidos, le soltara que era bisexual.

Aunque realmente nunca fue un problema en su familia, su indiferencia hacia ella seguía siendo la misma, algo que Paula le recordaba una y otra vez a Amaia.

—Paula, tu padre te adora, ¡siempre estás con esas tonterías! Ya sabes que no es muy expresivo —repetía su madre cada vez que insinuaba que Guillermo no la quería.

—Si tú lo dices, mamá... Yo veo que con la única con quien no es expresivo es conmigo. Le tiene más cariño a Fernando que a mí. Siempre lo abraza con fuerza, mientras que yo recibo palmaditas en la espalda.

—¡No pienso seguir escuchándote! Tu padre tiene dos grandes mujeres en su vida y expresa su amor con nosotras lo mejor que sabe.

—Sí, sí... Desde luego contigo rompió el molde. Te guste o no, mamá, papá y yo somos dos seres opuestos. No tenemos nada en común, ni física ni mentalmente.

En realidad, Paula admiraba a su padre y él no se comportaba como un tirano con ella, pero siempre sintió ciertos celos de su madre. Aspiraba a parecerse a ella para sentirse amada, para que algún día alguien la mirara, aunque solo fuera un instante, como Guillermo lo hacía con su mujer.

Guillermo quería a Paula a su manera, se había esforzado muchísimo en que su educación fuera intachable, en premiar sus triunfos y no castigar sus fracasos.

Había enseñado a su hija a ser autosuficiente, a caminar sola por el mundo desde muy joven, a no desarrollar dependencia emocional de nadie, y mucho menos económica. Pero había olvidado lo más importante para una hija: sentir el calor de un abrazo en medio de aquel mar bravo, la calma de un beso en la frente cuando la vida adulta empezaba a dar algún zarpazo.

El padre de Paula no había aprendido a serlo en veintiocho años, pero ella lo amaba y, en el fondo, muchos días sentía que era recíproco.

Tardó meses en superar su fallecimiento, en poder afrontar el duelo por las circunstancias de una pandemia tan injusta para los muertos y sus familias.

Nunca comprendió que su padre acabara en una morgue improvisada en el Palacio de Hielo, que ninguna funeraria pudiera hacerse cargo de su cuerpo hasta pasados más de nueve días y que su muerte fuera tan fría como la noche que se lo llevaron de casa, sin ni siquiera dejar que lo acompañara, envuelto en mil capas y ante la impotencia de su madre y su llanto desgarrador.

La mayor ola que debía surfear en su vida no tendría un final feliz, y aunque jamás soltó a Amaia de la mano, esa vez sus dedos no se entrelazarían, ni el calor de sus labios se fundiría en el último contratiempo que la vida les tenía preparado y que los separaría para siempre.

Guillermo Suárez, un notario muy respetado, un hombre sociable y con un círculo de amistades realmente interesante en el mundo de la cultura de Madrid, se había marchado solo y sin funeral. Paula tuvo que enterrar a su padre nueve días después de su muerte, llorando su pérdida en el cementerio de Nuestra Señora de la Almudena, en un pequeño panteón donde se encontraban sus bisabuelos y abuelos.

Cayetana, una de las íntimas amigas de Paula, estuvo a su lado en todo momento, a pesar de las prohibiciones, de tener que lidiar a la entrada del cementerio con el policía de turno, que exigía una relación familiar entre ambas. Ella no tenía hermanas, pero Cayetana y Judith ejercían como tales. En ese terrible día tuvo que elegir a una de las dos, así lo marcaban las absurdas normas que el Gobierno iba improvisando semana tras semana. Judith tenía dos hijos pequeños, uno de ellos con una rara enfermedad respiratoria, y Paula, aunque era bastante incrédula ante todo el tema del confinamiento, no quería que corriera ningún riesgo y pudiera contagiar al pequeño.

Cayetana y Paula llegaron tras el coche fúnebre que llevaba los restos mortales de Guillermo. Ambas bajaron del vehículo cogidas de la mano; Paula llevaba en la otra una rosa roja que había extraído de una de las pocas coronas que llegaron directamente a casa, ya que no había funeraria adonde enviarlas.

Un policía las detuvo para indicarles que debía entrar sola a acompañar el féretro, ya que Cayetana pertenecía a otra unidad familiar.

—¿Es que usted no tiene corazón? Mi amiga lleva casi diez días intentando enterrar a su padre, que no se merecía esta despedida. Ella es hija única y su madre está enferma, ¡no tiene a nadie más en el mundo! ¿No lo entiende? ¡Llevamos tres días juntas! Puede detenerme al salir por lo que le dé la gana, pero pienso entrar.

Las circunstancias estaban haciendo mella en todos y les había tocado el policía cabezón, ese que acata las órdenes sin que los sentimientos puedan interferir de ninguna manera.

—Señorita, usted no es familiar y no debería estar aquí. No quiero tener que retenerla a la fuerza.

Apareció otra policía ante los gritos de indignación de Cayetana, y Paula rompió a llorar. Clavó las rodillas en el suelo, consecuencia del agotamiento extremo, la tristeza y la situación, que empezaba a superar a todos... No le quedaban fuerzas.

—Señorita, por favor, tranquilícese. La voy a ayudar.

Paula no recordaba llorar con tal desconsuelo desde que uno de sus mejores amigos había muerto en un accidente de moto.

—Gracias, agente. Como ve, mi amiga está al límite de sus fuerzas y este señor es inhumano.

Entre las dos la levantaron y juntas caminaron hacia el interior del cementerio.

Ese 12 de abril de 2020, Guillermo Suárez descansaría en paz. Y dos años después, el 12 de abril de 2022, celebrarían su misa funeral como merecía.

2

PAULA

La pandemia marcó un antes y un después en su vida profesional, como en la de muchos otros.

—Paula, deberías cubrir la noticia de la presentadora que acaba de anunciar su retirada para luchar contra un cáncer de mama.

Inés Gutiérrez era la jefa de Paula en el periódico desde hacía cuatro meses y ella no había esperado que cambiara tanto tras ese salto cualitativo de redactora a redactora jefa. Era una chica bajita, de melena larga rubia, con un cuerpo muy trabajado a base de CrossFit y bastante obsesionada con su aspecto físico. Paula sabía que era lesbiana y que acababa de salir de una relación larga.

—¿De verdad me toca otra vez cubrir actualidad? Sabes perfectamente que no es lo mío...

Paula se graduó en Periodismo y Relaciones internacionales para volar mucho más alto de lo que lo estaba haciendo. Hablaba a la perfección cuatro idiomas, algo de lo que sus padres siempre se preocuparon desde muy pequeña y, aunque nunca le dio demasiada importancia, era cierto que tenía que agradecerles la sensación de libertad que sentía cuando se movía por el mundo.

—Entiendo que no te apetezca escribir sobre esto, pero en este momento no tengo a nadie en redacción. Lucía está yendo para allá. Te ayudará.

Paula tomó un taxi hacia los estudios de la cadena en la que trabajaba la conocida presentadora.

Llovía muchísimo en Madrid. Las gotas resbalaban por el cristal y comenzó a imaginarse carreras entre ellas y a apostar por cuál llegaría antes a desaparecer para siempre, una manía sin importancia que la transportaba a sus escapadas al norte con sus padres.

Otra de sus aficiones encantadoras, como decía su amiga Judith, era mascar chicle cuando estaba nerviosa. Se metía en la boca varios a la vez y hacía globos inmensos con ellos sin parar, concentrándose en que se inflaran sin llegar a explotar. Sin embargo, ahora la mascarilla no se lo permitía, y eso la ponía más nerviosa todavía.

No es que cubrir ese tipo de noticias le supusiera un problema. Pero hacerlo con Lucía sí. No soportaba a su nueva compañera.

—Señorita, hemos llegado.
—Ah, disculpe, sí, ¿cuánto le debo?
—Son once con setenta.
—Aquí tiene. Que tenga usted un buen día.

El taxista con mirada bonachona le sonrió con los ojos y le deseó lo mismo. Paula se había acostumbrado, como si se tratara de otro juego, a imaginar las caras de la gente tan solo viendo su mirada. Observaba como todos se esforzaban por expresar con ella lo que antes podían hacer con el rostro.

Cuántas cosas les había arrebatado la pandemia, pensaba constantemente. Entró en los estudios con el paraguas todavía chorreando.

—Hola, Paula, ¿cómo estás?

—Hola, Andrés, ahí voy...

Se cruzó con muchísimos compañeros de otros medios, ya que, aunque ella no solía cubrir noticias de actualidad, Inés siempre la mandaba cuando andaba escasa de personal, algo que sucedía bastante a menudo. En el periódico, la plantilla se había reducido, los sueldos daban pena y el periodismo en cuestión era una profesión que ya no la motivaba ni lo más mínimo, aunque el horario le permitía cuidar de su madre.

Localizó a su compañera Lucía, que, como siempre, la miró con desprecio. Decidió no acercarse y hacer su trabajo sola. Fue de las primeras en preguntarle a la presentadora sobre la noticia que los tenía a todos allí.

Al cabo de unas pocas horas, dio por finalizada la jornada y se dirigió a casa con el temor de siempre por lo que pudiera haber pasado.

Aquella tarde estaba agotada. Nada más introducir la llave en la cerradura sintió los pasos apresurados de Ubaldina, la cuidadora de Amaia.

—Señorita Paula, su madre no ha querido comer nada y no me deja acercarme, ¡incluso me ha pegado!

—Está bien, Ubaldina. Muchas gracias, puedes descansar. Estaré con ella hasta las nueve y media que debo volver al trabajo. Le daré la cena a las ocho y media.

—Está bien, señorita Paula, bajaré a hacer algunos recados.

Ubaldina era boliviana y llevaba con ellas desde junio del año anterior. Paula estaba convencida de que se trataba de un ángel enviado por su padre, no para que cuidara de ella, sino de Amaia en todo momento. Y así lo hacía.

Podía confiar ciegamente en los cuidados de Ubaldina. Su dedicación la salvaba a diario de caer en la más profunda de las depresiones o en una locura mayor que el terrible alzhéimer, el desespero de los familiares ante lo irracional o frente la ausencia de sentimientos a pesar de su entrega.

Paula necesitaba a su madre y tenía su presencia, su alma, pero no su ser. La vida, que había dejado de parecerle bonita, la había despojado del más profundo de los amores, el maternal. Pero el suyo se mantenía incondicional, jamás la dejaría sola.

—¡Paulita!

—Hola, mamá, ¿cómo te encuentras?

Había días en que se sentía muy afortunada, esos en los que Amaia la llamaba por su nombre y la miraba a los ojos, con esa sonrisa algo desencajada, sin saber en realidad que la persona que tenía delante era su propia hija.

—¿Por qué te has quitado la chaqueta roja?

—Mamá, ahora es azul marino, te lo he contado ya, ¿recuerdas?

Las memorias que venían a la mente de su madre, una y otra vez, eran de la infancia de Paula, junto con la melodía del «Nessun dorma», que tarareaba incansablemente.

Los padres de Paula eran asiduos de la ópera desde que llegaron a estudiar a Barcelona. Siempre le contaron que el Liceo los atrapó cuando aprovecharon unas entradas universitarias para ver, precisamente, *Turandot*, que se convirtió en la ópera favorita de su madre. Desde ese día, siempre estuvieron muy vinculados tanto al Liceo como al Teatro Real de Madrid.

Sus padres se habían mudado a la capital cuando Paula tenía pocos meses. Recordaba haber acudido al majestuoso teatro en alguna ocasión siendo todavía una niña, pero solían dejarla en casa bajo los cuidados de Mercedes, la interina que tuvieron durante muchos años. La propia Mercedes le explicaba que las salidas nocturnas de sus padres eran su momento y que ella debía quedarse en casa.

Aun así, Amaia llevó a Paula muy joven a presenciar *Turandot*, una ópera a la que no le acababa de pillar aquella emoción que su madre intentaba transmitirle.

Debía esperar al tercer acto para disfrutar de aquel par de minutos en los que el tenor del momento interpretara el «Nessun dorma» en su empeño por conseguir el amor de la cruel princesa Turandot.

A los dieciocho años, tras haber visto tres veces esa ópera, le dijo a su madre que no iría más a ser testigo de una obra tan machista y absurda para escuchar un aria que tampoco le llegaba al corazón como a ella.

Paula nació el 24 de junio de 1992 en Barcelona, el año de las Olimpiadas que sus padres nunca quisieron recordar, a pesar de ser en el que ella vino al mundo.

Vivían en una casa bonita, en la calle de los Vergós de Barcelona, en el barrio de las Tres Torres. Ese año, el castillo de Windsor no fue el único protagonista de los incendios domésticos, también lo fue la casa de sus padres, justo dos días después, el 22 de noviembre.

Al parecer, Amaia y Guillermo lograron salir de esta en llamas, con su hija en brazos, casi de milagro. Decidieron mudarse a Madrid y nunca volvieron a esa ciudad que tanto habían amado.

Paula poco más sabía de esa historia, salvo lo que Gloria, su madrina e íntima amiga de su madre, le había contado. Pero era de mente curiosa, por eso decidió estudiar Periodismo y no Derecho, y más de una vez, acompañada por Gloria, cuando viajaba a Barcelona paseaba por el barrio de sus padres haciendo mil preguntas que siempre acababan por poner algo nerviosa a su madrina.

A pesar de todo, Paula adoraba Barcelona y buscaba la manera de poder pasar allí una temporada ampliando sus conocimientos, aunque sus padres preferían siempre que lo hiciese bastante más lejos. En 2017 se marchó a Boston para cursar un máster de periodismo internacional. Llevaba desde los quince años pasando trimestres por Europa y en septiembre de 2008 la matricularon en el Oxford College para cursar bachillerato en Inglaterra; además ya había pasado un verano en Stuttgart para perfeccionar su alemán y había hecho un Erasmus en 2012 en París, ciudad en la que se habría quedado a vivir.

El año en que estuvo allí siempre lo recordaría. Era una buena estudiante y una chica responsable, vivía sola en un pequeño apartamento en el número 14 de la rue Henry Monnier, en el distrito IX de París, su favorito y el de su madre.

Sus padres estaban en muy buena posición económica y nunca escatimaron en su educación, pero desde pequeña le enseñaron que las cosas no caían del cielo y que, si quería el último modelo de iPhone para que a las fotos de sus viajes les llovieran los «me gusta» en Instagram, debía ganárselo.

Desde que empezó a ir a la facultad, su padre la hacía trabajar ordenando archivos llenos de polvo en la notaría de la calle Hermosilla, un despacho que parecía sacado de principios del siglo xx.

Guillermo nunca había pensado en digitalizarse, se negaba en redondo, a pesar de que ella no se cansaba de llamarlo analfabeto digital para ver si así reaccionaba.

En cambio, Amaia fue de las primeras personas de Madrid en tener un iPhone 3, pese a sus cincuenta y siete años. Paula recordaba perfectamente verla llegar a casa muy nerviosa aquel caluroso julio de 2008. Ella estaba a punto de irse a Majadahonda, a la urbanización de una de sus mejores amigas para pasar el día en la piscina, pero su madre cambiaría sus planes.

—Paula, date prisa, que nos vamos a la tienda de Telefónica de Gran Vía.

—Mamá, son las once de la mañana y la gente lleva haciendo cola desde ayer por la tarde, ¡se han quedado a dormir en la calle! ¿Qué pretendes?

—Lo sé, pero toda esa gente no es íntima amiga del director.

A Amaia se le dibujó en el rostro una sonrisa algo malvada, pero infantil y entrañable a la vez. Así que, con el entusiasmo de un niño el día de Reyes, le lanzó su mochila Kipling y abrió la puerta de casa.

—Vamos, querida; si te portas bien, encargaremos uno para que estrenes a lo grande en Inglaterra.

—Gracias, mamá; te recuerdo que no me habéis regalado nada por mis excelentes notas.

—No tenemos que hacerlo, tu obligación es estudiar y presentarnos buenos resultados. Trabajas para nosotros y, si no es así, rescindiremos tu contrato e irás a un instituto público aquí en Madrid.

Paula miró a su madre con los ojos abiertos como platos, aunque solía tener esas ocurrencias.

Para sus padres, una vez concluida la ESO, los estudios eran un contrato entre ambas partes y ella debía cumplir ciertos objetivos para seguir en el puesto que le habían asignado, el de la educación internacional, los idiomas, las amistades con casoplones en Suiza y en Ibiza... Todo muy bien, pero no venía regalado.

Amaia tuvo algunos privilegios, pero, al parecer, había la suficiente gente en su situación como para que se montase una cola de privilegiados de una hora y media.

El señor director no apareció.

—Mamá, ¿de qué conoces al director? No me suena haberle visto por casa —le preguntó Paula cuando todavía estaban en la cola.

—Es un paciente.

—Un paciente no es un íntimo amigo, mamá. ¡A ver si vamos a estar aquí todo el día!

—Paulita, ¡qué pesada eres! Te digo que es un paciente y me debe este favorcillo.

—Mamá, por favor, ¿ahora eres una corrupta?

—Sí, soy una mala persona que se ha vendido al diablo para conseguir este iPhone, ¡no he podido evitarlo!

—Eres idiota...

Las dos se reían mucho y adoraban estar juntas a pesar de que Amaia siempre solía improvisar y estropear los planes de Paula cuando le daba uno de sus ataques de amargura y lo veía todo negro.

Tres horas más tarde saldrían por la puerta con el teléfono de los sueños de Amaia.

Un estruendo la sacó del fondo de sus recuerdos. Su madre había tirado el vaso de agua que le había puesto durante la cena.

—¡Lo siento mucho, niña! —Su madre se miró las manos, sin entender muy bien qué acababa de pasar.

Paula se las cogió con una sonrisa y se las apretó en un gesto de cariño.

—No te preocupes, mamá. ¿Por qué no te terminas la gelatina? Yo limpio esto en un momento.

Ella la miró con una sonrisa llorosa, seguramente intentando recordar quién era esa chica tan amable.

Su hija le acarició la cara y respiró hondo. No, nunca iba a dejarla sola.

3

ADRIANA

Barcelona, noviembre de 2021

—¡Por Dios! ¿Quién ha comprado un vino que se llama Gato Azul? ¡He pedido El Perro Verde! ¡Maldita sea! No me gustan nada estas bromas.
—Vega, deja de quejarte por algo que no conoces, ¡qué cabezona eres! Primero prueba, después juzga y por último agradece que tus amigas te saquen de vez en cuando de tu zona de confort.
—¿Qué zona de confort? ¡Tú sí que estás en tu zona de confort! Reconozco que tu hospital es el más bonito de Barcelona, pero solo te falta echarte un amante allí dentro.
Adriana y Vega eran íntimas amigas desde los dieciocho años, cuando la primera, aquella chica tímida, guapa y altísima llegó de la mano de sus padres a Barcelona para estudiar Medicina desde La Coruña, muy a pesar de su madre, que nunca entendió su afán por cambiar Santiago por Barcelona.
Conoció a Vega, una niña bien, en una de tantas fiestas universitarias un jueves de otoño de 1990 en el Juan Sebastián Bar, un garito que frecuentaban los estudiantes de aquella época en la zona alta de la ciudad. Aunque al principio Adria-

na no se sentía cómoda con ella, Vega se ganó su amistad, que había perdurado en el tiempo hasta ese momento.

Sin embargo, las desavenencias entre ambas eran insoportables para la tercera integrante del vinito de los martes.

—¡Es increíble que oiga vuestros gritos desde el rellano! —dijo Silvia al entrar en la cocina de su amiga.

La casa de Vega era un ático espectacular de muchísimos metros cuadrados, situado en el paseo de San Juan y cuyas vistas a la Sagrada Familia parecían más bien un cuadro.

La cocina representaba el centro neurálgico de la casa y desde ella se accedía a una impresionante terraza que proporcionaba una vista estupenda del mar.

A Vega le encantaba situarse al otro lado de la gran barra de la cocina americana y servir una copa a sus amigas, pero siempre el que ella decidía.

Llevaban muchísimos años manteniendo el vino de los martes como algo sagrado, pues habían establecido ese día como el más aburrido de la semana. El resto solían verse también si sus rutinas se lo permitían, algo que cada vez sucedía con menos frecuencia.

—Os digo de verdad que deberíais plantearos, las dos, ir juntas a terapia o poneros en el culo uno de esos chips antimenopausia que te cambian el humor.

Las tres amigas habían estrenado la cincuentena ese año con la misma sensación de vértigo. Empezaban a sentir una cuesta abajo que todas vivían de manera muy diferente, aunque con el mismo miedo de no saber cómo afrontar ciertas cosas.

«Cerebros de veinticinco años encerrados en cuerpos de cincuenta que empiezan a presentar deterioro», así se lo recordaba Vega a sus amigas.

—Silvia, ¡no estoy menopáusica! ¡No digas eso ni en broma! —gritó Adriana, fingiendo indignación.

—¡Ni yo! —Vega se llevó la mano al pecho como si le hubieran disparado, haciendo honor a su dramatismo habitual.

—Pues yo creo que sí… ¡Cada día os aguanto menos!

—Cariño, entonces eres tú la menopáusica.

Vega y Adriana chocaron sus copas entre risas y guiños a Silvia, que hacía lo posible para mirarlas sin unirse a la gracia.

—Ahora hablando en serio, estoy muy agobiada y estos martes me están empezando a dar mucha pereza. Creo que necesitamos un aliciente nuevo distinto a estar aquí encerradas como si siguiéramos una terapia anti-Alcohólicos Anónimos. ¡No puede ser sano beberse cada martes dos botellas de vino!

—La última vez fueron tres, querida, tres —le recordó Adriana con ironía a su amiga.

Las otras asintieron serias, pero no pudieron aguantar demasiado el gesto y las tres se echaron a reír. A esas alturas, estaba claro que nada iba a cambiar.

Al día siguiente, el teléfono de Adriana vibraba en la impoluta mesa de su consulta, bocabajo, como le gustaba tenerlo cuando realizaba los informes de los pacientes. Le dio la vuelta para comprobar que no era su madre y contempló el nombre que figuraba en la pantalla: VEGUITA. Se planteó no cogerlo, pero al final contestó a su amiga.

—Vega, cariño, estoy trabajando; por mucho que insistas, no voy a descolgar.

—¡Lo has hecho!

—¡Es que eres muy pesada! No me gusta que me distraigan.

—¡Apágalo entonces!

—Debo mantenerlo encendido por si mi madre necesita hablar conmigo, ya lo sabes.

Adriana suspiró. Su relación con Vega era intensa, íntima y de cierta dependencia. Desde hacía treinta y pico años no habían dejado de hablar ni un solo día por teléfono.

—¿Qué te pasa ahora, Vega? ¿Por qué no comes con Álvaro? —Álvaro era la mano derecha de Vega en la empresa, y un excelente amigo.

—Se ha tenido que ir a hacer unos recados, y sabes que no me gusta mucho comer sola.

Adriana volvió a suspirar y miró la hora en su ordenador. La verdad es que a ella también le vendría bien un descanso.

—De acuerdo... Te espero a las tres en el restaurante del hospital.

—Allí estaré. No puedes escaparte a El Trapío, ¿verdad? Me encanta su tiramisú...

—Vega, a las tres en el restaurante del hospital, ¡no tengo tiempo de tiramisús!

—Vale, vale...

Adriana no había conseguido, ni con sus más de veinte años de experiencia, separar su vida profesional de la personal.

La oncología era su gran pasión, pero no llevaba bien perder a los pacientes y, aunque en los últimos años la tasa de supervivencia había mejorado, despedirse de algunos era para ella un trámite sentimental muy difícil de gestionar. Acudía semanalmente a terapia con un psicólogo amigo que trabajaba un par de plantas más abajo, en su mismo edificio, pero los avances no resultaban significativos.

Esa semana no estaba siendo fácil, había perdido a una paciente muy joven que luchaba contra un cáncer de ovarios desde hacía cuatro años. Mantenía una relación especial con la chica, que había llegado a ella recomendada por Silvia, ginecóloga de profesión.

Adriana y Silvia estaban muy afectadas por la pérdida de su paciente, e incluso suspendieron el vinito del martes de esa semana, algo que Vega llevaba bastante mal.

Eran las tres menos cuarto cuando Adriana decidió cerrar su portátil y bajar para sentir ese sol intenso que veía tras la ventana y que parecía más propio de septiembre que de noviembre. Decidió esperar a Vega, que apareció sobre su moto pasadas las tres, con su inconfundible casco verde esmeralda.

—Vega, ¿cuándo comprarás un casco integral que te proteja la cara?

—Adri, por favor, ¿sabes lo que se liga en moto con un casco verde?

Adriana esbozó una sonrisa amplia. Cuando estaba agotada, triste, decepcionada y enfadada... Vega era su mejor terapia. Se bebía la vida a sorbos intensos y nunca se dejaba amedrentar por los problemas, que los tenía, sobre todo con su padre. Ernesto de Urriaga era un reconocido publicista a nivel internacional que cosechaba múltiples premios. Todo un *latin lover* que a sus setenta y tres años seguía dando guerra en la sede de la agencia, ubicada en una de las esquinas burguesas más codiciadas de Barcelona.

A Silvia y a Adriana les encantaba la oficina de Vega, con esa preciosa sala de reuniones desde la que se podía apreciar el nacimiento del imponente paseo de Gracia.

—Lo siento, Vega, sé que estoy algo esquiva, pero no tengo una buena semana, y Silvia tampoco. Ha muerto Alba, la chica que llevábamos entre las dos.

—Vaya, Adri, lo siento muchísimo, ¿por qué no me dijisteis que por eso no queríais quedar?

—Evitábamos despertar viejos fantasmas.

—¡Vamos, Adri! Me encuentro bien y así seguiré. No puedo esperar menos estando en manos de las mejores ginecóloga y oncóloga de Barcelona.

Vega la abrazó con ímpetu y ella se dejó caer entre sus brazos.

Silvia y Adriana no solían hablar de trabajo con Vega. Hacía diez años que había perdido a su madre por un cáncer de ovarios y ella, a pesar de no ser portadora de ningún gen, se hallaba totalmente obsesionada y pedía pruebas a sus amigas cada seis meses. Estaba convencida de que, además de haber heredado la belleza nórdica de su madre, también había en su cuerpo algún gen que acabaría despertando y que no habían descubierto todavía.

—Bien, cuéntame a qué vienen tantas prisas por verme.

—No me pasa nada, ya sabes que me gusta evadirme de vez en cuando. Mi padre no para de quejarse de que la empresa ya no es lo que era. Javier me está amargando con el divorcio y Fiona no me mira a los ojos desde hace semanas. Lo de siempre, ya sabes.

Adriana torció el gesto. Vega había heredado la empresa de su padre y quería innovarla, alejarla de ese ambiente de los años ochenta que no le hacía ningún bien a la hora de conseguir nuevos contratos. Sin embargo, su padre se negaba a actualizarse, y eso traía de cabeza Vega. Nunca se habían llevado muy allá, pero desde que dejó a su madre de lado y esta murió, el resto de los hermanos de Vega ya no le hablaban y ella era la única que lo aguantaba sin ningún otro apoyo familiar.

Su segundo matrimonio tampoco había resultado, y vivía en una constante lucha con su exmarido y el abogado. Y, para colmo, su hija estaba en plena adolescencia y no llevaba bien la separación.

Sin embargo, Vega aguantaba con su buen humor, intentando quitarle hierro al asunto y desviviéndose por sus amigas.

—Cielo, tienes todo el derecho a no estar bien siempre, debes quitarte la coraza.

—Vaya, parece que te estás haciendo dueña de mis palabras, Adri. Soy yo la que te recuerda que de vez en cuando deberías vivir a carcajadas, desconectar del trabajo y plantearte que algún día deberás mirar hacia delante y no hacia atrás. ¿No estás cansada, Adri?

—Estoy bien, de verdad.

Sabía que Vega tenía algo de razón, pero nunca había sido muy diestra en alejar sus sentimientos de su oficio. Para ella todo iba de la mano. Siempre había sido extremadamente responsable, tanto en sus estudios en la universidad como en su trabajo después, así como de la gente que tenía a su alrededor, de sus amigas, sus pacientes, su madre... y su marido. Quizá esto se debía a un momento en el que no supo serlo, pero no llevaba muy bien eso de manejar y expresar sus sentimientos, por lo que no se sentía muy cómoda hablando de ellos, ni con Vega ni con nadie. Aun así, su amiga no lo dejaba pasar tan fácilmente, a pesar de saber lo hermética que era.

—No, Adri, no lo estás. El trabajo absorbe todo tu tiempo. Te lo he dicho mil veces, esto no puede ser tu vida. Sé que las cosas están un poco complicadas con tu madre, que ya no estás a gusto en casa, pero no es suficiente con ir al psicólogo. Tienes que hacer algo para cambiar lo que no te hace feliz.

Adriana miró con asombro a su amiga, sonrió y con voz pausada se dirigió a ella al tiempo que le tomaba las manos entre las suyas:

—Vega, sé que te preocupas por mí, pero no estás aquí para arreglar mi vida. Estoy bien, lo de Eloi es solo un bache y a mi madre la tengo casi convencida. Yo he elegido mi vida. Soy la única responsable de los aciertos y de los errores. —Vega la miró no muy convencida—. Sabes lo difícil que es a veces mi trabajo, ayudar a las familias a despedirse de sus seres queridos, frustrarme cada día porque sigue faltando investigación y la gente muere de algo de lo que ya no debería. No llevo bien las pérdidas y eso me acompañará toda la vida.

—¡Claro que no! Pero sabías que esto podía pasarte.

—Vega, no voy a seguir discutiendo. Está más que hablado y tengo demasiado trabajo como para perder el tiempo en la misma conversación de siempre. He bajado porque me apetecía verte y desconectar un rato, no para que me des una charla.

Sabía que estaba siendo un poco dura, pero se sentía demasiado sobrepasada por todo y solo quería pasar un momento agradable con su mejor amiga.

Vega sabía cuándo debía dejar de insistir, y cambió de tema.

—Tienes razón, lo siento. Estoy un poco estresada y supongo que lo he pagado contigo. —Se llevó las manos de Adriana, que hasta ese momento habían estado sujetando las suyas, hasta los labios y les dio un beso en el dorso. Adriana sonrió enternecida—. Por cierto, tengo que contarte un cotilleo muy jugoso...

Así pasaron el resto de la hora que Adriana se daba para comer, hablando de los modelos que trabajaban para Vega y de los últimos líos entre ellos y la empresa.

—Tengo que subir —se disculpó Adriana tras comprobar la hora en su reloj—. ¿Hablamos más tarde?

—De acuerdo. ¿Quedamos este viernes? Te invito a cenar esa pasta maravillosa que tanto te gusta en Harry's. ¡No acepto un no por respuesta!

—El viernes quiero descansar.

—¡Vamos, abuelita! Ya descansarás el sábado. Yo lo hablo con Silvia, ¡necesitamos algo más que un vino!

Adriana apretó y torció los labios en un gesto muy propio de ella cuando no estaba segura de algo. Abrazó a Vega en la puerta de la clínica y sonrió ante el guiño de su amiga al colocarse el casco verde esmeralda y arrancar su moto.

—¡Cómprate un casco integral, por favor!

—¡Jamás!

La saludó con la mano, mostrando la preciosa sonrisa que no había perdido ni un ápice de blanco con el paso de los años, y volvió a entrar para dirigirse hacia su consulta.

En realidad, el plan no le parecía tan malo. Era la manera de no tener que pasar la noche del viernes viendo alguna serie de Netflix con Eloi, su marido, dormido al otro lado del sofá. Ella agotaría la botella de vino tinto que abrían cada fin de semana cuando no tenía guardia, y esperaría a que él entrara en calor para, con un poco de suerte, tener sexo esa noche. Pero seguramente no sería así, pues ese buen ribera del Duero le provocaba a Eloi una desconexión que sepultaba su libido, mientras la de Adriana se sumía en la oscuridad del deseo.

Cuando volvió a casa ya era muy tarde. Se encontró a Eloi dormido en el sofá, con la televisión encendida para evitar el silencio de un apartamento que prácticamente usaban por turnos. Adriana sacó del frigorífico la comida que su marido le había guardado, la colocó en una bandeja y se sentó junto a él, con cuidado de no moverse demasiado.

Se preguntó, como infinidad de veces durante los últimos años, cómo había terminado así, sin querer despertarlo para no tener que entablar una conversación. Eloi había sido su mejor amigo, el hombre que la había sacado de ese pozo oscuro en el que se vio atrapada durante mucho tiempo y en que nadie excepto él reparó.

En contra de su voluntad, su mente volvió a esos primeros meses de facultad, cuando creía que toda su vida sería perfecta.

4

ADRIANA

Barcelona, octubre de 1990

—¡Hija!
Sobresaltada, Adriana se quitó los auriculares de su *walkman*, donde sonaba a todo volumen «Baby I Don't Care», de Transvision Vamp, y asomó la cabeza entre los asientos delanteros.
—¿Qué pasa, papá? ¿Crees que llegaremos algún día?
—Adriana, te estoy diciendo que cojas tú el plano. Tu madre no lo entiende —le respondió él bastante enojado.
—¿Me estás llamando tonta? ¡Tú sí que eres un inútil! —contestó la madre de Adriana elevando tanto el tono de voz que Jorge, su hermano pequeño, se tapó las orejas con ambas manos.
Sus padres discutían constantemente, tantas veces al día que nunca entendió por qué seguían juntos.
Adriana tomó el plano de las manos de su madre y lo extendió como pudo sobre sus rodillas ante la mirada atenta de Jorge. Necesitaba poner fin a la tensión entre ellos y al mareo que tenía su hermano desde Zaragoza, y que llegaran todos sanos y salvos a Barcelona.

Lo peor era que al día siguiente ellos debían regresar a Galicia y Adriana no tenía nada claro si su padre sería capaz de salir de la ciudad en la dirección correcta o si llegarían a Madrid sin querer.

—Papá, ¿por qué has comprado un plano tan grande?

Adriana intentaba abrir del todo aquel trozo gigante de papel, pero se le doblaba por los lados.

—Quiero que te lo quedes, Adriana. Lo pones en la pared de tu habitación, igual que un póster, y verás como en un mes te conoces la ciudad.

Para su padre, la única manera de conocer bien Barcelona era estudiar correctamente el plano. Era ingeniero y las cosas debían seguir una lógica siempre. Si te cambiabas de ciudad, tenías que entender a la perfección tu situación, tu entorno y los lugares a los que debías dirigirte cada día.

—Si tú lo dices...

Adriana seguía intentando buscar el sitio en el que estaban y hacia dónde debían dirigirse.

—Ahora mira si voy bien hacia Cardenal Tachini.

—Papá, es Cardenal Tedeschini...

—Bueno, eso. ¡Adriana! Tienes el plano al revés.

Al detenerse en el semáforo y girar la cabeza hacia ella, su padre se dio cuenta de que ni su mujer ni su hija iban a sacarle de aquella situación. Detuvo el coche en un hueco en el que no molestaba a nadie, se bajó y se acercó a un quiosco.

Volvió con indicaciones claras de cómo llegar, por fin, a su destino. Resultaba que estaban a dos calles.

El padre de Adriana era un madrileño de muy buena familia, un ingeniero que había viajado muchísimo por el mundo, pero lo de conducir sin perderse no era lo suyo y solía echarle la culpa a que siempre tuvo un chófer.

Para Adriana, llegar a Barcelona era un sueño que tenía desde hacía un par de años. Quería estudiar Medicina y hacerlo en esa ciudad, de la que solo sabía que su arquitectura modernista era impresionante, que se iban a celebrar las Olimpiadas en dos años, que se hablaba catalán y que las fiestas universitarias eran un descontrol.

—Papá, ¿estás seguro de saber llegar? ¿Cierro el plano?

—Sí. Dentro de dos calles estaremos en Cardenal Tachini. Solo debo girar a la derecha en la próxima intersección.

—Tedeschini, papá, Tedeschini.

Su padre respiró hondo, al fin llegarían al que sería el nuevo hogar de Adriana durante el próximo año.

La familia al completo había salido de La Coruña el viernes por la mañana. Su padre al volante, su madre de copiloto y su hermano pequeño a su lado. Habían parado a dormir cerca de Miranda de Ebro, y a primera hora de la mañana volvieron a retomar el camino hacia lo que para Adriana era la libertad de una persona adulta.

Tenía dieciocho años y, por fin, sería independiente en una ciudad que le encantaba, estudiando lo que quería y conociendo a gente nueva. Había trabajado muy duro en los dos últimos años, ya que la nota que necesitaba para entrar en Medicina era muy alta, pero lo había logrado.

Eran las cinco de una soleada tarde de otoño, aunque parecía pleno verano. Aparcaron el coche justo delante de la entrada principal de la residencia estudiantil.

Jorge saltó del asiento trasero, agradecido de pisar suelo firme después de haber vomitado en incontables ocasiones durante el viaje. La ayudaron a descargar un montón de bultos para instalarse en la habitación que aquellas monjas, bastante modernas, estaban a punto de asignarle y que debía pasar la aprobación de su madre.

—¡Buenas tardes, sor Lucía! —Carmen, la madre de Adriana, fue la primera en entrar y saludar efusivamente a la directora.

—¡Señora Merino, es todo un placer conocerla! —La monja extendió la mano hasta agarrar la suya y, con una amplia sonrisa, exclamó—: Y tú debes de ser Adriana, ¡qué alta y delgadísima eres!

A ella le molestaba mucho que la gente, sin apenas conocerla, la juzgara siempre por su estatura y su constitución delgada. Su peso era totalmente normal, pero parecía que todos temían que la selección de la sabia naturaleza fuera a ocuparse de aquellos que ellos consideraban con unos kilos de menos.

Sor Lucía soltó la mano de Adriana y miró a su madre.

—No se preocupe, señora Merino, aquí nos encargaremos de que su hija coja algo de peso.

La monja sonrió con cierta ironía y burla, desplazando su mirada por los casi ciento ochenta centímetros del cuerpo de Adriana, y pellizcó sus carrillos con ambas manos en un gesto que pretendía ser cariñoso y que horrorizó a la joven.

—¡Oh, sor Lucía! —respondió también algo molesta su madre—. No tiene que preocuparse. Lo que tendrá que controlar es que no se coma las raciones de sus compañeras.

La madre de Adriana, como buena gallega, sabía responder con cierta retranca cuando algún comentario ofendía a sus polluelos. Y no se callaba nunca ante cualquiera que se empeñara en decir que su hija parecía un esqueleto o una moribunda. Tampoco es que a ella le hiciera falta, pues Adriana era una chica muy segura de sí misma, con una autoestima bien armada; flaca, sí, pero con mucho éxito entre los chicos y una líder en el instituto. Su delgadez no le preocupaba ni lo más mínimo. Le encantaba comer y podía hacerlo sin medida.

Sor Lucía se ausentó un par de minutos para atender una llamada que le anunciaron por megafonía. Carmen cogió a su hija por el hombro y le habló en un susurro:

—A ver, ya sé que sor Lucía no te ha caído bien, pero empecemos con buen pie, por favor.

—Mamá, me da exactamente igual lo que diga esta monja, y más hoy, que parezco salida de una película de terror después de un viaje de mil horas.

Carmen atusó la larga melena oscura y brillante de Adriana, ahuecando un poco los laterales, y le enderezó el jersey Privata azul marino, que era bastante viejo, pero que formaba parte del ADN de su hija desde el otoño del 88.

—Adriana, ¿quieres hacer el favor de tirar ya este jersey? ¡Pareces una mendiga!

Ella separó extrañada la prenda de su esbelto cuerpo para convencerse que todavía le quedaban muchas aventuras por vivir.

—Mamá, ¡no! Y no insistas más.

Adriana era una chica más bien pija, sí, pero con bastante criterio personal a la hora de vestir. En el colegio decían que tenía un estilo innato, que le daba a su ropa un aire diferente al del resto de las chicas, aunque fuera la misma que la de todas. Ella intentaba adaptar las prendas a su estatura, algo que no resultaba fácil muchas veces, sobre todo con el largo de los pantalones. Había llegado a Barcelona enfundada en unos vaqueros Liberto, con una camiseta blanca sin mangas, ceñida y corta, que para disgusto de su padre marcaba demasiado el sujetador con relleno. Llevaba el jersey Privata anudado al cuello, ya que hacía mucho calor en Barcelona aquel sábado de septiembre, y las Nike Wimbledon con un par de chapas de Snoopy que su hermano Jorge le había regalado con mucho cariño.

Sor Lucía volvió a reunirse con los Merino tras atender su llamada y le mostró a la familia, unos pasos por delante de ellos, cada rincón de aquel edificio. Jorge y Adriana caminaban cogidos de la mano.

Aquellos eran los primeros momentos en lo que sería el nuevo hogar de Adriana. A pesar de su mala impresión con sor Lucía, era consciente de que empezaba una etapa llena de ilusiones y retos, y que le quedaban seis años por delante en aquella ciudad.

Su madre, en cambio, sentía algo muy diferente y deseaba que su aventura en Barcelona acabara cuanto antes y volviera a La Coruña para estudiar en Santiago y poder verla todos los fines de semana. Su hija tenía una personalidad arrolladora, pero quería pensar que no sería capaz de emprender sola una vida a más de mil kilómetros de casa. Solo contemplar esa posibilidad le provocaba cierto vértigo y no podía evitar preguntarse si quizá no regresaría nunca a casa.

Esa era la cuestión que llevaba guardada en su bolsillo de angustia, el pensamiento que no la dejaba ser feliz en los últimos meses por ese síndrome del nido vacío que sentía con el primer polluelo que volaba, y que tenía muchos números para hacerlo muy alto y sobre todo lejos de ella.

Tras casi media hora de visita por las instalaciones de las residentes, los Merino llegaron al cuarto de Adriana.

—Bueno, ésta es tu habitación, la trescientos siete. ¡Bienvenida! Podrás decorarla a tu gusto, pero no se puede hacer ningún agujero en las paredes. Como eres estudiante de primer año te toca una interior, pero en el próximo ya pasarás a otra exterior.

Sor Lucía miró a Adriana sonriendo y ella, con pocas ganas de compartir más tiempo con la monja, le respondió de la misma manera, pero sin terciar palabra.

—¿Qué te parece, hija? —le preguntó Carmen.

Su rostro era todo un poema y no podía imaginar que, en aquella especie de zulo, carísimo, por cierto, su hija pudiera ser mínimamente feliz.

—No está mal, mamá, no está mal...

Adriana había dado con aquella residencia religiosa por recomendación de una familia con la que los Merino compartía urbanización en sus veranos en la Costa Brava. Eran de Valle de Arán, su hija mayor estaba en esa residencia y la menor llegaría al siguiente.

Cuando los padres de Adriana se lo comentaron, a ella le pareció perfecto. Quería estudiar en Barcelona y deseaba alojarse en una residencia femenina.

Desde niña, el entorno de Adriana se empeñaba en destacar su madurez, siempre tan responsable, educada, estudiosa... Pero ella sentía que necesitaba algo de rebeldía en su vida y que alejándose de su zona de confort lograría crecer personalmente y descubrirse mejor a sí misma.

Años más tarde lo entendería, las puertas del tren de su vida se abrían para dejar entrar en él otra existencia que no conocía, llena de nuevos personajes, con una parada en una ciudad apasionante y también con otra protagonista: la Adriana que sería a partir de entonces.

—Sor Lucia, ¿usted me explicará cómo debo llegar a la facultad?

—¡Por supuesto! La facultad de Medicina es un edificio precioso, ¿sabes? Vas a estudiar en la Universidad de Barcelona, ¿verdad?

—Sí, sí.

—Bueno, creo que deberás hacer el circuito más rápido cogiendo el metro aquí cerquita, en la parada de Congreso, y tendrás mucha suerte, porque tu destino es Hospital Clínico, ¡no necesitarás ni hacer trasbordo! En veinte minutos habrás llegado a tu facultad.

No estaba acostumbrada al metro como medio de transporte habitual, pero Barcelona era una ciudad grande y la residencia quedaba lejos de la facultad.

Adriana era una chica muy cosmopolita y todo le parecía realmente novedoso e ilusionante. Anhelaba poder vivir en Madrid o Barcelona, y mencionaba a menudo Nueva York y Londres. Cuando su madre la escuchaba con atención, descubría en su hija una chica repleta de ilusiones a la que La Coruña se le había quedado muy pequeña, al igual que otros planes que Carmen hubiera deseado para ella.

Desde que Adriana había entrado con su familia en la ciudad, tenía esas mariposas propias del enamoramiento que, aunque nunca las había notado, imaginaba que serían lo más parecido a sentir una ilusión desbordante por alguien. Ese agujero en su estómago estaba lleno de incertidumbre, de ganas, de sueños y de energía.

—¿Qué os parece si cenamos todos juntos en el hotel? —preguntó su padre mirándolos con gesto sonriente y muchas ganas de abandonar aquella residencia estudiantil llena de chiquillas que entraban y salían.

—Papá, ¿el hotel está cerca? —preguntó el hermano de Adriana.

El chico no quería volver a pasar más tiempo en coche. El viaje había sido una odisea y solo tenía un día para reponerse antes de volver a pasarse otras doce horas vomitando.

—Diría que sí, iremos en taxi; he dejado el coche bien aparcado. Estamos muy cerca de la basílica de la Sagrada Familia. Y he pedido una habitación grande con vistas a ella —respondió él muy ilusionado, ya que era un acérrimo admirador de la obra de Gaudí.

—Adriana, creo que te encantará venir a ver nuestra habitación, pero si estás cansada y prefieres quedarte...

—Si no os importa, sí —respondió al borde del bostezo mientras se sentaba en la cama, bastante pequeña y demasiado blanda.

Carmen asintió y su hermano se abalanzó sobre ella para abrazarla; en ese momento fue consciente de que ya no volvería a casa en mucho tiempo.

Su hermano Jorge tenía doce años. Era un niño muy bueno, siempre pensaba que demasiado, y adoraba a su hermana mayor. Para él, la ausencia de Adriana no sería fácil. Estaban muy unidos porque ella era muy masculina en los juegos y compartían gustos similares. Jorge echaría de menos sus partidas al *Chase H.Q.* del ZX Spectrum. Las dotes de conducción de Adriana ya se veían desde sus diecisiete y siempre le ganaba sin siquiera salirse de la pista.

—Jorge, cómete un sándwich enorme y mañana verás qué bien te encuentras. Yo iré a buscaros a las diez y saldremos a pasear, ¿de acuerdo?

Su hermano sonrió y abandonó la pequeña habitación junto con su padre, en dirección a los ascensores.

—A ver, hija, te ayudo un poco, pero este armario es pequeñísimo.

—No, mamá, puedes marcharte, que yo me apaño. Mañana nos vemos.

Adriana besó a su madre y apretó sus manos mirándola a los ojos en un intento por que percibiera esa mezcla de nerviosismo e ilusión que la invadía.

Cuando ella se marchó, cerró la puerta, inspiró muy hondo e intentó hacerse sitio entre las cuatro bolsas que sus padres habían depositado sobre el colchón con todo lo que la madre consideró que era importante para su estancia en la residencia.

Ahora era ella la que sentía la sensación de nido vacío desde el otro lado, con el vértigo del que vuela solo por primera vez con una mochila llena de propósitos de vida.

Adriana quería volar, aunque la dependencia emocional de su familia era un vínculo demasiado fuerte, una cuerda marinera de nudos sólidos y bien construidos. La invadió una sensación de soledad romántica, como si la estuvieran abandonando, la misma que sentía su madre sin que ella lo supiera. Desde ese momento, los nudos de sus raíces habían empezado a aflojarse.

5

ADRIANA

Adriana durmió bastante bien en aquella cama para ser tan pequeña. «Nuevo colchón y nueva vida», pensó.

La noche anterior se había puesto a las siete el despertador digital que le había traído su padre de Lanzarote, pero había abierto los ojos a las cinco, con mil recuerdos martilleando en la cabeza.

Se había independizado, bueno, entre comillas, pero estaba a más de mil kilómetros de casa, en una habitación ridícula que le encantaba, en un barrio que nada tenía que ver con lo que ella esperaba de Barcelona y dispuesta a salir a conocer una gran ciudad que la había enamorado, aunque todavía no sabía por qué. Sin embargo, la melancolía había hecho acto de presencia y no podía dejar de pensar en sus padres y en su hermano pequeño. Los empezaba a echar muchísimo de menos.

Pasaron un buen domingo paseando por el barrio de la Sagrada Familia, comieron en una marisquería que le habían recomendado a su padre en El Clot y volvieron a dar vueltas por el barrio de su residencia, que no parecía ser del agrado de su madre.

El lunes se había dedicado a redecorar la habitación. Lo primero que había puesto en la mesilla de noche, a la derecha de la cama, era el despertador de su padre, justo encima de la *Súper Pop* de ese mes, en cuya portada salía un Jason Donovan muy sonriente.

Ahora debía solucionar cómo colocar una lámpara para leer, ya que solo disponía de un enchufe y no tenía ladrón.

A los pies de la cama había un escritorio con una silla, un flexo y un solo enchufe. Se sentó en el colchón, situó tras su espalda el cojín de Pluto que se había llevado desde La Coruña y observó aquel cubículo sin gracia pensando qué giro le daría.

Solo había que desplazar la mesa hasta dejarla bajo la ventana, que ahora tenía encima de la cabeza, y ubicar la cama en sentido inverso, en la pared de enfrente y al lado de la puerta.

No era comparable con unas vistas a la Sagrada Familia, pero el patio interior no era feo del todo y entraba luz, así que un escritorio contra una pared no tenía ningún sentido.

Se puso manos a la obra y cuando acabó sintió que aquella pequeña habitación ya empezaba a ser más suya de lo que lo era el día anterior.

Hizo caso a su padre y pegó con celo el mapa de Barcelona en una de las paredes; de momento lo dejaría ahí hasta que conociera bien la ciudad.

Decoró la otra pared con la foto de Peter Lindbergh de Linda, Naomi, Cindy, Tatjana y Christy. Sentía por la moda, las modelos, los fotógrafos y las revistas casi tanta pasión como por la medicina. Desde los dieciséis años soñaba también con ser modelo, algo que creyó que habría podido compaginar con el equipo de natación al que pertenecía, pero sus padres trataban de alejarla al máximo de ese sueño, aunque creía que su madre siempre pensó que debía intentarlo porque su físico se lo permitía. Medía casi un metro ochenta y pesaba cincuenta y dos kilos, ¿por qué no?

Su padre nunca había visto bien que hiciera sus pinitos como modelo ni mucho menos que se lo planteara como algo más serio. Para él ese era un mundo turbio, de acoso, de abusos y de drogas, el gran sueño americano de las *top models* truncado por hombres poderosos para los que eran simplemente juguetes rotos.

Por la tarde, salió a investigar cómo ir hasta la facultad para no perderse y llegar tarde el primer día de clase.

Ese día, Adriana tenía muchas cosas que preparar, quería plancharse el pelo para llevarlo perfecto y no tenía ganas de saltarse el desayuno, por supuesto; había cosas en la vida totalmente sagradas para ella.

No era demasiado ordenada, lo justo para que su desorden no molestara a nadie. Cada inicio de curso se proponía solucionar este problema comprando tres o cuatro agendas que terminaban caóticas un par de meses después. Eso sí, siempre necesitaba más tiempo para arreglarse que para cualquier otra cosa. Le gustaba llevar su larga melena muy lisa y perfecta, algo complicado viviendo en climas húmedos. Escogía su ropa la noche antes y procuraba ir cambiando los conjuntos cada día, como buena lectora de las revistas de moda españolas e italianas que devoraba desde los catorce años y que conseguía en una librería especializada de La Coruña. Estaba feliz porque en Barcelona podría comprar muchísimas más, si le llegaba el presupuesto, claro.

Cogió sus cosas de aseo, se puso el albornoz de rayas de colores, las chanclas y abrió la puerta de su habitación para dirigirse hacia las duchas.

Se sorprendió al ver al final del pasillo a sor Lucía, vigilando el orden con esa risa irónica parecía que llevaban de serie muchas religiosas.

No acababa de pillarle el rollo a aquella monja bajita y rechoncha con cara de buena.

Ya había algunas chicas esperando, lo cual indicaba que esa era la hora punta en «la resi». Todas empezaron a darle los buenos días y la llamaron por su nombre, pero ella no recordaba los de casi ninguna; tenía una memoria prodigiosa, pero los nombres siempre habían sido algo complicado para su mente.

Las novatadas de la noche anterior se le habían dado bastante bien y las encontró tan divertidas que no le importaría que hubiera alguna sorpresa en los días posteriores. Quizá, las veteranas de las teresianas aparecerían de nuevo a medianoche e irrumpirían en los pasillos como elefantes en una cacharrería, alborotando con matasuegras, bocinas, ollas...

Tras una ducha corta en la que no había logrado la temperatura del agua deseada, pues le gustaba muy caliente y solo consiguió mantenerla templada, Adriana se estaba secando el pelo mientras intentaba descifrar cuál era el modo más potente de aquella plancha que le había regalado su madre.

Ella siempre se lo alisaba con la de la ropa y tenía una melena fuerte y sana, por mucho que la gente se asustara de que hiciera algo así. También se lo había enseñado su madre, que siempre le decía que el pelo era incluso más resistente que la seda.

Pero aquellas planchas del demonio le dejaban el pelo horrible, así que esa misma mañana empezó a plantearse comprar una para la ropa, ya que en la residencia disponían de unas tres o cuatro que siempre estaban ocupadas.

La noche anterior había echado un vistazo rápido a su armario y debido al calor decidió que podía ponerse una camisa y llevarse un jersey atado a los hombros, aunque sabía que no lo iba a necesitar.

La ocasión merecía que Adriana se pusiera sus vaqueros Bonaventure (que tenía reservados solo para las salidas nocturnas), una camisa de rayitas azules y blancas de Don Algodón y sus Nike Wimbledon.

En un bolso grande de ante marrón le cabía todo lo que necesitaba y metió un par de libretas. Se llevó en la mano una carpeta que le habían entregado al formalizar la matrícula y que sustituía a aquella de COU forrada con sus cantantes y modelos favoritas. Ahora era universitaria, y esas cosas quedaban como recuerdos del instituto.

Bajó a desayunar al comedor, donde había grupos de tres o cuatro chicas que ya parecían conocerse y una rubia (o antigua morena) al fondo, que era su vecina en el tercer piso.

Le dio los buenos días y ella, con una amplia sonrisa, apuró el sorbo de su café para invitarla a sentarse a su lado.

—¡Buenos días! Adriana, ¿verdad?

—Sí, ¿cómo lo sabes?

—¡Ah! Oí a sor Lucía decir tu nombre mientras te estabas instalando. Y además pensé en lo estupendamente que te quedan esos tejanos, ¡podrías ser modelo!

Aquella chica empezaba a caerle bien, a pesar de que no le iban demasiado las simpáticas en exceso.

—¿Cómo te llamas?

—Silvia.

—Pues me siento contigo, Silvia. Muchas gracias.

Ella volvió a sonreír con ímpetu mientras le señalaba qué valía la pena del desayuno servido en las bandejas que se hallaban depositadas en la barra de mármol que separaba el comedor de la cocina, donde se podían intuir los olores de lo que sería la comida de aquel soleado lunes de otoño.

—Bueno, Adriana, cuéntame, ¿de dónde vienes?

—Vengo de La Coruña.

—¡Vaya! Pensaba que los gallegos ibais a Santiago. ¡A mí me encantaría estudiar allí!

—Pues ya ves que no todos. Yo siempre soñé con estudiar Medicina en Barcelona.

—¡No puede ser! ¿Eres estudiante de Medicina? ¡Yo también!

Adriana no pudo reprimir la emoción al descubrir que alguien de la residencia estudiaría en el mismo sitio que ella, así que lo aprenderían todo juntas.

—Pues sí. ¿De dónde eres tú, Silvia?

—Soy de Valle de Arán, ¿lo conoces?

—Sí, claro. Mis padres tienen unos íntimos amigos en Vielha y son los que nos han recomendado venir a esta residencia. Su hija mayor lleva ya dos años aquí.

—¡Ah, genial! ¿Cómo se llama?

—Berta, Berta Moga.

—Claro, las hermanas Moga, ¡las conozco! Allí nos conocemos todos, salimos y frecuentamos los mismos sitios.

Adriana imaginó que Berta y María Moga debían de caerle bien por la expresión de felicidad que acompañó la afirmación de su nueva compañera.

—Oye, ¿por qué no vamos juntas a la facultad? Ayer me acerqué para calcular el tiempo del trayecto y así organizarme un poco, y sor Lucía tenía razón, en veinte minutos estamos en Hospital Clínico.

—Oh..., no estamos en la misma facultad, yo voy a la Universidad Autónoma.

Aquello fue su gozo en un pozo.

—Bueno, seguro que compartiremos muchas horas de estudio por aquí —le dijo con una sonrisa, y le dio el primer sorbo a un vaso de leche con ColaCao.

En ese momento otra chica se sentó en una de las sillas vacías, era del País Vasco.

En quince minutos Adriana había conocido a cinco chicas en aquella mesa, toda una pandilla que venía de diferentes lugares y con las que crearía fuertes vínculos aquel primer año de residencia estudiantil.

«Buenos días, Adriana». «Hola, Adriana». «¿Empiezas hoy, Adriana?». Todas sabían su nombre y eran amables con ella.

—Buenos días, disculpad, pero todavía no recuerdo el nombre de todas.

—Tranquila, en una semana te acordarás. Soy Manuela, pero puedes llamarme Nela. Yo también empiezo las clases hoy. A las diez. Estoy en tercero de Farmacia. Si te apetece podemos coger juntas el metro —le respondió una de ellas.

—Ah, bueno..., ¡sí, claro! Yo también empiezo a las diez —contestó.

—¡Genial!

A las nueve menos cuarto varias chicas salían por la puerta de las teresianas hacia la parada de metro Congreso.

Se despidieron y las que tenían clase por la mañana quedaron para comer y decidir qué hacer esa primera tarde. Y no iba a ser estudiar, por supuesto.

Adriana era muy aplicada con su formación y no le costaba demasiado esfuerzo, aunque en COU había descubierto que las cosas ya no eran tan fáciles y que debía empezar a ser mucho más organizada. De entre todas las agendas de ese curso, tenía una favorita, la que su hermano pequeño le había regalado con muchísima ilusión. ¡Cómo echaba de menos al enano!

Jorge había empezado séptimo y se había quedado como hijo único en casa. Los primeros pensamientos de Adriana cuando despertaba siempre eran para él.

Aquella primera mañana, se despidió de Nela en la parada Hospital Clínico, pues ella seguiría un rato más porque su facultad estaba en Zona Universitaria.

—Espero que te vaya muy bien. Nos vemos en la comida, Adriana. Sabes que puedes comer en dos turnos, ¿verdad?

—Lo sé, Nela. Iré al de las tres, porque hoy seguro que todo me llevará más tiempo.

Adriana encendió su *walkman*, puso Tam Tam Go! y tarareó en silencio las dos canciones que sonaron en el breve trayecto desde la parada de metro hasta la facultad.

Durante todo el día no pudo dejar de pensar en su familia, cómo se habrían levantado, cómo estaría su hermano camino del instituto sin ella a su lado... ¿Echaría de menos su madre sus ataques de pesimismo y sus manías? Seguro que estaría oliendo las pocas cosas que había dejado en el armario, como si la viera.

El olor de un ser querido nos reconforta en su ausencia. No hay nada más íntimo que la propia esencia, ni siquiera escuchar sus voces puede calmar esa angustia del nido vacío, sentir el aroma que envuelve a las personas queridas es un instinto animal y racional a la vez.

Cuando Adriana llegó a la facultad eran las nueve y cuarto y, como tenía tiempo, se detuvo ante la imponente fachada. Era un bonito día de otoño, cálido, pero con esa luz ya más apagada y anaranjada de la estación recién estrenada.

Se sentía por primera vez adulta.

Dedicó un último pensamiento a su familia, a lo orgullosos que estarían de ella por atreverse a alejarse mil kilómetros de distancia y por haber logrado entrar en Medicina, un sueño que muchos tenían, pero que solo unos pocos cumplían.

Estaba a punto de cambiar de vagón en el tren de su vida y subir a otro vacío lleno de posibilidades, en el que se sentaría con mucha gente interesante.

En su nuevo vagón, seguirían algunas personas que hasta ahora habían viajado con ella, y otras bajarían para siempre.

A los dieciocho años se rompen algunos vínculos con gente cercana, aunque Adriana había tomado ya la decisión de romperlos, sobre todo, con gente de La Coruña, que volvería a ver, por supuesto, pero con la que cada vez tendría menos cosas en común.

Existe una especie de comunismo en las relaciones adolescentes que los hace iguales en todos los aspectos. Comparten aula en el mismo colegio y las primeras salidas nocturnas. Visten igual o parecido, adoran las mismas marcas, se peinan como su modelo, cantante o futbolista favorito y hablan utilizando las mismas expresiones.

En ese paso a la edad adulta, que suele coincidir con la etapa universitaria, abandonan ese comunismo para reivindicar su identidad, para empezar a mostrar al mundo su personalidad y sus preferencias, sin perder del todo la influencia de sus referentes, pero siendo capaces de transformarla y personalizarla.

Mientras Adriana entraba en la facultad, no podía disimular su sonrisa. Fue un día inolvidable.

6

ADRIANA

Las primeras semanas en Barcelona estaban siendo más que emocionantes para Adriana. Se sentía pletórica y todo le salía bien. Seguía con síntomas claros de morriña, pero sabía que estaban bien y que ellos también empezaban a asimilar su ausencia.

Además, las llamadas de teléfono eran constantes y hablaba con ellos todos los lunes, miércoles, viernes y domingos. En realidad, era su madre la que la llamaba cada día y su padre y el enano se ponían de vez en cuando al teléfono.

Había dos líneas con sus respectivos aparatos en dos cuartos pequeños que simulaban cabinas y donde las residentes podían hablar con intimidad, ya que las puertas se cerraban. Además de llamadas de madres, padres y hermanos, existían las más esperadas de las chicas más mayores, las de los novios a cientos de kilómetros que aguardaban ansiosos los puentes y vacaciones para volver a reencontrarse.

Durante los primeros días de clases, Adriana se acostumbró al trayecto de la residencia a la facultad, empezó a aprenderse los nombres de sus compañeras y estableció vínculos de amistad con algunas de ellas.

Convivir en una residencia femenina creaba amores y odios, pero no sería el caso de Adriana. Se llevaba bien con prácticamente todas las chicas, había entablado conversaciones con ellas y, evidentemente, aunque algunas no eran de su agrado, las respetaba por igual.

En la facultad le pasó justo lo mismo; tenía buena relación con un par de chicos y una chica, los tres de Barcelona.

Le sorprendía mucho que se empezara a tomar cerveza casi a la hora del desayuno y que, a pesar de ser estudiantes de Medicina, todo el mundo fumaba, incluso los profesores.

Adriana tenía claro que ya no iba a ser deportista de élite ni modelo, y que había elegido otro camino, pero la vida saludable ligada a la alta competición seguía muy presente en ella, aunque le duraría bien poco...

Al tercer día ya tenía un quinto sobre la mesa del bar de la facultad, y a las once era posible que se hubieran bebido más de uno, aunque ella procuraba hacerlo solo a partir del jueves. También había dado ya alguna calada a los cigarrillos de sus compañeros, pero le provocaban tales ataques de tos que no les veía ninguna gracia.

Esa primera semana decidió no salir por las noches; se sentía algo perdida todavía en Barcelona y la residencia se encontraba bastante apartada del centro. La ciudad estaba llena de fiestas estudiantiles en pisos y en bares de cualquier zona. Tarde o temprano debía atreverse a empezar a disfrutar de la noche de los jueves, que era el día en que todos los universitarios salían a las calles hasta el amanecer, incluso a veces hasta la hora en que empezaban las clases.

A Adriana le gustaba muchísimo salir por la noche, y bailaba y cantaba como si no hubiera un mañana, pero sus años de instituto en La Coruña habían sido tranquilos, ya que la disciplina del club de natación era rígida.

Fue durante el año de COU cuando más se desmelenó, ya

sabía que iba a dejar la competición por la medicina y compatibilizar la juerga y los estudios no le era muy complicado, aunque prefería no tentar demasiado a la suerte, ya que sabía que los resultados de las notas serían claves para poder ingresar en la facultad de Medicina.

Por tanto, aunque creía que llegaba a Barcelona bastante entrenada y con alguna borrachera épica a sus espaldas, perder el control no era lo que más le gustaba, así que solía medir bastante bien los límites del vodka con naranja, pese a que no siempre con acierto.

En cuanto al resto de las drogas, nunca las había probado y así seguiría siendo, pues se lo tenía prohibido desde el momento en el que descubrió lo adictivas que podían llegar a ser. Se sentía ensanchada a muchas cosas en la vida y el pánico a que algo más le provocara una adicción insuperable resultaba más fuerte que su curiosidad.

Aquella mañana de octubre no tenía clase hasta las once, pero decidió llegar antes a la facultad para preparar algunas cosas y pasar por la biblioteca para repasar un tema de Anatomía humana. Le fascinaba esa asignatura y el entusiasmo de la catedrática que la impartía.

A las diez y media se dirigió a tomarse un café al bar y se encontró con sus compañeros, que, como era de imaginar, ya iban por el segundo quinto.

Adriana admiraba la capacidad que tenían para beber a esas horas y permanecer perfectamente serenos durante toda la mañana.

—Adriana, ¿acabas de llegar? —le preguntó Tomás desde la mesa.

—Hola, chicos. He venido a las nueve para acabar el tema que debíamos preparar para la clase de Anatomía.

—Eres muy aplicada, morena. —Tomás le sonrió con aquella caída de párpados que lo convertía en el conquistador de primero.

Era un chico altísimo, moreno, con los ojos muy verdes y de tez oscura; en conjunto resultaba muy masculino, de ese tipo de chicos que le gustaban a Adriana, pero que no le convenían. Además, no creía que hubiera ningún tipo de *feeling* entre ambos, aunque era un muy buen compañero de clase y un gran amigo para llevarte de fiesta.

A las once menos diez los chicos se levantaron de la mesa para ir a clase.

Adriana se había bebido el café tan rápido que se había quemado la lengua, detestaba esa sensación rasposa que duraba un par de días.

Siempre se quejaba ante Manuel, el camarero del bar, un señor encantador que sabía desde el segundo día cómo les gustaba el café a sus clientes.

—Hola, hija, ¿con leche, cortísimo y sin espuma?

—Exacto, gracias. Que esté calentito, pero que no queme, por favor.

Eso Manuel jamás lo aprendió.

Eran cerca de las tres de la tarde y los chicos decidieron almorzar una hamburguesa en Pokin's, que estaba relativamente cerca de la facultad y les gustaba a todos.

Adriana siempre solía pedir lo mismo: una ensalada de col, una hamburguesa con una ración de patatas fritas para ella sola, y después un buen helado de chocolate.

Sus compañeros admiraban su manera de comer y las chicas la detestaban.

Adriana había comido muchísimo más en sus primeros días en Barcelona que en su casa y, como siempre, no había engordado ni un gramo.

—Me da asco verte comer tanto, de verdad. ¿Dónde te lo metes? Si eres un fideo...

Adriana se quedó de piedra, aunque sabía que su compañera Sonia no la tragaba, algo que se notaba a mil leguas. Era de ese tipo de chicas inseguras, bajita y redonda, muy mona... y bastante pesada.

Acabó en el grupo de estudio por su tenacidad, ya que Tomás continuamente le daba largas o no le decía dónde quedaban para estudiar o tomar algo. Sabían que Sonia estaba loca por él.

A Adriana le causaba cierta ternura, pero su compañera Lola le abría los ojos y le repetía continuamente la envidia mala que le tenía. Aun así, nunca se habría esperado un comentario tan hiriente.

—Sonia, ¿siempre tienes que preguntarle lo mismo? ¿No será que te mueres de envidia por tener su cuerpo? —soltó en tono agresivo Lola.

La rabia invadió el rostro de Sonia.

—¿Qué dices? Los tíos quieren tetas y culo, y esta parece una plancha.

Toda la mesa se quedó en silencio ante ese último comentario. Lola entró en cólera, agarró por un brazo a Adriana y, tras levantarse ambas de la mesa, se despidió de todos.

—Aquí os quedáis con esta tarada, nosotras nos vamos.

Todo fue muy rápido; en un abrir y cerrar de ojos estaban en la calle, y Lola le pasó un brazo por el hombro a su amiga y le ofreció que se tomaran algo juntas.

—Gracias, Lola. Sé defenderme sola, pero la verdad es que me he quedado tan estupefacta que no me ha salido ni una palabra, ¡y tú has sido tan rápida! Está bien que me diga que estoy como un fideo, pero ella no ha visto mis tetas ni mi culo, que yo vestida engaño… —dijo entre risas.

—No volveremos a salir con ella —sentenció Lola.

Mientras ambas dejaban el restaurante cada vez más atrás y hablaban sobre dónde podrían ir a tomar unas cervezas, oyeron sus nombres a lo lejos, algo distorsionados por el ruido de la ciudad. Ellas ya habían cruzado al otro lado de la Diagonal y entonces vieron a Tomás corriendo como un loco hacia ellas.

—¡Niñas!, ¡parad, por favor!

—¿Qué pasa? —preguntó Lola mirando a Tomás sorprendida.

—Pues que se acabó, le he dicho a esta tía que se pire. ¡Es insoportable! Y me ha molestado su comentario. Es verdad que me gustan los culos y las tetas, pero no he dicho de qué tamaño, y tengo claro que todo lo de ella no me gusta nada.

Lola y Adriana rieron y lo miraron enternecidas. Lo invitaron a unirse a ellas y decidieron parar en una terracita que había en la calle Villarroel.

La tarde se alargó hasta bien entrada la noche y el metro estaba a punto de cerrar, así que Adriana salió a toda prisa hacia la parada de siempre, la de Hospital Clínico.

Tomás les había propuesto asistir el próximo jueves a una fiesta que había en un pub de un amigo, el Yabba Dabba. Les dijo que la música era buenísima y lo pasarían genial, luego alargarían la noche en el Nick Havanna. Esa tarde habían intimado mucho más y ya sabían muchas cosas el uno del otro. Adriana se había dado cuenta de que esa falta de química que sentía al principio se debía a que aún no lo conocía de verdad, pero ahora empezaba a llamarle la atención y quería descubrir más de él. Además, estaba loca por conocer las juergas estudiantiles, así que decidió convencer a Silvia para que saliera con ella y sus colegas de facultad; ella también podría llevarse a un par de amigas. Fue en su busca y la encontró acabando de comer y con un libro entre las manos.

Su amiga levantó la mirada al oír que se abría la puerta.

—Adriana, ¡si no te das prisa, te quedarás sin cenar! —le gritó.

—¡Voy! —Aún aturdida por los quintos, Adriana se dirigió a la mesa donde estaba sentada su amiga en el comedor casi desierto.

—¿De dónde vienes tan tarde?

—Pues me he liado con mis compis y hemos estado hablando de la vida.

—¿Con el guaperas?

Le había contado a Silvia que desde el primer día estaba sentada al lado del que todos consideraban el tío más bueno de clase, ese que ella no veía que fuera para tanto...

—Pues sí, y lo peor es que ahora sí lo veo guaperas y poseedor de todas las gracias del mundo.

Silvia soltó una carcajada que hizo que la mesa de las veteranas se girara al completo.

—¿Te has pillado de ese tío?

—¡Claro que no! Solo te digo que sí, que está bueno, pero lo sabe, y eso no mola nada...

Silvia le dio una palmadita en la espalda cuando se disponía a buscar una fruta de postre, Adriana se levantó con ella para poder cenar rápido antes de que retiraran las bandejas.

—Te enrollarás con él… —sentenció con algo de cinismo.

—¿Con Tomás? ¡Ni de coña! —exclamó, aunque no sonó del todo segura.

—¿Tomás? ¿Qué nombre es ese? ¡Ya puede estar bueno!

7

ADRIANA

Los jueves prometían ser días intensos en clase, sobre todo para Adriana, pues el perfeccionismo era un defecto que le jugaba muy malas pasadas.

El psicólogo del equipo de natación hacía largas sesiones con ella cuando se acercaba la época de competiciones; sabía que sufría demasiado si no conseguía los resultados para los que entrenaba tan duro y, claro, no siempre era sencillo lograrlos.

Nunca aprendió a gestionar el fracaso y todo eso le afectaba al aparato digestivo, que le provocaba dolores agudos de estómago que impedían que pudiera comer a sus anchas, uno de sus mayores placeres.

Pasaba las tardes de los martes y los jueves en la biblioteca junto a Lola. Ambas formaban un buen equipo de estudio y sabían que los tiempos de sacar nota sin esforzarse apenas se habían acabado. La facultad era otra cosa. Podían destacar, pero el esfuerzo resultaba agotador y la adaptación en el primer año, por lo menos en Medicina, no era sencilla. Nada más empezar, Adriana entendió por qué era una carrera reservada para los alumnos más brillantes. Habían comenzado hacía pocas semanas, pero le daba la impresión de llevar toda una evaluación de COU.

El primer día, la catedrática de Anatomía, la doctora Amaia Clemente, ya les había advertido de que estaban ahí por ser una especie de élite elegida para hacer algo importante en el mundo, algo que solo se esperaba de unos pocos privilegiados. Los retaba, hasta parecer una amenaza, a no abandonar hasta llegar al final y se vanagloriaba de que, desde que había llegado a la facultad de Barcelona, todos sus estudiantes habían finalizado exitosamente la carrera.

Ese día, nada más entrar en el aula, les preguntó:

—¿Alguno de vosotros ha sentido vértigo por lo que le espera? Os daré el mejor consejo que recibiréis en vuestra larga carrera: si sentís un vacío en las tripas en cualquier momento durante este primer año, no sigáis. Esta profesión es para toda la vida. No se acaba en seis años, ni tampoco con el MIR, ¡dura para siempre! Los médicos lo son hasta que mueren.

A Adriana le gustaba esa profesora y, deseosa de participar en esa clase, aunque también con un poco de miedo, respondió a su pregunta:

—Con todos mis respetos, doctora Clemente, yo sí siento vértigo, pero me veo capaz de llegar al final porque es por lo que he luchado siempre. Desde pequeña quería ser médica y no por sentir esto de lo que usted habla voy a renunciar a toda una vida de esfuerzo para llegar a estar sentada aquí hoy.

Adriana se quedó un poco asombrada ante sus propias palabras, no sabía que era capaz de hablar con tanta vehemencia. Pero no fue la única, la cara de la profesora, apoyada de forma desenfadada en el borde de su mesa, estaba llena de sorpresa. Resultaba evidente que no estaba acostumbrada a que nadie la desafiara, y menos a que el resto de sus alumnos lo secundaran con un espontáneo aplauso.

—¿Cómo se llama usted?

—Adriana, me llamo Adriana Merino —dijo ella mientras notaba cómo sus mejillas se encendían al ser consciente de lo que había dicho—. Y en ningún momento ha sido mi intención contrariarla —se disculpó mientras miraba a Tomás y a Lola de reojo.

—Bien, señorita Merino. Sus palabras me han parecido sinceras, pero lo mejor de todo es que, de todos ustedes, solo ella ha sido capaz de responder a mi pregunta. Reflexionen. —Dicho esto, se dirigió de vuelta a su silla, abrió una de sus carpetas y se dispuso a iniciar la clase.

La doctora era una mujer elegante, alta y morena, de facciones duras pero muy atractivas. Parecía muy joven para ser catedrática, lo cual la convertía en una mujer triunfadora y brillante a los ojos de Adriana, pues no había muchas más mujeres entre el profesorado.

Aquella misma mañana Lola y Adriana se cruzaron con ella al salir de la cafetería. La miró y le sonrió, y Adriana se quedó seria, sin tiempo a devolverle ningún gesto.

Por la tarde, mientras estudiaban en la habitación de Adriana, ambas comentaron lo que había pasado.

—¡Ha sido la pera, tía!

—Tampoco es para tanto... —respondió Adriana con un poco de vergüenza.

—¡Ya lo creo que sí! Has llamado su atención, y se nota que le has caído bien. Además, serás una de sus mejores alumnas, ¡seguro!

—Sabes que tú también...

—No te creas... A mí me ha hecho reflexionar. ¿Y si no sirvo para ser médico?

—Pero, Lola, ¿qué dices? Podrías elegir la carrera que

quisieras, ¡saliste en los periódicos y hasta en la tele! Si estás aquí será por algo, digo yo...

Lola pertenecía a una familia humilde y había sacado la nota más alta de selectividad de toda Cataluña. Tenía las puertas abiertas de cualquier facultad y además la habían becado. Era muy guapa, sus padres eran andaluces y habían migrado a la comunidad para trabajar en las fábricas textiles, pero la crisis, esa que tanto anunciaba su padre, se los llevó por delante...

Lola era brillante en los estudios, estaba claro, pero a Adriana le bastaron unas pocas semanas para darse cuenta de que era una chica insegura y con complejos que ella no lograba entender porque todavía no la conocía lo suficiente.

Ya le había mencionado en un par de ocasiones que se sentía como el patito feo en un lago lleno cisnes. Adriana se preguntaba a qué se refería, ¡Lola era increíblemente guapa! ¿Qué podía acomplejar a una chica preciosa e inteligente?

—Ay, Adriana. Mi vida no ha sido lo que se dice fácil. —Lola cerró los ojos y se apoyó en el respaldo de la silla.

Adriana le puso una mano en el hombro.

—Sabes que puedes contarme lo que quieras, ¿verdad? Estoy aquí para ti. —No sabía lo cierto que era eso hasta que vio así a su amiga.

Lola suspiró.

—Es una historia muy larga.

—Tengo todo el tiempo del mundo.

Ella le dedicó una sonrisa triste, pero pareció decidida a contarle esa historia a la que acababa de convertirse en una persona muy importante para ella.

—Yo no crecí como tú. Mi casa era una pequeña barraca blanca y encalada, llena de geranios, en el Carmelo, un barrio de emigrantes, de buena gente, en el que todos nos conocíamos.

»Viví allí hasta los doce años. En 1984 nos trasladamos a los Pisos Verdes, en el mismo barrio. Mi familia estaba muy contenta y agradecida por vivir en un nuevo hogar con todas las comodidades y con los mismos vecinos, aunque a mí me costó adaptarme, ya que además de con mis padres, vivía con mis dos hermanos mayores y me sentía un poco agobiada en un piso tan pequeño.

»Me encerré en mí misma y me dediqué a estudiar, algo que me motivaba bastante, pues soñaba con poder salir de allí en algún momento. Mis padres vieron que le ponía mucho empeño y empezaron a ahorrar más para que yo no tuviera que ponerme a trabajar al terminar el colegio, como mis hermanos, y pudiera estudiar en la universidad.

Lola vio que el gesto de su amiga se convertía en uno de asombro. Ella nunca se había cuestionado nada de eso, en su casa siempre se había dado por hecho que estudiaría lo que quisiera y donde quisiera.

Lola se rio.

—No tuve una mala infancia. Nunca nos faltó de nada y en mi casa siempre había buen ambiente. Recuerdo que, cuando volvía del colegio, mi padre ponía canciones de copla. Llegábamos cansados y con mucha sed, porque había una cuesta muy pronunciada desde el colegio hasta las barracas. Todas las tardes nos esperaba siempre con una jarra de agua fresca junto con los bocadillos de chorizo que mi madre dejaba preparados antes de entrar en su turno, que era de tres a once de la noche. Éramos felices, pero... de repente, todo cambió.

A Lola se le escapó una lágrima; en lugar de limpiársela, dejó que corriera libre por la mejilla.

Adriana permanecía callada, a la espera de la peor de las noticias; tal vez un accidente de tráfico o el divorcio inesperado de sus padres... Pero nunca habría podido llegarse a imaginarse la verdad.

Lola continuó sin atreverse a mirarla a la cara, como si lo que iba a contar fuera demasiado vergonzoso:

—Al año de mudarnos al piso nuevo, cuando yo tenía trece años... —Tragó saliva y lo intentó otra vez—. Una noche, mi hermano mediano, que tenía catorce, se metió en mi cama. Su justificación fue que quería aprender cómo debía follarse a una mujer.

Adriana se había tapado la boca con las manos y de sus ojos empezaron a caer lágrimas. Pero Lola siguió; era la primera vez que lo contaba, y necesitaba desahogarse.

—No llegó a... penetrarme... porque empecé a gritar, y mi hermano mayor saltó de la litera y lo arrastró lejos de mí. Mis padres también llegaron enseguida, y..., bueno...

Lola recordaba los gritos de sus padres, el llanto de su hermano mayor, que apenas tenía diecisiete años... y nada más. Desde ese día, hundió sus palabras en lo más profundo de su corazón y estuvo casi cuatro sin pronunciar ni el más mínimo sonido. Tampoco lloraba ni reía. Lola estaba en silencio y así quería permanecer. Iba cada día al colegio y su rendimiento no se resintió ni lo más mínimo, pero sus profesores llamaban a su madre para entender los motivos por los que la niña no hablaba.

Su hermano y su padre se marcharon una semana después de aquella noche. A su hermano jamás lo volvió a ver. Y su padre regresó una tarde para llevarse algunas cosas de los dos. Lola recordaba sus lágrimas, un cálido abrazo y un «lo siento» que le rompió el corazón en mil pedazos, pero no pudo decir ni adiós. Agarró fuerte la mano de su madre, que permanecía de pie e inmóvil, con la mirada fija en el suelo. Su padre la besó en la mejilla y le dijo «Te amo». Cerró la puerta y su madre se secó con las manos las lágrimas más grandes que Lola había visto jamás.

Adriana se quedó sin palabras.

Ella siempre había estado sobreprotegida por sus padres, al margen de todas las cosas malas que sucedían en el mundo. Pero en ese momento fue consciente de que seguían pasando, aunque ella no las viera. Entendió también que los padres de Lola la habían protegido, que su madre priorizó su bienestar, a pesar de que ello implicara perder a un hijo y a un marido de los que nada se sabía desde que se marcharon.

Con los días, y posteriormente con los años que las amigas pasarían juntas, Adriana entendió que Lola era una heroína, una superviviente.

Se quedó en silencio, que acompañó de un abrazo sanador a Lola. Esta apoyó la cabeza en el hombro de la que acababa de convertirse en su amiga del alma; había llegado la hora de que Lola dejara de sentir el abandono.

Ese día Adriana decidió que nunca soltaría la mano de Lola, porque si el destino la había puesto en su camino era por algo.

8

LOLA

Barcelona, noviembre de 1990

El otoño avanzaba y Adriana cada vez estaba más feliz en Barcelona. Adoraba recorrer sus calles y disfrutar de largos paseos mientras descubría rincones que siempre la acababan sorprendiendo.

Su relación con Lola se había vuelto más íntima, pero seguía sin conocer su barrio ni a su familia, pues esta se negaba en redondo a que fuera por aquella zona, ni siquiera con ella.

Adriana venía de una ciudad mucho más pequeña y no comprendía muy bien esa línea que separaba un barrio de otro y que lo hacía impenetrable para ciertas personas que no se habían criado allí.

Lola y ella estudiaban en la facultad cada día y los jueves se iban un poco antes a la residencia para después poder salir juntas a disfrutar de las largas noches de estudiantes, que acababan casi siempre con desayunos en el bar París y un buen bocata de beicon con queso acompañado de un zumo de naranja doble.

Se refrescaban la cara y las axilas en el baño, se aplicaban desodorante y colorete, y a clase. Sin dormir, claro.

Además, durante las últimas semanas Tomás y Adriana se habían acercado más el uno al otro. Estaban forjando una amistad y sentía hacia él una atracción desconocida para ella, aunque no estaba segura de si a él le ocurría lo mismo.

Tomás no era el tipo más romántico del mundo, aunque tampoco podía decirse que Adriana lo fuera. Pero las últimas noches que habían salido, los vodkas con naranja despertaron en ellos las ganas de mirarse de otra manera, de abrazarse en exceso exaltando aquella amistad que parecía querer subir un peldaño más en su relación.

Tomás Bennet Guardans era de padre inglés y madre catalana, un niño bien por parte de ambas familias, que podría haber estudiado en la universidad que le diera la gana, por nota y por privilegios, pero que había decidido quedarse ese año en Barcelona.

Había vivido en Londres hasta los catorce años, cuando sus padres tuvieron que trasladarse a Barcelona por temas familiares y laborales. Por lo que le habían contado otros compañeros, vivía en una especie de palacete en la zona más alta de Barcelona, pero de momento Tomás no había mencionado ni a su familia ni tampoco dónde vivía, y solo les decía que estaba un poco apartado de todo.

Tomás llegó a Barcelona para cursar primero de BUP y lo hizo en el Liceo Francés, en el que se quedó hasta acabar COU. Con solo dieciocho años hablaba sin problema tres idiomas, algo que Adriana admiraba mucho de él. Ella estaba empeñada en aprender catalán y le pedía que le hablara más en ese idioma para que le fuera sonando familiar, ya que por sus raíces maternas él lo conocía a la perfección.

Tomás era muy buen estudiante, muy buen juerguista y muy buen conquistador. Siempre que salían con sus amigos (otros chicos del Liceo Francés de su mismo estilo, pero sin su porte) acababa rodeado de chicas que revoloteaban a su alrededor como moscas sobre un pastel pegajoso de manzana.

Hubo un par de noches que observó que se liaba con alguna, pero lo hacía discretamente cuando se movían de un bar a otro o salían de Humedad Relativa casi al amanecer. Nunca acudía con ellas a desayunar y, por supuesto, los viernes se saltaba la primera hora de clase.

Aunque no quería mostrarlo, a Adriana le molestaba cada vez más esa situación. Y sabía perfectamente lo que le estaba ocurriendo: se había pillado más de lo necesario del guaperas de Tomás Bennet, ¿qué le iba a hacer? Era una chica demasiado enamoradiza y fantasiosa… ¡lo tenía todo en contra! Y lo peor era que le costaba muchísimo abrirse y explicar a sus amigas cómo se sentía. No quería enamorarse de Tomás. Acababa de contarle que el próximo año sus padres volvían a trasladarse a Londres y que él ingresaría en Oxford para seguir con la carrera. A Adriana le parecía todo un poco de película, pero así era la vida de Tomás Bennet. Él narraba con toda naturalidad sus costumbres de burgués acomodado, y Lola lo escuchaba con atención y perplejidad. Ella también compartía algunos detalles de su vida con Tomás con toda naturalidad, aunque nunca profundizaba demasiado.

—Esta noche no he pegado ojo. Mi madre no ha parado de moverse y levantarse a refrescarse porque no dejaba de sudar —comentó Lola entre bostezos exagerados.

Tomás soltó una gran carcajada y la abrazó tiernamente.

—¡Ay, mi Lolita! Eres una caja de sorpresas. Todavía duermes con tu mamá…

Hizo un intento de besarle la frente, pero esta se liberó de sus brazos para responderle con desprecio:

—Tomás, ¡no seas pijo de mierda! Duermo con mi madre porque en mi puto piso de cuarenta y cinco metros cuadrados solo hay dos minúsculas habitaciones, ¿vale? ¡Y no voy a dormir con mi hermano, que se debe de matar a pajas cada noche!

Si molestabas a Lola, salía el barrio que llevaba dentro. Adriana comprendía su reacción, aunque disculpaba a Tomás, ya que él no tenía toda la información sobre la vida de su amiga.

—Lola, lo siento, no era mi intención… —respondió Tomás serio y arrepentido.

—¿En qué puto mundo vives tú? ¿Crees que todos tenemos padres ricos con mansiones? ¿Que todos somos así de esnobs? ¡Despierta, Tomás!

—Lola, por favor… —Adriana intentó mediar en la discusión, pero ella la cortó sin dejarla acabar ni la frase.

—No, Adriana. Este tipo de gente vive de espaldas a la realidad, pero quiero que abra los ojos. —Se dirigió entonces a Tomás—. ¡Vas a acompañarme a mi casa esta tarde!

Él la miró con el rostro inexpresivo y en tono bajito respondió afirmativamente.

—Claro, por supuesto. Lola, no era mi intención ofenderte…

—¡No, claro! Pero cada vez que salimos con tu pandilla de insoportables amigos, esas estúpidas me miran como si saliera de un circo, ¡sobre todo, la rubia petarda esa con la que te lías!

Tomás y Adriana abrieron a la vez los ojos sin entender mucho qué le ocurría en realidad a Lola.

—Lola, te estás pasando tres pueblos —replicó Tomás, que había comenzado a enfadarse.

—¡Te has pasado tú!

—Voy a acompañarte a tu casa y seguiremos hablando de esto por el camino. Te espero a las cinco en las escaleras. Hasta luego, Adriana.

—Adiós, Tomás —dijo ella casi sin mirarlo.

—¡Genial, Tomasito! Seguimos después.

Lola y Adriana lo vieron alejarse de la cafetería de la universidad a paso calmado y algo cabizbajo. Lola continuó con un monólogo de indignación lleno de palabras malsonantes y con un tono cada vez más encendido, pero Adriana no podía ni escucharla porque le martilleaban en la cabeza aquellas palabras: «La rubia petarda esa con la que te lías».

Los amigos del Liceo de Tomás eran muy pijos, Lola tenía razón, y mezclar el agua y el aceite no era siempre una buena idea. Una de las chicas con las que habían coincidido un par de veces en Humedad Relativa se llamaba Vega y parecía extranjera. Era tan alta como Adriana, rubia natural, guapísima y bastante atlética.

Tomás se la había presentado, pero ni Adriana ni Lola habían mantenido conversación alguna con ella, ya que cuando el reloj pasaba de las cuatro de la madrugada las palabras de ambas perdían toda lucidez.

—Adriana, ¿me estás escuchando? ¿Qué coño te pasa a ti también?

—Perdona, Lola... Tengo que decirte algo...

Su amiga pareció relajarse tras aquellos diez minutos tan intensos y miró a Adriana a los ojos a la espera de que soltara lo que ella ya sabía.

—Estoy pilladísima por Tomás y acabo de enterarme de que se lía con Vega, la chica a la que te has referido.

Cuando Lola y Tomás llegaron al Carmelo, a él le pareció que se habían trasladado a otra ciudad, la de los hijos de un dios menor... Había oído hablar de las barracas, lo que sus padres llamaban suburbios, pero nunca las había visto con sus propios ojos.

Lola vivía en los Pisos Verdes, construidos para realojar a los que tantos años vivieron en las barracas del monte. El apartamento que les había tocado era minúsculo, unos cincuenta metros cuadrados, a pesar de ser cinco en la familia. Poseía una sola estancia con una ventana al exterior y tres puertas. Al atravesar una se accedía a una pequeña habitación con una cama estrecha y un ventanuco que daba a un patio de luces en el que siempre había malos olores. Una de las paredes estaba desconchada por la humedad, que se había intentado disimular con pósters de Metallica; en otra las marcas que delataban que allí había habido literas se resistían a desaparecer. Sobre la mesita reposaba un viejo radiocasete.

Tras la segunda puerta se hallaba la habitación de su madre, con un armario y una pequeña cómoda con espejo. Y la tercera daba paso a un baño enano que Tomás tuvo que usar y en el que había que hacer contorsionismo para lograr entrar y cerrar la puerta.

Eso sí, todo estaba reluciente y tras la ventana de la sala y de la pequeña cocina se agitaban unos hermosos geranios que empequeñecían el jardín de Tomás, una costumbre heredada del tiempo de las barracas. A la madre de Lola no le gustaba que volviera a casa por la noche, pues la parada del bus estaba algo alejada y para llegar hasta allí debía atravesar un descampado en el que siempre se producía algún lío.

Para evitar el sufrimiento de su madre, si salía hasta tarde, alargaba sus noches y su desayuno hasta que abrían la facultad y podía refugiarse en la biblioteca para echar una cabezadita. Petra, la madre de Lola, trabajaba en El Corte Inglés de la Diagonal en el turno de tarde y siempre llegaba a casa sobre las once de la noche. Ese mes le habían ofrecido un puesto mejor en el nuevo edificio de Sabadell y, como se acababa de sacar el carnet de conducir con su hija, se planteaba el cambio. Comprar un cochecito que la llevara hasta Sabadell en turno de mañana para poder estar en casa a las cinco de la tarde parecía un buen plan.

Lola sabía que a su madre no le hacía mucha gracia recibir visitas, pero en su empeño por que Tomás aprendiera que el mundo no era tal y como él lo veía también se incluía que conociera a su madre. Era muy posible que estuviera en casa, porque esa semana ya le habían cambiado el turno y llegaba sobre las cinco.

Lola abrió el portal y al llegar a su piso tocó el timbre a la vez que anunciaba su visita en voz alta:

—¡Hola, mamá! ¡Llego acompañada!

A los pocos segundos se abrió la puerta y Lola besó a su madre en la mejilla.

—Este es Tomás, un compañero de la facultad.

Petra le dirigió una mirada seria a su hija y extendió su mano con amabilidad hacia Tomás, al tiempo que inclinaba un poco la cabeza sin mediar palabra.

—Encantado de conocerla, señora. Lola me ha habla mucho de usted.

Petra asintió y entonó un tímido «igualmente». Miró a Tomás sin disimulo, de arriba abajo, y recogió las llaves y una bolsa con verduras y frutas que había dejado encima de la pequeña mesa del comedor.

Petra era una mujer joven, de solo cuarenta y un años, pero parecía mayor. Sus pronunciadas ojeras oscuras y una cara en extremo angulosa le daban un aspecto de agotamiento que difuminaba la belleza que en otros tiempos seguro que había sido similar a la de su hija, con la que guardaba un parecido asombroso. Si te fijabas bien, aún podías reparar en que en realidad era una mujer muy guapa. Delgada y algo más baja que Lola y desgarbada en sus movimientos, llevaba el uniforme de empleadas de El Corte Inglés y la falda lápiz le hacía una bonita figura.

—¿Queréis un bocadillo de chorizo con Tulipán? —preguntó Petra a los chicos mientras guardaba las compras como podía en los escasos armarios de la cocina.

Tomás se extrañó de la combinación de ingredientes que la madre de Lola les ofreció y respondió a la vez que Lola.

—¡Sí, gracias!

—No, mamá, nos vamos ya.

Se miraron y Tomás rectificó:

—¡Ah, sí! Llegamos tarde. Hemos quedado con nuestro grupo de estudio.

No entendía muy bien las prisas de Lola.

—Solo será un momento y no me cuesta nada. Tengo pan de hoy. Os lo preparo.

Petra era una madre a la antigua usanza y, aunque llegara cansada, alimentaba a sus polluelos de la misma manera que lo hacía cuando eran niños.

Lola y Tomás se sentaron, él esperando impaciente probar aquel bocadillo.

—¡Está buenísimo, señora! —exclamó cuando le dio el primer mordisco.

—Pero ¿tú qué comes en casa, caviar a todas horas? —Lola soltó una amplia carcajada.

—Nunca había probado pan con mantequilla y embutido. Siempre me lo han puesto con tomate y aceite. Y no estoy seguro de si he probado el chorizo…

Lola y su madre miraban a Tomás como si se tratara de una especie de E.T. llegado del más allá, un ser bondadoso y agradecido, pero muy extraño. ¿De verdad existía en aquella ciudad un chiquillo de diecisiete años que nunca había probado el chorizo?

Se terminaron los bocadillos, que acompañaron con una Mirinda de naranja, la bebida favorita de Lola cuando no bebía quintos, y Lola se levantó para comenzar a despedirse.

—Mamá, muchas gracias por la merienda. Ahora sí, nos vamos.

—No me gusta que salgas a estas horas, vivo siempre con el corazón en un puño.

—Está bien, voy a acompañar a Tomás a la parada del autobús y vuelvo.

Salieron de la casa y Lola vio a su hermano, que se aproximaba desde el otro extremo de la calle, pero al verla este se dio la vuelta y comenzó a avanzar en sentido contrario. Era algo que hacía cuando la veía con alguien, no le gustaba tener que saludar a desconocidos.

—Solo te ha faltado conocer al amargado de mi hermano, pero ya ves que ha huido de nosotros.

—Lola, siento mucho el comentario de esta mañana —dijo Tomás, cogiéndole las manos durante unos segundos—. No era mi intención ofenderte, te aprecio mucho, ya lo sabes.

—¡Estás perdonado!

—Tu madre me parece muy buena mujer.

—Lo es, ha luchado mucho para que yo esté donde estoy. Ya ves cómo es la vida por este lado, ¿no? Aquí no llegan las luces de Navidad, ¡pero tenemos un pesebre viviente que es la bomba! Se puede ser feliz con poco, yo lo he intentado desde muy pequeña y no pienso rendirme. Crecí en una barraquita llena de flores, este piso no te creas que es mejor. Pero con todo el tema de las Olimpiadas, a Maragall le ha dado por disimular la miseria y la vida de los pobres, que es igual de digna que la de los demás, y prefiere tenernos escondidos en colmenas. Como te digo, yo fui muy feliz en mi barraca, jugando en una calle sin asfaltar.

Tomás admiraba lo que su compañera le contaba, sus valores, su humildad, a pesar de que Lola no ejercía jamás la falsa modestia. Sabía que tenía un cerebro privilegiado y que había nacido en con pocos recursos, pero su suerte habían sido unos padres que lucharon desde el primer momento en el que aquella maestra les advirtió de que debían asegurarle la educación a su hija.

—Ya sé que no debería preguntar esto, pero ¿tu padre no vive con vosotros? —soltó Tomás con cierta cautela.

No quería que ella volviera a enfadarse por meter las narices donde no le llamaban, pero sentía curiosidad por saber más. Todo lo que rodeaba a Lola le parecía un misterio. Ella bajó la mirada, pero esquivó la conversación con una sonrisa y una respuesta rápida sin grandes artificios.

—Mi padre está en Jaén. Se va en octubre para recoger la aceituna y no regresa hasta Navidad. Allí hace más dinero que en la fábrica.

De su otro hermano no tuvo que decir nada, ya que Tomás no sabía de su existencia.

—Por cierto, ¿estás liado con la rubia esa tan pija? Es amiga tuya, ¿no?

Tomás abrió los ojos, extrañado por la pregunta.

—¿Con Vega?

—Esa.

—Es mi amiga desde que somos pequeños. Tenemos muchos amigos en común, ¡pero no estoy liado con ella!

—Menos mal, porque me parece una petarda.

—¡Para nada! Es una tía muy guay, tienes que conocerla. Voy a llamarla para que salga con nosotros este jueves.

—¡Ni hablar! Yo no me mezclo con pijos.

—Entonces ¿qué haces conmigo?

—Tú eres un pijo rarito.

Tomás soltó una carcajada y Lola lo acompañó. Le puso el brazo por encima del hombro y continuaron caminando.

—Está bien, saldremos con esa rubia modelo, a ver si tiene algo dentro de esa cabecita llena de mechas. Y ya que has sacado el tema...

—Lola, ¡lo has sacado tú! —Tomás seguía riendo.

—Bueno, ¡eso da igual! ¿Te mola Adriana?

—Pero ¿esto es un interrogatorio sentimental? No. Adriana es mi amiga igual que lo eres tú, no me mola nadie en este momento.

Lola lo miró con desconfianza e insistió:

—Pero Adriana es la pija ideal, ni mucho ni poco. Y es una tía guay, alta, guapa y lista, muy lista.

—Sí. Y tú también eres guapa, pero no voy a colarme por todas mis amigas...

A Lola le sorprendió el comentario y decidió callarse. Despidió a Tomás, que ese día empezó a valorar todo lo que la vida le había dado.

—Hasta mañana, señorito Guardans. Espero que llegue sano y salvo a su castillo y esta noche no tenga pesadillas. Por cierto, ahora que volvemos a ser amigos, podrás enseñarme el castillo, ¿no?

Tomás miró a Lola con una media sonrisa en su rostro.

—Sí, claro. Pero tendrás que prometerme que no me juzgarás por lo que yo no me he ganado. Quiero decir que la casa de mis padres es de ellos y a mí me ha tocado vivir en ella como a ti hacerlo en la tuya, pero eso no nos hace ni mejores ni peores.

—Ya sé que nosotros no tenemos ninguna responsabilidad de dónde colocan nuestras cunas al nacer. Y no suelo pedir disculpas nunca, pero hoy lo quiero hacer contigo porque me pasé. Tener un amigo con padres millonarios mola, ¿sabes? Nunca he conocido a nadie como tú, tengo que decirte que cada día me sorprendes más.

—Gracias, Lola, ¡lo mismo digo!

Tomás y Lola habían caminado juntos aquella tarde sin saber que lo harían para siempre.

9

ADRIANA

Barcelona, diciembre de 1990

Adriana estaba experimentando algunas sensaciones nuevas que no estaba segura de que le gustaran demasiado. ¿Cómo era posible que tuviera más ganas de quedarse en Barcelona que de marcharse a La Coruña? La atormentaba ese sentimiento de culpa, no acababa de entender que se había enamorado y, cuando lo pensaba, al final rechazaba sus sentimientos por miedo a sentirse tan frágil.

Quería pensar que esos días se notaba más vulnerable por el pavor que le provocaba subirse a un avión sola, pero sabía bien que no era solo eso. Era consciente de que se pasaría comiéndose el coco toda la Navidad sobre Tomás, sus noches y quién lo acompañaría. Él mismo le había dicho que le daba mucha pena que tuviera que irse porque iba a organizar una gran fiesta de Nochevieja en su casa. Sus padres no estaban y tenía permiso para hacerla, aunque, como él decía, dejarían a dos personas de servicio para controlarlo todo.

En su casa había un sótano al estilo americano preparado para el ocio, con una zona abovedada para bailar, luces de colores, una barra de bar y una gran mesa de billar. Para

Adriana habría sido un sueño poder darle la bienvenida a 1991 en ese lugar, o en cualquier otro donde estuviera Tomás, pero el padre de Adriana había llamado a una agencia de viajes para que tuvieran su billete listo para volar al día siguiente.

Esa misma tarde ella iría a recogerlo. Volaba con Aviaco, en la quinta fila y junto a la ventanilla. Su padre, siempre tan previsor, sabía que tenía pánico y que no soportaba sentirse encerrada. Le dijo que era un vuelo corto, de apenas una hora y media, sin saber que para alguien a quien le daba miedo volar aquello equivalía a una eternidad.

Llegaría a La Coruña sobre las diez de la noche, y estarían todos esperándola. Esa vez sí sería uno de esos personajes del anuncio de El Almendro que vuelven a casa por Navidad. Lo lamentable, y por ello sentía tanta rabia, era que no tenía la ilusión que esperaba por regresar a casa, ya que le podían más las ganas de estar al lado de Tomás y él ni siquiera lo sabía.

Había salido para ultimar las compras de Navidad para llegar a su casa como si de una Reina Maga se tratara. Aprovechó el paseo para recoger el revelado de sus fotos, antes de tomar el metro para ir al centro en busca del billete. Hacía tres días había asistido a una fiesta con sus amigos, una juerga que había empezado a las cinco de la tarde y que se alargó hasta las cuatro de la madrugada. Había sido una noche intensa y muy divertida, y se había llevado su pequeña cámara de fotos para empezar a llenar el álbum de su llegada a Barcelona. Le encantaba guardar álbumes de recuerdos y recortar titulares de la revista *Semana*, que siempre compraba su madre, para pegarlos encima de las fotografías.

Desde que estaba en la ciudad, solo había revelado un carrete de treinta y seis fotos, del que pudo salvar unas diecisiete que no estaban nada mal. Eran de diferentes días con los chicos: al salir de la facultad, en la terraza de la resi, durante los paseos por las callejuelas del barrio Gótico. Este carrete, en cambio, era de veinticuatro fotos, y lo había gastado entero. Estaba deseando verlas porque la noche había dado mucho de sí.

Lola había disparado algunas fotos mientras Tomás y ella bailaban como poseídos la canción de «Cuando el mar te tenga», de El Último de la Fila. Recordaba perfectamente cada momento de aquella noche: brincar, sonreír y acercarse mucho a Tomás para tararear la letra que ambos se sabían de memoria. A partir de cierta hora sus recuerdos se volvían borrosos, algo que adjudicaba a la terrible decisión de tomar demasiados vodkas con naranja.

—Buenas tardes, venía a recoger el revelado del carrete que le dejé el otro día —dijo tras entrar en la pequeña tienda. Rebuscó en su bolso y le tendió al hombre un papelito—. Aquí tiene el resguardo.

Un señor bajito con gafas redondas colocadas al filo de la nariz la miró amablemente.

—Sí, te recuerdo. ¡Eres tan alta!

No entendía que eso siguiera llamando tanto la atención a todo el mundo y se preguntaba si lo de ser alta en este país era como tener dos narices.

—Aquí tienes, niña, no todas han salido bien. Te arreglaré el precio porque no creo que aproveches más de quince... Son trescientas pesetillas, hija.

—Ah, de acuerdo... Muchas gracias.

Adriana pagó sus fotos, le habían quedado algunas pesetas de más para acabar con los regalos. Salió apresurada para sentarse en un banquito de la plaza del Congreso y ver sus fotos con Tomás, que eran las que más le interesaban. Resultó que Lola había disparado mucho mejor de lo que esperaba y, aunque había pocas fotos, eran suficientes para ver que ahí había una historia bonita, o eso quería creer Adriana. Se dio cuenta de que se había pasado con las hombreras y de que debería empezar a plantearse otros modelitos un poco más atrevidos. Lola aparecía con su minifalda tableada y una camiseta de un grupo impronunciable de heavy metal y sus botas imitación de Dr. Martens. Vega tenía un estilo propio que cada vez le gustaba más, pero no quería que pensara que la estaba copiando si se inspiraba en ella para sus conjuntos. Esta llevaba un vestido negro muy ceñido y una cazadora de cuero bastante amplia, y solía calzar unos zapatos planos algo masculinos que a Adriana le encantaban.

—Vamos a reconocer que la rubia pija plagada de mechas es maja, ¿no? —le había dicho Lola al día siguiente de la fiesta, mientras pasaban la resaca tiradas en la sala común de la residencia viendo pelis antiguas.
—Pues la verdad es que sí —había admitido ella—. Desde luego, me cae mejor después de saber que es amiga del alma de Tomás y no su rollo. ¿Qué ha dicho que estudiaba?
—No sé. Dijo el nombre de la escuela, no lo que estudiaba, pero yo diría que Tomás mencionó algo de Relaciones Públicas porque su padre tiene una agencia de publicidad y trabaja con las mejores modelos del mundo.
Adriana miró a Lola con cara de asombro y se dio cuenta de que no había prestado atención alguna a la conversación de Vega; esto confirmaba que solo tenía ojos para Tomás y temía que él reparara en ello.

—Yo entendí que ya trabajaba con su padre desde tercero de BUP.

—¡Llámalo trabajar! Como habla tres idiomas, recoge a las modelos del aeropuerto para llevarlas a la agencia del padre.

—Tomás dijo que cuando volvamos de las vacaciones de Navidad quiere hacer una cena en su casa con todos, ¿te apetece?

—Adriana, para mí ir a casa del burgués es como ir al parque de atracciones, ¡todo un planazo!

Lola siempre tenía respuestas ocurrentes que divertían a Adriana. Aparentaba ser inmune a los complejos, a pesar de no tener casi ropa, de necesitar, como ella decía, un pulido de modales y de gritar a los cuatro vientos que estaba donde estaba gracias a sus propios méritos y a una madre que se había deslomado trabajando de sol a sol. Sin embargo, a ella le gustaba estar con sus nuevos amigos, dejar el barrio en el que había crecido, frecuentar el ambiente universitario, moverse entre gente que jamás habría conocido si no hubiera llegado a la facultad de Medicina por la puerta grande.

En clase todos sabían que la chica «era la caña» y que, aunque no se esforzara mucho, sería la primera siempre porque tenía un cerebro privilegiado. Y para rematarlo, estaba buenísima y lucía un estilo roquero que les molaba mucho a los chicos.

—¿Cuándo te vas? —Lola cambió de tema—. Me va a dar algo sin ti. No soporto a mis amigas del barrio. ¿Sabes que Lorena está embarazada? El Juanito la ha dejado preñada, y ella feliz. No tienen dónde caerse muertos, pero allá van, a casarse y traer al pobre bebé al mundo. Para el resto de la pandilla ella es todo un referente y yo una mierda, claro.

—A ver, a ver... Lorena es tu mejor amiga, ¿no?

—Lo más parecido, sí...

—Pero no te gusta que se haya quedado embarazada tan joven, ¿es eso?

—Creo que no hace falta que te explique lo que eso significa para cualquier chica de dieciocho años, Adri, y más en un barrio como el mío. Su vida es una mierda desde los catorce que acabó el cole, y por insistencia de mi madre, que, si no, ¡ni eso! Friega escaleras en el barrio de Gracia y en alguna casa donde la han contratado. Además, ¡el Juanito es un puñetero yonqui! Ya no quiero tener nada que ver con ellos.

Adriana se dio cuenta de que quizá esos tres primeros meses de Lola como estudiante de Medicina le habían reforzado el ego en exceso, pero no quería juzgarla. ¿Quién era ella para hacerlo? Cuando la vida te golpea tantas veces siendo tan joven, no es fácil seguir remando en la misma dirección, cambiar el rumbo, por muy fuerte que sea la corriente, es la alternativa para salir de la zona de «no confort», que es en la que le había tocado vivir a Lola.

La carrera, sus nuevos amigos, las tardes de estudio, las farras universitarias de los jueves o de cualquier tarde improvisada..., todo ayudaba a que Lola escapara de esa realidad de la que tanto alardeaba pero que la estaba ahogando. Y ahora que se acercaban las vacaciones de Navidad, se sentía totalmente desamparada. No soportaba hablar de planes familiares, de las noches con amigos... Ella pasaría otra Navidad sin nada que celebrar, junto a una madre triste, un hermano ausente y unas amigas que ya no tenían que ver con ella.

Adriana sentía mucha pena de que alguien de su edad tuviera que vivir unas Navidades así, pero no sabía cómo ayudarla.

—Lola, debes ver lo bueno que tienen las personas con las que has crecido y estar al lado de tu madre, porque sabes lo duro que es para ella pasar otra Navidad sin su hijo, y, seguramente, echando de menos también a tu padre. Es posible que haya alguna manera de que estas Navidades sean diferentes, ¿no querías llevar a tu madre a pasear por el centro y tomar chocolate en la plaza del Pino?

Lola se encogió de hombros y cambió de tema, aunque la conversación no duró mucho más. Ambas se concentraron de nuevo en la película.

Adriana se levantó del banco donde se había quedado un buen rato mirando las fotos y pensando en sus amigos, y decidió pasar por una pequeña librería que estaba en el barrio Gótico, a la que había ido ya varias veces. Agnès, la propietaria, la había tratado tan bien que esa librería se convertiría en un lugar en el que pasaría muchas horas en los próximos meses.

Cuando la visitaba, se sentaba en una pequeña mesa redonda de madera y mármol para leer las sinopsis de los libros que Agnès le recomendaba. Después llegaba lo mejor, en la misma calle de la librería, había dos chocolaterías y siempre le traía una taza rebosante de melindros. Y allí pasaban un par de horas conversando sobre literatura.

A Agnès le sorprendía la cultura de una chica joven, estudiante de Medicina, y admiraba los buenos modales de Adriana y su suave acento gallego, que le había parecido asturiano en un principio. Además, le gustaba muchísimo leer y era capaz de hacerlo tan rápido que podía acabar un libro en tres noches.

Llegó a la librería de Agnès sobre las seis de la tarde; ya había anochecido y las luces navideñas titilaban por las estrechas callejuelas del barrio Gótico. Adoraba pasear por ellas y descubrir en cada rincón lugares y gente nueva.

La calle Petritxol era una sus favoritas y la librería estaba en una llamada del Pi, ubicada justo al lado. Adriana encontró a Agnès leyendo *El manuscrito carmesí*, de Antonio Gala, que había sido Premio Planeta, y le extrañó, ya que habían hablado sobre ese libro hacía un mes y Agnès le había comentado que no pensaba leerlo, pues no le gustaba Gala.

—Agnès, ¿cómo estás? Veo que has cambiado de opinión sobre Gala. —Adriana sonrió y le colocó una mano en el hombro.

—¡Hola, mi niña! Cuando meto la pata lo reconozco. Creo que es un libro que tienes que leer.

—Pues precisamente vengo a buscar un par. Uno para mí, a ver si puedo relajarme en el vuelo hacia La Coruña, y otro para regalarle a mi madre.

—Bien, busquemos el de tu madre, porque el de Gala te lo regalo yo por Navidad.

—No, Agnès, ¡solo faltaría!

—No me contradigas y acompáñame arriba a coger uno para ella.

Ambas subieron por la estrechísima escalera de caracol de madera que conectaba con una planta superior, llena a rebosar de libros colocados en estantes de madera oscura que Agnès mantenía impolutos, pero que por su antigüedad debían de tener mil historias que contar. Allí guardaba las obras clásicas, la novela histórica y la poesía. El techo era tan bajito que Adriana debía ir algo encogida para moverse por el espacio. A su madre le gustaba la novela histórica del siglo xx, y si tenía que ver con el Holocausto mejor que mejor, así que, sentadas en el suelo, repasaron varias novelas históricas acontecidas en los años de la Segunda Guerra Mundial.

Se hizo tardísimo y Adriana volvió a la residencia en taxi.

Al llegar fue directa a la habitación de Silvia. Necesitaba enseñarle las fotos, hacerla partícipe de su amor por Tomás y que ella la alentara con las palabras que necesitaba oír para estar más de dos semanas sin verlo.

10

LOLA

Al día siguiente Silvia y Adriana fueron juntas al aeropuerto. Su amiga volaba a Palma a la misma hora que ella cogía el avión hacia Galicia.

Tomás empezaba esa misma semana a preparar su fiesta de Nochevieja y le había propuesto a Lola que lo ayudara. Lola, por supuesto, estaba encantada, pues cuantas más horas pasara fuera de casa, mejor.

Mientras Adriana y Silvia volaban hacia sus respectivas casas, Lola y Tomás habían quedado para cenar en Pokin's y hacer una lista de todo lo que necesitaban para la fiesta.

—Tomás, tío, se te ha ido la pinza, ¿no? ¿De verdad piensas invitar a toda esta peña a tu casa?

—Lolita, mi casa es grande. No quiero que me juzgues por eso, ya lo sabes, ni que me insultes cuando la veas. Recuerda que ese es el trato.

—Que sí, que sí... —Lola hizo ese gesto con la boca tan suyo cuando estaba aburrida, mordiéndose el labio inferior por un extremo.

—Venga, acábate lo que te queda, que todavía nos da tiempo a hacer algunos recados antes de que te meta en un taxi de vuelta a casa.

—¡No pienso volver en taxi! Cogeré el metro.

—No, Lola. A tu madre no le gusta que atravieses el descampado. Irás en taxi.

—Tomás, te lo agradezco, pero ya tuve un padre —dijo Lola con cierta ironía.

Con el tiempo, Lola y Tomás habían cogido mucha confianza, y, en un momento de debilidad, Lola le había contado que su padre se había marchado de casa hacía años y que no iba a volver.

Tomás, sabiendo que era un tema espinoso, le apretó la mano en un gesto de cariño y cambió de tema.

—Es una pena que Adriana no esté aquí. Se lo pasaría genial organizándolo todo.

—¿Vas a echarla de menos? —le preguntó Lola a bocajarro.

Tomás se sorprendió ante la pregunta.

—Claro que la voy a echar de menos, ¿puedo saber por qué dices eso?

—Bueno, a ver... El otro día mientras os hacía fotos me di cuenta de que os moláis, ¿no?

Su amigo sonrió, aunque enseguida torció el gesto.

—Pues sí, Adriana me gusta, pero mucho más como amiga, y si nos liamos estará en juego nuestra amistad. Así que ni se te ocurra meterte.

—¡Tomás! Adriana está esperando a que des un paso más y seguro que se ha pasado todo el vuelo pensando en ti.

—Lola, ¡termina ya la hamburguesa! Son las tantas y tenemos cosas que hacer —dijo él sin acabar de creerse las palabras de su amiga.

Lola llegó a casa en taxi. Su madre observaba cada cinco minutos la calle desde la ventana mientras hacía calceta. Estaba confeccionando una bufanda de colores vivos para su hija como regalo de Navidad y no quería que la pillara.

Eran más de las nueve y Lola seguía sin aparecer, pero a los diez minutos entró por la puerta.

—Hola, ¿mamá? —Petra salió de la habitación donde había escondido en un cajón de una pequeña cómoda la bufanda que ya tenía casi acabada.

—Hola, hija. ¿Cómo ha ido?

—Bien. Oye, mamá, ¿por qué no vamos a pasear mañana al centro? Podemos merendar juntas. —Lola cogió la mano de su madre y ella apretó la suya con una sonrisa.

—Está bien, hija. Además, creo que me han ingresado la paga de diciembre. Quiero que te compres alguna cosita de ropa.

—Gracias, mamá. De eso quería hablarte. El chico que conociste el otro día, Tomás, me ha invitado a su fiesta de Nochevieja en casa de sus padres. Estaría bien poder comprarme algo bonito para esa noche.

—Pero, Lola, ese chico... ¿te gusta?

—¡No, mamá! Ya sé que es guapísimo, pero no, ¡no es mi tipo, y además mi mejor amiga de la facultad está loca por él!

—¿La gallega? —preguntó Petra con cierto desinterés.

—Sí, mamá. Te parece bien que vaya, ¿verdad?

—¿Cómo vas a volver? Ese día no me gusta nada que estés de madrugada por la calle.

Lola dirigió la mirada hacia el techo a la vez que resoplaba.

—Me quedaré a dormir en casa de Tomás. Él hablará contigo si es necesario. Volveré temprano al día siguiente, te lo prometo. Bueno, quizá no tan temprano. Tú no quieres celebrar nada, ¿verdad?

—No, supongo que no. Por cierto —su madre cambió de tema, y por el tono que utilizó, sabía que no le iba a gustar lo que estaba a punto de decir—, hace una hora se ha pasado Lorena, me ha dicho que cuando puedas vayas a verla, que necesita hablar contigo. Hija, sé que ya tenéis poco en común, pero es una niña que ha crecido a tu lado y no me parece bien que la menosprecies por haberse quedado embarazada. Yo no te he educado así.

—Mamá, ¡basta, por favor! No necesito este tipo de sermones.

—No sé, Lola, creo que cada vez te avergüenzas más de tus orígenes, quieres apartar a la gente con la que has crecido. Me parece bien que te estés construyendo una nueva vida, pero me da miedo que no sepas fijar el límite.

—¿Qué límite, mamá? ¿Ahora hay límites? ¡No te entiendo! Tu sacrificio me ha llevado adonde estoy ahora, tu empeño por querer hacer de mí alguien diferente a todas las mujeres que conoces. Todas las que nos rodean no saben nada de lo que hay más allá de este barrio. ¿Y ahora me juzgas por no querer estar al lado de Lorena y que no apruebe que se haya quedado preñada de un puto yonqui que acabará con ella? ¡Por favor, mamá! ¿Es que no lo ves? No quiero ver cómo en cinco años está destruida con un pobre niño que no será capaz ni de sacar adelante. Ese es el problema de este barrio, mamá. ¡Nos permitimos traer más desgraciados al mundo!

—¡Basta, Lola! No quiero que hables así. No te imaginas lo que luchó la generación de tu abuela, lo que hemos luchado nosotros por llegar a tener un barrio en lo que antes era un suburbio. Debes estar orgullosa de tus orígenes y de toda esa gente luchadora.

Los ojos de Petra se llenaron de lágrimas que empezaron a brotar por su tez morena e impoluta. Su madre solía estar muy sensible en el mes de diciembre y Lola lo sabía, por eso quería hacer planes con ella, por eso y para no sentirse culpable si la dejaba sola en Nochevieja, pero esa tarde las cosas se habían torcido y la discusión solo estaba empezando.

Lola respiró hondo tratando de calmarse. Petra lo había dado todo por ella, por protegerla, a costa de su felicidad. Sabía que desde lo que había pasado, ninguno de ellos había vuelto a ser feliz de verdad. Aunque a veces creía que podría perdonar a su hermano, aunque intentara convencerse de que lo echaba de menos y de que quería que volviera, a la hora de la verdad nunca se había atrevido a dar el paso y buscarlo o ponerse en contacto con él. Daban igual las veces que culpara a sus padres por todo lo que había pasado. Ella no lo había superado, tenía una herida en el corazón que nunca se curaría, y era consciente de que tendría que aprender a vivir con ella.

Con esto en mente, abrazó a su madre como no recordaba desde hacía tiempo. Quería romper esa barrera que se había formado a lo largo de los años entre ellas, recuperar la relación, y era mejor empezar por resolver las cuestiones pendientes.

—Mamá, todavía estamos a tiempo de que seas feliz. Debes empezar a contarme desde el principio o no podré ayudarte.

—Hija, necesito algo imposible para ser feliz.

—Podemos conseguirlo, mamá.

—No, cariño, pero ya no eres una niña y es absurdo seguir en silencio.

Lola recordaría ese día como un antes y un después en su vida, en su comportamiento, en la relación con quienes la querían; ya nunca más sería la misma.

Petra dio unas palmaditas en una de las sillas de la pequeña mesa de comedor para invitarla a sentarse a su lado. Lola había preparado café, lo sirvió y colocó las tazas de café humeante sobre la mesa, también unas tostadas de pan con mantequilla y mermelada de naranja amarga, la favorita de madre e hija.

—Mamá, ya no soy una niña, tú lo has dicho. Tengo la suficiente madurez para entender qué es lo que pasa, para ayudarte si puedo y para ser más felices juntas, aquí o donde sea que tú quieras estar. Yo te apoyaré por todo lo que has hecho por mí.

—Lola, mi vida es un engaño, una mentira que se ha ido haciendo grande y de la que no he sabido salir.

La cara de Lola reflejaba una mezcla de miedo y sorpresa. Su madre había sacrificado toda su vida trabajando para mantener el bienestar de su familia, más concretamente el suyo. Todo el tiempo que tenía libre se lo dedicaba a ella, a su formación y a su educación.

—¿Qué pasa, mamá? Me estás asustando un poco...

—Mi vida no ha sido fácil.

—Lo sé, mamá.

—Tu padre y yo nos enamoramos muy jóvenes, pero cuando salimos del pueblo llegamos aquí sin nada, me quedé embarazada de tu hermano y todo se me vino encima. No sabía muy bien cómo gestionar tantas responsabilidades. Recordé cada día de aquel año tan duro las palabras de tu abuela cuando me decía una y otra vez aquello de «contigo, pan y cebolla».

»El sueldo de tu padre no nos llegaba para nada, empezaba en uno y otro trabajo, pero los acababa dejando, no llevaba muy bien lo de cumplir los horarios. Yo tuve que empezar a doblar turnos en la fábrica, a hacer los que nadie quería. No había tanto trabajo como pensábamos antes de venir a Barcelona. Me esforzaba cada día y se me daban bien los números; además, me llevaba muy bien con mi supervisora y con el director de la planta. Un día cenando en el comedor me preguntaron qué creía que se podía mejorar en el proceso de producción, confiando en que había estado ya cuatro años trabajando y tenía experiencia. Nunca antes me habían preguntado. Yo solo di mi opinión e intenté explicarlo con las mejores palabras. Hablaba y hablaba mientras ellos escuchaban mi discurso sin interrumpirme y se lanzaban miradas entre ellos. Yo sabía, por lo que decían sus ojos, que lo estaba haciendo bien y que podía ser una oportunidad para mí, para prosperar y conseguir un cargo mejor fuera de la planta de producción, sin tener que estar de pie tantas y tantas horas.

Lola escuchaba con atención a su madre sujetando la taza de café entre las manos. Sabía que hablaba de una época anterior a que ella naciera, pero no entendía qué quería decirle su madre.

—Aquella noche, cuando llegué a casa, tenía muchísimas ganas de contarle todo a tu padre. Era tarde y estaba medio dormido en una de las butacas que teníamos en la casita blanca, ¿recuerdas? Tus hermanos también dormían. Yo estaba tan emocionada que empecé a hablarle de todo pensando que podía haber una oportunidad para que me dieran un puesto de coordinadora y así poder alquilar un piso y que viviéramos mejor. Entonces descubrí que mi marido era un desconocido para mí. Tu padre se puso celoso. Sí, celoso —afirmó ante la cara de asombro de su hija—. No podía entender que el padre de mis hijos entrara en cólera porque yo tuviera aspiraciones. Buscaba su admiración, pero no la encontré. Solo me gritó, me echó en cara que tuviera abandonados a mis hijos y que pretendiera dejarlos solos todavía más. Fue una noche de reproches, de discusiones, de decirnos todo lo que no deberíamos habernos dicho nunca. Al final, me fui de casa.

—¿Cómo que te fuiste de casa? ¿Adónde?

—Me quedé en la casa de una compañera de la fábrica. Vivía sola en un pequeño piso en San Martín, cerca del trabajo. Estuve allí una semana, planteándome cómo tomar las riendas de mi vida. Yo quería a tu padre, pero estaba descubriendo que el destino tenía otros planes para mí y él los entorpecía. Ante todo era madre y debía pensar cómo ordenar aquel puzle desbaratado en el que se había convertido mi vida de la noche a la mañana. No era fácil separarse en aquellos tiempos, Lola, y menos una mujer sola con dos hijos. La barraca era de mis padres, no sabía cómo enfrentarme a la situación. Volví a casa. Él ni me preguntó dónde había estado. Tardamos muchos días en volver a dirigirnos la palabra.

»Tras un tiempo tu padre me pidió perdón, me dijo que hiciera lo que quisiera con el trabajo, que me ayudaría con los niños, que no me fuera, que me quería… Lo de siempre, Lola. Pero ¿qué iba a hacer? Mejor lo malo conocido, así que me quedé y acepté el ascenso a coordinadora en la fábrica. Era un solo turno, ganaba más dinero y podíamos empezar a ahorrar algo para salir de las barracas. Asistía cada jueves a reuniones en las que solo éramos dos mujeres y alguna vez nos llevaban a comer a un restaurante que había cerca. En una de esas comidas conocí a un hombre joven, más o menos de mi edad, hijo de un burgués que tenía una fábrica de perfumes muy importante. Todo fue muy rápido. Le llamé la atención al hombre y me propusieron trabajar en la perfumera. Los horarios eran prácticamente los mismos, y me pagaban más. Yo desde que me habían ascendido en la fábrica notaba que se me infravaloraba. Ya ves, cuando eres superior a algunos hombres, no te toman en serio. Tardaría bastante más en ir y volver, pero acepté. Era un buen cambio.

Lola permanecía atenta a la historia de Petra, como si estuviera viendo uno de los episodios de *Salvados por la campana*. No recordaba los años en que su madre había trabajado en la perfumera, jamás había hablado de ello.

Petra se levantó para servirse un vaso de agua y prosiguió:

—Agradecí mucho la oportunidad que me habían dado en la fábrica, pero entendieron que me marchara. Y me enamoré, Lola. Como una idiota, como no sabía que podía alguien sentir el amor. Amé a aquel hombre tanto que me dolía.

Lola se levantó con un arrastre molesto de la silla, igual que la historia que su madre le estaba contando. Intuía cómo terminaba y no quería seguir escuchándola.

—Mamá, por favor...

—Lola...Es muy posible que seas hija de Joan, fruto del amor más profundo que alguien puede sentir, de un sentimiento tan grande que de él solo podía nacer un ser de luz como tú. Desde el día en que llegaste decidí protegerte y condenarme, castigarme por lo que hice.

Lola le había dado la espalda a su madre, sin sentir dolor, sin notar nada en su cuerpo, sin voz ni rabia... ¿Quién era Joan? Permaneció unos segundos intentando que alguna palabra saliera de su boca. Cuando se giró solo vio a su madre, una que había pasado de ser su protectora al ser más vulnerable que había conocido. La miró a los ojos y en ellos vio reflejado el dolor guardado bajo candado durante tantos años, muchos más de los que ella había creído. Lola siempre había pensado que la tristeza habría invadido a su madre aquella maldita noche en la que su familia se rompió, pero acababa de descubrir que tenía ante ella a una mujer que no había sabido enfrentarse a la vida, que se había conformado y que todo el amor que era capaz de sentir y de dar lo había volcado, casi con obsesión, en ella.

Lejos de patalear, de huir, de odiar a la mujer que le había dado la vida, Lola empatizó con ella. Y entonces reaccionó y la abrazó con todas sus fuerzas. Le secó las lágrimas como si fuera una niña indefensa y sentó a su lado sin soltarle las manos.

—Mamá, vamos a ver cómo arreglamos todo esto para que empieces a ser feliz. Tendrás que responder a algunas preguntas, quiero comprenderte.

Petra no conseguía detener el llanto. Ella misma se había condenado al silencio durante dieciocho años, pero había llegado el momento de ponerles voz a sus sentimientos, de que las palabras fluyeran y de compartir con su hija su verdadera historia. El que Lola se hubiera dado la vuelta y hubiese decidido quedarse para escuchar la verdad fue para Petra la demostración de amor más grande que había vivido jamás. Todos los años dedicados a aquella niña en cuerpo y alma los repetiría una y mil veces. Lo fácil habría sido salir huyendo, avergonzarse de su madre, no querer verla... Pero Lola, por encima de todo, necesitaba entender los motivos que llevan a una mujer joven a la infelicidad permanente. Sentía la necesidad de sacar a su madre de ahí, de enseñarle el camino que la apartara de esa oscuridad que había apagado sus preciosos ojos.

11

LOLA

Tras toda una noche de hablar sin parar y de llorar la una en brazos de la otra, Lola se quedó sola en casa y su madre se fue a trabajar, algo que no soportaba. Necesitaba contarle a alguien todo lo que le había pasado, así que descolgó el teléfono para llamar a Adriana a La Coruña, pero eran las nueve de la mañana; conociéndola, seguro que dormiría hasta pasadas las once.

Pensó entonces en llamar a Tomás. Habían quedado al día siguiente para acabar de ultimar los preparativos de Nochevieja, pero no podía esperar ni un solo minuto. Se sentó en la butaca y marcó el teléfono de su casa.

Le respondió, como siempre, una de las chicas del servicio:

—Hola, ¿quién llama?

—Hola, ¿está Tomás, por favor?

—Sí, claro, le aviso. No cuelgue. —Por supuesto que no iba a hacerlo. Necesitaba un hombro en el que llorar con urgencia, y el de Tomás era perfecto.

—¿Sí, hola? —La voz de Tomás sonó al otro lado como la de un ángel caído del cielo.

—Tomás, soy yo. ¿Podemos quedar esta mañana?

—Lola, buenos días, ¿estás bien?

—No, no lo estoy. Necesito contarte algo.

—¿No puedes hacerlo por teléfono? Verás, mis padres se van ya al hotel de montaña donde pasan la Nochevieja y me han pedido que esté en casa hasta la hora de comer porque han venido los chicos que limpian las ventanas y no les gusta que no haya nadie de la familia en casa, y solo estoy yo estos días... Puedo verte esta tarde o puedes acercarte si quieres.

Lola se quedó unos segundos en silencio mientras intentaba comprender la cantidad de ventanas que habría en casa de Tomás para que tuviera que ir alguien a limpiarlas, y pensaba en cómo llegar lo antes posible a casa de su amigo.

—Está bien, si no te importa, voy a verte. ¿Puedes darme la dirección exacta? Le pediré a mi hermano que me acerque en moto.

—Claro. Es la calle Margenat, número noventa y uno, entre las calles Iradier y Escuelas Pías, ¿te suena? Está un poco más arriba del paseo de la Bonanova, ¿tienes un plano a mano?

—Sí, tranquilo, mi madre tiene uno.

Lola salió de casa apresurada y nerviosa. Se dirigió hacia el taller donde trabajaba su hermano, a unos quince minutos. No iba a pedirle el favor a él, sino a su jefe, un hombre de unos treinta años, bastante guapo, que no podía disimular su atracción por Lola.

Se atusó el pelo, se puso la chaqueta de cuero abierta y se desabrochó un botón más de la camisa vaquera de Levi's que Adriana le había dejado durante las vacaciones. Hizo su entrada triunfal en un taller repleto de mujeres casi desnudas y de portadas de la *Playboy* que cubrían metros de paredes sucias.

El hermano de Lola, que estaba literalmente debajo de un coche, se arrastró sobre la plataforma de ruedas en la que se hallaba tumbado al oír a alguien entrar, y cuando la vio se levantó y se dirigió hacia ella, pero no consiguió llegar antes que Cefe, el jefe del taller.

—¡Pero bueno! Si tenemos aquí a la miss del barrio. —Así la llamaba porque no paraba de insistir en que debía presentarse a los concursos de belleza, convencido de que los ganaría todos—. ¿A qué debemos esta visita, Lola?

—Hola, Cefe, necesito que me ayudes en algo muy importante para mí —dijo, mirando de reojo a su hermano.

Este permanecía callado, sosteniendo en sus labios un Winston y a la espera de saber qué se traía su hermana entre manos. Era consciente de que Cefe no necesitaba mucho para caer rendido a los pies de la joven.

—Claro, ¿qué pasa? —Lola se quedó en silencio unos segundos ante la mirada atónita de su hermano. La forma más rápida de llegar a casa de Tomás era en la moto de Cefe, una chopper que se había hecho prácticamente a medida, con la que se paseaba desde hacía un par de años y con la que iba casi todos los fines de semana a Valencia a las discotecas de moda, una escapada que tentaba muchísimo a Lola, porque le encantaba la música «mákina».

—¿Podrías llevarme a un sitio que está un poco más arriba del paseo de la Bonanova? Es muy urgente, se trata de un tema personal que ahora no puedo contarte, pero que debo resolver cuanto antes. —El hermano de Lola, que la conocía bien, se dio cuenta de que debía de pasarle algo para estar tan nerviosa e interrumpió la conversación.

—¿En qué lío te has metido, niña? —le preguntó al acercarse más a ella.

—En ninguno, es un tema personal, pero no me he metido en ningún lío, te lo prometo.

Cefe puso la mano en el hombro del hermano de Lola y le pidió que volviera al trabajo con amabilidad.

—Vamos, cojo un casco para ti y te llevo.

—¿Tengo que ponerme el casco? —Lola se había peinado con un moño alto y muchas horquillas.

—Mejor te lo pones, ¿vale? ¡Vamos!

Cuando regresó, Lola se soltó la larga melena, se apretó el casco para no contrariar a Cefe y se subió a la moto, que estaba aparcada en una esquina del taller. Su hermano volvió a meterse debajo del coche a regañadientes.

Llegó a casa de Tomás en mucho menos tiempo del que Lola esperaba. Bajó de la moto, se quitó el casco que Cefe le había obligado a colocarse y le dio las gracias. Volvió a recogerse el pelo en un moño improvisado.

—De nada, lo que necesites me lo pides. Y si, como dice tu hermano, te has metido en algún lío, puedes confiar en mí. —Entonces miró hacia la puerta de la casa que había abierto Tomás al oír el ruido de aquel motor que parecía que había entrado en su salón.

—¿Te ha hecho algo ese pijo?

—¡No! Es mi mejor amigo de la facultad, pero tenía que verlo urgentemente, por eso te he pedido que me trajeras. Eso es todo.

—Está bien, ¿te espero?

—No, me quedaré varias horas. Seguro que después me pedirá un taxi para que vuelva. No te preocupes. —Cefe se puso el casco y dio un golpe de gas a la moto sin apartar la mirada de aquel chico que esperaba en la puerta y que no entendía qué relación podía tener con Lola.

—Si necesitas algo, me llamas al taller, ya sabes el número. ¿Llevas dinero?

—Sí, no te preocupes, de verdad.

Cefe arrancó casi a la vez que Lola se lanzaba a los brazos de Tomás.

—¿Qué te pasa, Lola? Estaba muy preocupado. Pasa, vamos a mi habitación.

Lola siguió a Tomás por aquella enorme y elegante casa. Subieron por una escalinata de mármol blanco hacia el primer piso y entraron en el cuarto de su amigo. Era muy amplio, con una cama de una medida que Lola no había visto nunca, una zona de estudio enorme llena de luz y un Scalextric gigantesco montado bajo de uno de los ventanales. Lola se fijó en ellos y entendió que se necesitara todo un día para limpiarlos. Aquella habitación era más grande que su casa. También había un sofá, donde Tomás le indicó que se sentara.

—¿Quieres tomar algo?

—Si tienes una birra, genial.

—Claro, bajo a por un par.

Tomás salió de la habitación dejando la puerta abierta y Lola viajó con los ojos por cada rincón, se levantó y se acercó a la puerta. Fuera había un pasillo ancho, lleno de alfombras, y una escalinata doble que abrazaba un enorme recibidor. Todo era reluciente, brillante y muy blanco.

En una especie de banco apoyado en la pared había una revista *¡Hola!* abierta por una de las páginas dedicadas a los actores de *Twin Peaks*, la serie favorita de Lola y de Tomás, que imaginó que él había estado ojeando. Se sentó y retrocedió algunas páginas hasta detenerse en un reportaje de la princesa Diana de Gales visitando la casa donde había pasado su niñez. Encontró ciertas similitudes con la de Tomás y recordó que su padre era inglés.

—¿Te gusta el cotilleo, Lola? —dijo Tomás, que sostenía en la puerta una elegante cubitera llena de quintos.

—Estás obsesionado con saber quién mató a Laura Palmer, ¿verdad? —Y ambos sonrieron.

Tomás le abrió el primero de los muchos quintos que iban a tomarse esa mañana.

—A ver, ¿qué es eso tan urgente que no puede esperar a mañana?

—Mi padre biológico es un señor que no conozco del que mi madre lleva enamorada veinte años. —Se quedó sin aire en los pulmones y rompió a llorar.

Tomás la abrazó, le secó las lágrimas con el puño de su sudadera Chevignon y ambos se sentaron en la alfombra. Tomás apoyó la espalda en el sofá, con las piernas estiradas, y Lola se tumbó y apoyó la cabeza en sus piernas. Estuvo más de una hora contándole la historia que acababa de oír de boca de su madre.

Era más de mediodía y se habían bebido cinco quintos cada uno. El sol había salido con fuerza y parecía más un día de primavera que de finales de diciembre. Tomás le propuso salir al jardín y tomarse un par de quintos más.

Parecían estar solos en la casa, pero reparó en que había dos mujeres uniformadas. Le recordaron a las casas de los Antic y Cadafalch en las que Petra había trabajado, la de la ciudad y la de verano. Allí también iban uniformadas.

Tomás se dirigió a una de las mujeres, de unos treinta y pocos años, andaluza por su acento y por sus rasgos, y muy guapa.

—Aurelia, ¿puedes prepararnos algo para picar en el jardín, por favor? Unas patatitas y unas olivas sicilianas.

«¿Olivas sicilianas?», se preguntó Lola.

Se sentaron en una especie de porche que daba a una piscina cubierta con una lona de color gris. El jardín estaba algo descuidado, pero se intuía que en primavera debía de ser espectacular.

—Tu casa es muy bonita, Tomás. Muchas gracias por estar aguantando mis dramas. No quería hablarlo por teléfono con Adriana y mis amigas del cole; iban a alucinar si les cuento esto de mi madre. Al parecer lo ha guardado en secreto todos estos años y nadie más lo sabe, excepto, claro, la familia de mi supuesto padre.

—Lola, es pronto para sacar conclusiones. Aunque, si tu madre tiene tan claro que eres hija de ese señor, debemos creerla. Eso no significa que no quieras al que ha ejercido de padre hasta hoy.

—A mi padre hace más de cinco años que no lo veo, Tomás. Hace tiempo que no cuento con él.

—No sé qué pudo pasar tan grave, Lola, pero deberías mirar hacia delante y dejar de juzgar a tu madre por los errores que cometiera hace años. Tenemos que empezar a ser adultos, el año que viene cumpliremos diecinueve… —Aurelia llegó con el aperitivo y Lola solo tenía ojos para aquellas olivas sicilianas que no había visto jamás y que brillaban con un color verde espectacular.

Los dos amigos conversaron hasta que su estado de embriaguez les hizo poner una cinta de Roxette en el radiocasete que había enchufado en la zona de barbacoa y no podían dejar de cantar, bailar y reír.

—Lola, ¿quieres comer algo? Será mejor, ¿no?

Ella seguía cantando a todo pulmón.

—¡Quiero más olivas sicilianas, montones de olivas sicilianas!

—Sus deseos son órdenes, señorita.

Y entre quintos, olivas sicilianas, patatas fritas y pan bimbo con Nutella, pasaron las horas en el porche hasta que el frío de diciembre hizo acto de presencia y entraron en la casa.

Se descalzaron y cayeron rendidos en el enorme sofá del salón principal. Tomás desplazó la puerta de un mueble, también grande, que recorría una de las paredes de punta a punta y aparecieron una televisión gigantesca y una estantería llena de lo que parecían libros de colores. Lola entrecerró los ojos para ver mejor.

—¡Madre mía, Tomás! ¿Qué es todo esto y por qué lo escondéis?

—Mi padre es un gran cinéfilo y colecciona películas. Ha visto todas las que hay aquí.

—¡Ah, coño! Perdón... —A Lola se le escapaban los tacos con frecuencia y pronunciar alguno en aquella casa parecía un sacrilegio—. Mira el pedo que llevo que creí que eran libros.

Lola no podía parar de reír a carcajadas y Tomás la acompañaba.

—¿Te apetece ver una peli aquí tirados y calentitos envueltos en una manta? Tengo frío. ¿*Top Gun*? ¡Tengo ganas de ver *Top Gun*!

—Claro, no sé si aguantaré despierta, creo que estoy hasta mareada. Pero ponla.

—El caso es que todo lo que ves aquí está en versión original, ¿recuerdas que mi padre es inglés?

—¡Ningún problema! —Tomás miró con admiración e incredulidad a Lola. ¿Sabía hablar inglés?—. ¡Entiendo bien el inglés, Tomás! No lo hablo porque me da corte, pero podría hacerlo sin problema. Lo aprendí de pequeña cuando mi madre servía en la casa de verano de unos burgueses en la Costa Brava y pasaba allí las vacaciones con los niños de la familia, aprendiendo inglés con Allison, una chica encantadora que estaba todos los días con nosotros. ¡Seguro que los conoces! Ellos estudiaban en el colegio ese tan pijo que hay en la avenida Pearson. Vega hizo allí hasta COU, ¿no?

—¿El Saint Paul?

—¡Sí! Ellos se apellidan Antic y Cadafalch.

—¡Sí, los conozco! Son amigos de mis padres de jugar al polo, pero no tengo relación con sus hijos.

—¿Lo ves? Os conocéis todos.

Tomás y Lola no llegaron ni a poner la cinta de vídeo en el reproductor. Se durmieron uno casi encima del otro, hasta que a Lola la despertó el dolor de cabeza.

—¡Tomás! Despierta, son las once y media de la noche.

Lola lo zarandeó con todas sus fuerzas, pero él se despertaba muy poco a poco.

—Vale, vale... ¿Quieres cenar algo?

—¡Necesito llamar a casa! Mi madre estará preocupada.

—Llama, hay teléfonos por todas partes. En esa mesita tienes uno.

Lola consiguió levantarse del sofá, aturdida y con la boca muy seca. En una pequeña mesa había un teléfono negro con el marcador en dorado que parecía antiguo. Nunca había visto un aparato como ese, pero en aquella casa todo era diferente. Parecía la del reportaje de *¡Hola!* que había estado viendo en la habitación de Tomás.

Marcó el número de casa y su madre respondió al instante con tono serio y preocupado, tal como esperaba Lola.

—Mamá, estoy en casa de Tomás. Nos hemos quedado dormidos viendo una peli.

—Tu hermano me ha dicho que has ido al taller a tontear con Cefe para que te llevara en moto. Lola, ¡si quieres ir a casa de tu amigo te vas en metro o en autobús!

—Pero, mamá, Tomás vive en una zona a la que es complicado llegar, y necesitaba verlo rápido.

—¡Pues en la vida no todo es rápido! ¿Pretendes conseguir las cosas enseñando el escote? ¡Por el amor de Dios! ¡Venga, llama un taxi y que te traiga a casa! Te espero abajo y lo pago yo.

—Mamá, te llamo para que estés tranquila, pero hoy necesito pasar el día con mi amigo y quiero quedarme aquí. Mañana volveré en transporte público cuando me levante, no te preocupes.

—¿Cómo que te vas a quedar en casa de ese chico? ¡Lola, he dicho que te metas en un taxi!

—Mamá, no he discutido antes contigo con todo lo que me has soltado y no voy a hacerlo ahora. Soy mayor de edad y he decidido que hoy me quedo aquí a dormir. Ya está, de verdad. Cuelgo. Hasta mañana, mamá.

Y colgó. Tomás la miró con una media sonrisa en la cara y el pelo muy alborotado. Lola se la devolvió y se percató de que estaba guapísimo y cada vez entendía más la atracción de Adriana por él.

—Como veo que te has autoinvitado a cenar y a dormir, voy a ver qué tenemos en la nevera. Ven, ayúdame.

Tomás cogió a Lola de la mano y entraron en una cocina, cómo no, espectacularmente grande, con todo tipo de aparatos que Lola nunca había visto antes y una nevera gigante de dos puertas.

—Lo siento, Tomás; si quieres me voy. Como me has dicho que estás solo en casa, he pensado que así también te hacía compañía.

—¡Genial! No me molestas en absoluto. Mira, vamos a hacernos espagueti a la boloñesa. Mi madre hace esa salsa superbuena, y tenemos varios botes que ha dejado por aquí.

—¡Me encanta la pasta! ¿Puedo coger más olivas sicilianas? —Lola vio en una barra de desayunos que había pegada a uno de los ventanales un bote enorme lleno de estas.

—Lola, estás en tu casa, pilla lo que te apetezca. Voy a poner la pasta a hervir. —Ella asintió con la cabeza mientras devoraba aquellas aceitunas adictivas.

Cenaron en la cocina una la pasta riquísima con la salsa especial que había preparado la madre de Tomás y que había envasado al vacío en unos botes de cristal con tapas de cuadritos blancos y negros, como todo en aquella cocina cuyo suelo parecía un magnífico tablero de ajedrez. Durante la cena, los chicos bebieron Coca-Cola para seguir despiertos y Lola le pidió a Tomás que averiguara si sus padres frecuentaban el círculo del que se suponía que podría ser su padre biológico. Le había dado todas las pistas que recordaba de la conversación mantenida con su madre y que luego había decidido apuntar en un papel.

—¿A ti no te suena alguien así, que se llame Joan, que venga de una familia burguesa que tenía una fábrica de perfumes? No sé... Imagino que a esta casa viene mucha gente así...

—La verdad es que no, Lola. Cuando vuelvan mis padres les preguntaré, porque seguro que lo conocen. Pero, si es así, ¿qué vas a hacer?

—Pues por lo menos saber quién es, no sé... Lo observaré, a ver si le encuentro algún parecido conmigo, ¿no? ¿Qué harías tú?

—Empiezo a conocerte bien, Lola, y seguro que vas directa y le sueltas alguna de las tuyas.

—No lo sé, Tomás. Si mi madre no ha tenido el valor de decírselo en diecinueve años, no lo va a hacer ya. Tendré que decidir yo por ella. Si es mi padre, estoy en mi derecho de saberlo. Es posible que no quiera tener contacto conmigo, que piense que soy una loca que lo asalta en la calle, pero debo enfrentarme a esto. También por mi madre, aunque es posible que él ya sepa que es mi padre, porque me da la impresión de que se siguen viendo. No sé si como amantes o qué puñetero rollo llevan, pero verse se ven, Tomás.

—Vale, vayamos con calma y hagámoslo bien. ¡Ven aquí!

Tomás rodeó a Lola con los brazos y ella apoyó la cabeza en su pecho, sintiendo toda la paz que necesitaba. Entonces separó su cuerpo del de él, lo miró a los ojos y lo besó.

12

ADRIANA

Barcelona, enero de 1991

Adriana y Silvia llegaron al aeropuerto tras sus vacaciones familiares. Sus aviones habían coincidido casi también en el horario de llegada y, aunque Adriana desembarcó una hora y media antes, decidió esperar a Silvia en la cafetería de la terminal de llegada de El Prat.

Podía pasarse horas en un aeropuerto imaginando las historias ajenas y tener la suerte de ser testigo de uno de esos días en los que se convertía en un lugar perfecto para admirar las emociones de los que se reencontraban con los suyos. Imaginar las bambalinas de esos abrazos tan de verdad le parecía una de las mejores experiencias inmersivas para cultivar el alma.

Localizó a Silvia entre el resto de los viajeros que atravesaban la puerta con menos ilusión que los días previos a la Navidad. Llegaba cargada de ensaimadas, lo que provocó la risa de Adriana, que no sabía cómo podía con todas aquellas cajas.

Antes de abrazarla, la ayudó con todo lo que llevaba encima.

—¿Hay alguien ahí debajo? —preguntó con ironía.

—¡Hola, Adri! De verdad que no sé cómo he logrado sacar tanta ensaimada de ahí dentro. ¡Qué alegría verte!

—Eso digo yo, ¡cuántas ensaimadas! —Adriana se dio cuenta de que su amiga llevaba hasta seis cajas apiladas de dos en dos.

—¡Es que la azafata es mi tía! Las tenía ella guardadas.

—¡Vaya! ¿Voy a conocerla? —preguntó Adriana.

—No, creo haber entendido que ellos se quedan en una sala para descansar un rato antes del siguiente vuelo, que es dentro de un par de horas. Ya me he despedido de ella.

—Entonces vamos a coger un taxi ya que nos lleve a la resi, ¿no?

Antes de que Silvia pudiera responder, oyeron varias voces que gritaban sus nombres. Lola, Vega y Tomás se acercaban hacia ellas corriendo.

—¡Sorpresa! —gritó Lola casi sin aliento, con Tomás y Vega haciendo los coros casi al unísono.

—Cinco minutos más tarde y la sorpresa es que ya os habíais ido —dijo Tomás entre risas.

Silvia y Adriana mostraron su alegría y emoción de reencontrarse con sus amigos nada más llegar.

—¿Has atracado una tienda de ensaimadas? —le preguntó Lola a Silvia, y todos rieron.

—Venga, vamos al coche y abrimos alguna en casa. ¡Es casi la hora de merendar! Después cojo el coche y os reparto por Barcelona, ¿vale? —propuso Tomás.

Adriana no podía disimular la emoción de volver a verlo. Ese día llevaba aquellos vaqueros Chevignon que tan bien le sentaban, una camiseta blanca y una chupa negra. Le resultó un tanto extraño el look, que parecía el de Lola pero masculinizado. Ella llevaba un *body* negro, otra cazadora de cuero y los Levi's 501 que le habían caído por Reyes. Debía de estar estrenándolos ese mismo día, metidos por dentro de sus Dr. Martens falsas y medio desabrochadas.

Tomás había descubierto esas Navidades la estética grunge junto a Lola, que estaba obsesionada con la música de Nirvana y de un grupo nuevo llamado Pearl Jam.

Al resto de las chicas de la pandilla no acababa de convencerles esa música, pero sí la banda de rock que también les había descubierto Lola, Héroes del Silencio. Tomás era más de pop inglés y no paraba de escuchar a Elton John.

Adriana lo recordaba cantando una y otra vez antes de irse el tema «You Gotta Love Someone», que esa semana era número uno en Los 40 Principales y que no había dejado de escuchar durante todas las Navidades.

Todos se abrazaron con gran entusiasmo y subieron al nuevo Golf GTI rojo de Tomás, su regalo de Navidad y de cumpleaños, pues acababa de cumplir los dieciocho el día treinta.

Tomás cumplía años en una fecha complicada, ya que coincidía prácticamente con Nochevieja, por eso le gustaba celebrarlo después. No era ninguna maravilla cumplir ese día ni ser siempre el más pequeño de la clase. Tenía muchísimas ganas de cumplir los dieciocho y le habían permitido estudiar desde noviembre y presentarse al examen para sacarse el carnet de conducir, por estar a punto de cumplir la mayoría de edad. Aprobó el teórico a la primera y el práctico unos días antes de Navidad. Ya era oficialmente un novato con la «L» en el cristal trasero de su coche nuevo.

Lola se colocó de copiloto sin dudarlo e introdujo la cinta, que estaba en el salpicadero, en el moderno radiocasete del coche recién estrenado de Tomás. La tenía preparada en el inicio de la segunda canción de *Senderos de traición*, de Héroes del Silencio. Su hermano se la había regalado por Reyes.

—¡Os va a encantar!

Subió el volumen, y Tomás y Lola empezaron a cantar «Maldito duende», que ya se sabían de memoria. En medio de aquel concierto improvisado dentro del coche y camino ya de casa de Tomás, Adriana, intentando disimular la incomodidad, le preguntó a Vega:

—¿En qué momento se han hecho estos dos tan íntimos?

—Pues no lo sé —dijo con cierta extrañeza Vega. No era necesario susurrar porque desde delante era imposible que se oyesen las conversaciones—. En realidad, sospecho que se han liado.

A Adriana un escalofrío le recorrió la columna vertebral. Lola sabía que Tomás le gustaba mucho. Silvia, que iba sentada detrás de Tomás, se inclinó sobre Vega, dispuesta en medio, para intentar escuchar lo que ambas hablaban.

—¿Pasa algo? ¡Vaya marcha estos dos! —Cuando vio el rostro de su amiga, se dio cuenta de que algún comentario de Vega le había cortado el rollo a Adriana.

Llegaron a casa de Tomás, era la primera vez que Silvia y Adriana la visitaban. Como ya era habitual, los padres de Tomás no estaban, pero sí el servicio.

Aparcó en la misma calle para después de merendar acercarlas con el coche, parecía que excusa era buena para poder lucirlo por toda Barcelona.

Silvia observaba con admiración la mansión.

—Tomás, ¡qué casa tan bonita!

Adriana, que estaba bastante seria, hizo un esfuerzo para dirigirse a él también.

—No conocía esta parte de la ciudad. Estamos muy arriba, ¿no?

—Sí, es la parte más alta.

Tomás se retiró el pelo de la cara con la mano y sonrió a Adriana, pero ella solo tenía ojos para Lola, que se movía como si fuera su propia casa. Entraba y salía de la cocina e incluso le pidió a una de las chicas de servicio si podía cortar las ensaimadas y llevarlas a una sala que daba a la parte trasera del jardín.

¿Por qué estaba Lola tan familiarizada con aquella casa? La había llamado por teléfono varias veces durante las vacaciones, pero no le había comentado nada de Tomás, solo que iría a su fiesta de Nochevieja.

El 1 de enero de 1991 la había llamado para interesarse por la fiesta y, sobre todo, por si Tomás había estado más cariñoso de lo normal con alguna de sus amigas. Lola le contó con detalle toda la noche y le aseguró que Tomás solo había bebido, bailado y ejercido de anfitrión hasta las siete y media de la mañana. Le había contado también que ella y Vega se habían quedado a dormir y que al día siguiente tenían una resaca horrible por la mezcla de alcohol que habían hecho.

Adriana ya estaba informada de la situación familiar de Lola, y se había ofrecido a acompañarla para espiar al que podía ser su padre, del que ya sabían más cosas de las que la madre de Lola le había contado.

Como era de esperar, los padres de Tomás conocían a la familia, que continuaba dedicándose a los perfumes. Se apellidaba Mateu-Bertrán y su nombre era compuesto, Juan Luis, pero al parecer lo llamaban Joan desde niño. Se había formado con los mejores maestros perfumeros en Suiza y en Francia, y los abuelos maternos de Tomás habían sido parte del círculo social de los padres del amante de la madre de Lola.

El abuelo materno Guardans había muerto hacía escasamente un año, y su abuela, que tenía una impresionante memoria histórica, podía ayudarlos a atar los cabos sueltos del misterioso perfumista. De hecho, ese mismo viernes Tomás había organizado una merienda en la casa de su abuela, que vivía en una bonita torre de la calle Pomaret.

Adriana se ofreció para ayudar a Lola y a la chica del servicio con las ensaimadas y cuando entró en la inmensa cocina se dirigió a la esquina donde Lola apilaba los platos para trasladarlos a la salita.

—Lola, ¿tú no tienes nada que contarme? —La voz de Adriana sonó un poco desconfiada y Lola empezó a ponerse nerviosa.

—¿Algo de qué, Adri? —Le sonrió sin mirarla a los ojos y le entregó los platos—. ¿Me ayudas a llevar esto?

Adriana los cogió y los colocó en la encimera, al lado de las bandejas con dos de las ensaimadas perfectamente cortadas en cuadraditos.

—¿Podemos ir juntas a algún sitio más privado? Por lo que parece, conoces cada rincón de esta casa. —Lola percibió en su amiga las palabras de una mujer celosa y desconfiada.

Estaban empezando a jugar a ser adultas y las primeras veces no solía salir demasiado bien.

—Sí, vamos arriba. ¡Chicos! —Lola alzó la voz al resto, que admiraban la colección de películas del padre de Tomás, con Silvia anonadada ante aquel despliegue cinematográfico que tenía delante. Los tres giraron la cabeza hacia las chicas—. Acompaño a Adriana al baño de arriba.

Tomás, extrañado, le recordó a Lola que había dos en la planta inferior.

—Lo sé, pero lo que necesita Adri está en el de arriba. Tu madre lo guarda ahí. —Todos entendieron que a Adriana le había bajado la regla.

Entraron en el baño grande del primer piso y Lola cerró la puerta. Su cara seria presagiaba que a Adriana no le iba a gustar lo que iba a contarle.

—A ver, Adri, ¿cómo te digo esto?

—Muy fácil. ¿Te lo has tirado?

Lola se quedó más seria todavía, se giró hacia la puerta con los brazos en jarra sobre las caderas. Adriana la contemplaba como si de una rival se tratase.

—Íbamos muy pedo, Adri.

—¿Esa es la excusa? Tú eres de las pocas personas a las que me he abierto y sabes que él me gusta, y mucho. Me has traicionado, Lola. No quiero conocer los detalles. Tampoco voy a montar un numerito. Ya podemos bajar.

—Tía, perdóname, solo somos buenos amigos. Yo no soy la clase de chica que busca Tomás. Sus padres y abuelos se morirían.

—Ya…, pero eso no ha impedido que te lo tiraras. —Adriana abrió la puerta del cuarto de baño para salir; sin embargo, Lola se interpuso.

—¡Espera, espera! He estado muy mal, Adri, la historia de mi madre me ha afectado mucho, hace ya mucho que no tengo padre y de Tomás recibí el abrazo más sincero que me habían dado en años. Sé que no debería haberme enrollado con él sin comentarlo contigo, pero ¡me atrae mucho este tío!

—¡Ah, genial! Pues nada, que sepas que tienes toda mi aprobación. Total, está claro que no siente ni la más mínima atracción por mí.

Adriana esperaba alguna respuesta de Lola, pero esta se quedó callada. Salieron del baño y se incorporaron serias al resto del grupo, que había abierto unos quintos y empezaba a probar las exquisitas ensaimadas del obrador mallorquín de los tíos de Silvia.

—¿Todo bien? —Tomás se percató de que Adriana y Lola estaban incómodas.

—Sí, bien —dijo Adriana mientras Tomás no paraba de chuparse los dedos pringosos de sobrasada.

—Oye, Silvia, este verano podrías invitarnos al hotel de tus padres; nos apañamos todos en la misma habitación y comemos y cenamos ensaimadas cada día. ¡La de sobrasada es algo de otro planeta, no puedo parar! —Tomás estaba entusiasmado, ajeno a lo que había ocurrido en el baño de arriba.

Adriana interrumpió la animada conversación.

—Chicos, no me encuentro muy bien. Tomás, ¿puedo usar el teléfono para llamar a un taxi?

—¡Túmbate en el sofá y se te pasará! ¡Ya verás! Yo os llevo después a la resi.

—No, de verdad. Necesito llegar cuanto antes.

—Pues te llevo y vuelvo.

—¡No, Tomás! Voy a ir en taxi. ¿Dónde hay un teléfono?

Todos se sorprendieron ante el mal humor de Adriana, y Lola la disculpó.

—No la agobies más, Tomás. Está en esos días y no se encuentra bien.

Adriana la fulminó con la mirada y pidió un taxi desde el teléfono de la cocina. Se despidió de todos y salió de la casa acompañada por Tomás. Lola la dejó ir, pensando que, al día siguiente, en clase, todo estaría más tranquilo.

—Siento que tengas que irte, Adriana. Nos vemos mañana en la clase de Clemente.

Ella no podía ni mirarlo a los ojos y cogió su maleta.

—Claro, nos vemos en clase de Clemente. Hasta mañana, Tomás.

Cuando subió al taxi se sintió muy sola. Empezaba a echar de menos a su familia y su pandilla de La Coruña y, además del dolor que le provocaban las acciones de la que creía su mejor amiga y confidente, no había sido capaz de decirle a Tomás absolutamente nada.

Pero ¿cómo podía saber Tomás que ella estaba tan colgada por él si no se lo decía? ¿Habría sido lo suyo con Lola un rollo de Navidad y ya? Pensó que quizá estaba siendo algo dramática, aunque volver a confiar en Lola no sería tarea fácil.

13

ADRIANA

Silvia llegó a la residencia más que contenta y con tres ensaimadas.

Las dejó en la cocina del último piso, con un papel pegado con celo en el que ponía ENSAIMADAS DE SILVIA PÉREZ-CABRERA. NO TOCAR, ¡O TE CORTO LAS MANOS!

Bajó a la tercera planta y fue directa a la 307, la habitación de Adriana. Pensó que, si se encontraba tan mal, estaría allí y no en la sala de estudio común, donde pasaba más tiempo que en su propia habitación.

Tocó con suavidad con los nudillos, eran ya casi las once.

—Pasa, Silvia.

La voz de Adriana sonaba rara. Entró y la encontró tirada en la cama untando galletitas saladas en un bote de Nutella. Llevaba el pelo recogido en una coleta despeinada, las gafas puestas y ese horrible pijama de ositos que Silvia tanto detestaba.

—Adriana, ¿todos los meses te sientes así? No me había dado cuenta...

—¡No tengo la regla! Lola se lo ha inventado. Es una cabrona, ¡se ha tirado a Tomás estas vacaciones!

Silvia abrió los ojos como si hubiera visto un fantasma y se sentó en la cama junto a Adriana, le quitó la bolsa de galletitas y decidió empezar a untarlas ella también en la crema de cacao.

—Vale, de acuerdo. La noche va a ser larga, así que empieza por el principio y hazme un hueco. Me quedaré aquí hasta mañana.

—¿Tú crees que eso lo hace una amiga? Me costó mucho reconocer que Tomás me gustaba, ¡y le ha faltado tiempo para liarse con él! Y en su casa. ¿No te has fijado en cómo se movía en ella?

—Pero, Adri, tú eres muy calladita, no nos dejabas demasiado claro si te gustaba o no. ¡Es que eres muy gallega, leches! Un día me dices que te mola, otro que no le soportas, al siguiente que te cae fenomenal y que seréis grandes amigos. No sé, si a Lola le cuentas lo mismo que a mí, pues es posible que ni se haya planteado que te gusta tanto.

Adriana seguía comiendo galletas como si no hubiera un mañana.

—Si tú lo dices. ¿Sabes qué? Paso de este tío. Enterito para ella. De todos modos, tiene razón. ¿Cómo va a presentar Tomás a Lola en esa familia?

—A ver, reina, entiendo que tengas un ataque de celos, pero no seas tan clasista…

—¿Te ha contado lo de su padre?

—Pues no, ¿qué pasa con su padre? No hemos hablado en todas las Navidades. Es tu compi de facultad, no es amiga mía. Aunque la verdad es que me cae bien.

—Pues que su madre le soltó que estaba liada con un señor de muy buena familia y que es muy posible, casi seguro, que sea hija de él. Y como, al parecer, aquí en Barcelona todas esas familias tienen relación, Lola le pidió a Tomás que la ayudara a buscar a su padre a través de los suyos. Y ya saben quién es.

—¡Vaya tela! Pero ¿qué tiene que ver este culebrón con que se haya tirado a Tomás?

—No lo sé... Supongo que ella estaba hecha polvo, él la consoló, pasaron mucho tiempo juntos porque los padres de Tomás se fueron unos días antes a un hotel en la montaña... ¡No sé, no sé! Es que no me apetece nada verlos mañana. ¡Vaya marrón!

—Entiendo. Pero están en tu clase y tienes que ir. ¡Y pensar que era Vega la que se liaba con Tomás! Pobre Vega. ¡Ya te dije que alguien con ese nombre no era de fiar!

Aquella semana Adriana logró disimular su malestar y Tomás y Lola se comportaron como siempre. Ni un tonteo de más ni un excesivo interés por parte de alguno hacia el otro.

Lola intentaba acercarse a Adriana, pero esta le cerró las puertas de golpe. Incluso prefería irse a la residencia a estudiar que quedarse en la biblioteca de la facultad. Ambas dedicaban muchas horas a preparar los primeros exámenes, pues eran muy competitivas.

La asignatura de Anatomía humana era una de las que más miedo les daba, tanto a Adriana como a Lola, sobre todo, por la rigidez de la doctora Amaia Clemente.

Desde aquel día en el que se atrevió a interrumpirla, Adriana tuvo con ella mejor conexión que Lola y Tomás. La doctora Clemente era directora del departamento de Anatomía, una mujer joven y muy respetada, algo que resultaba poco común entre tanto hombre científico. Su ego era también algo desmesurado, aunque de lo que más orgullosa estaba ese año era de que por primera vez el número de mujeres matriculadas había superado al masculino por dos integrantes femeninas más.

Aunque Adriana estaba algo inquieta, no tenía de qué preocuparse. Durante los primeros meses de clase, la doctora Clemente sabía a la perfección quiénes serían alumnos brillantes y qué otros se quedarían por el camino. Adriana estaba en el primer grupo, y no por favoritismos —aunque ambas habían desarrollado una relación de profesora y alumna muy especial—, sino porque Amaia tenía claro que, con lo inteligente que era, no le costaría ni su asignatura ni ninguna otra.

Pero no servía de nada que intentara tranquilizar a su alumna, los nervios de todo el mundo estaban a flor de piel.

Fueron semanas muy duras en las que Adriana y Silvia no salieron prácticamente de la residencia ni volvieron a verse con Tomás, Lola y Vega. Esta última decidió quedar con otra pandilla, ya que sus estudios de Relaciones Públicas no eran tan exigentes y ya había acabado los exámenes. Un día a la semana se acercaba a ver a Adriana a la residencia; cada vez se sentía más unida a ella y más lejos de Lola, con la que no había vuelto a hablar sobre Tomás.

Él intentaba que todos estudiaran juntos en la biblioteca, pero notaba a Adriana cada vez más distante. El día antes del primer examen él y Lola se quedaron a estudiar juntos.

—¿Por qué crees que Adriana está tan rara? ¿Por la presión de los exámenes?

Lola despegó la mirada de los libros y señaló a su amigo con su boli bic.

—A ver, tío, ¿de verdad me estás preguntando esto? Pero tú eres cortito, ¿no? —Estaba claro que Tomás no entendía muy bien esa reacción, y Lola suspiró—. ¡Le ha molestado que nos enrolláramos! Es más, yo creo que no vamos a volver a estar con ella como antes. Le he explicado varias veces que entre tú y yo no puede haber nada, pero ¡no hay manera!

Tomás permanecía en silencio, algo confuso.

—Vaya, a mí Adriana me mola bastante, pero siempre he tenido dudas de si realmente yo le gustaba a ella... Hablaré con ella mañana después del examen, no quiero que esté así ni conmigo ni contigo. Por cierto, le habrás contado a tu madre todo lo que te dijo mi abuela, ¿no?

—Pues no, Tomás, mi madre está como ausente y yo estoy de exámenes, así que hemos dejado el tema aparcado. Prefiero currarme mi futuro que estar mendigando limosnas a mi supuesto padre burgués.

—Te recuerdo que apareciste una mañana en mi casa hecha una mierda y pidiéndome que te ayudara. Y eso he hecho. Entiendo que necesites tu tiempo para digerir esta historia, pero no estaría mal comentarla con tu madre. Por lo menos decirle que ya sabes quién es Joan Mateu-Bertrán y que conoces también dónde vive con su familia. Más que nada porque puede que tengas dos hermanos.

—¿Te crees que me importa algo esa gente? Yo ya tengo hermanos, ¡no necesito más!

—Si vas a ponerte así, entonces dime para qué hemos hecho todo esto...

—Siento haberte metido en este lío y haber echado un polvo innecesario contigo, y siento que ahora tengamos que estar hablando de todo esto.

Tomás cerró los libros, recogió la mesa y decidió marcharse.

—Cuando estés más tranquila hablaremos, ahora prefiero no estar a tu lado.

—Claro, te entiendo perfectamente. Vete a tu mansión con tu familia feliz, yo seguiré aquí para no tener que enfrentarme a mi puñetera realidad.

—De verdad que a veces eres insoportable. Nos vemos mañana en el examen, necesito parar un rato.

A pesar del duro carácter de Lola, se sentía igual de sola que Adriana y quería estar con ella. Deseaba acabar con los exámenes y poder retomar su amistad, algo que la tenía muy preocupada. En comparación, lo de Tomás no le importaba en absoluto. Era un buen amigo y nada más. En el fondo le agradecía todo lo que había hecho para ayudarla, pero estaba perdida y no tenía la madurez suficiente para gestionar su historia familiar. Al fin y al cabo, no le importaba tener otro padre, estaba mejor sin ellos. Llevaba cinco años acostumbrada a su realidad y en casa no es que fueran muy felices, pero había cierta estabilidad, ¿para qué iba a romperla?

La abuela de Tomás la había tratado muy bien en la merienda que este había organizado hacía unos días. Decidieron contarle una milonga creíble, porque la señora era muy tradicional, o eso pensaba Tomás. Pero los pilló a los pocos minutos y resultó que era muy conocedora de la historia que el hijo de los Mateu-Bertrán había mantenido con una emigrante andaluza.

Fue mucho más comprensiva que el entorno burgués en el que se movía y le aconsejó a Lola que, dijeran lo que dijesen, su madre debía ser lo primero para ella.

Lola no tenía dudas y le pareció triste e injusto que aquella gente tildara a su madre de adúltera, de mujer de mala vida y de no sabía cuántas cosas más que hicieron que su gran amor huyera forzado por la familia a estudiar a Suiza. Al fin y al cabo, ¿para qué quería decirle a ese señor que podía ser su hija? Él volvería a huir. Mejor ni intentarlo. Interpretó en las sabias palabras de la abuela de Tomás que el pasado era mejor no removerlo.

14

ADRIANA

Barcelona, junio de 1991

Aquella primavera de 1991 transcurrió entre libros, noches interminables de fiestas estudiantiles y lazos de amistad que acabaron por afianzarse entre la pandilla de chicos de Medicina de la Universidad de Barcelona.

Aquel durísimo primer año en la facultad había tenido muchas batallas, pero Lola, Tomás y Adriana salieron victoriosos de todas ellas.

Sobre todo Adriana, cuyas notas fueron extraordinarias. Lola consiguió mantener su beca, que cubría las más de sesenta mil pesetas del curso y gran parte del material que precisaban los alumnos, que ascendía a otras cincuenta mil pesetas.

Tomás estaba en el límite de ser admitido en Oxford el curso siguiente, en el que se trasladaría a Inglaterra con su familia.

Los últimos días en la facultad se lo veía bastante alicaído por tener que dejar toda su vida de Barcelona, la ciudad que estaba a punto de ser olímpica, más bonita y viva que nunca.

Desde los exámenes de mayo se había producido un acercamiento entre Adriana y Tomás. Fue entonces cuando Silvia detectó que la que estaba entonces incómoda era Lola, pero él no volvió a mirar a Lola con deseo, y tampoco quería hacerlo con Adriana, ya que le quedaban pocos meses en Barcelona.

Debería iniciar una nueva vida en Oxford y era muy posible que se distanciaran poco a poco hasta perder el contacto. El físico de Tomás llamaba la atención hasta de las alumnas de segundo y tercer curso. Lola y Adriana estaban seguras de que tenía algo con una rubia altísima de tercer curso, a la que llevaba muchas tardes en su flamante Golf GTI no se sabía muy bien adónde.

El verano resultaba prometedor, excepto para Lola. La familia de Adriana se trasladaba desde primeros de julio a la casa que alquilaban en la pequeña localidad de S'Agaró, un enclave precioso en la Costa Brava en el que también veraneaba la familia de Vega. Su padre, Ernesto, les había buscado una casa impresionante en una exclusiva urbanización, la misma en la que pasaría Adriana la época estival. Vega contaba con una pandilla de verano que prometía noches gloriosas para Adriana.

La familia de Tomás también tenía una masía restaurada en un pequeño pueblo del interior, muy cercano a la costa, pero como ese verano tenía que hacer el examen de ingreso en agosto y su madre estaba dedicada en cuerpo y alma al traslado, no tenían mucha intención de pasar unos días en el Ampurdán.

La realidad de Lola era muy distinta. Su madre había llegado una tarde a casa más contenta de lo habitual, algo raro en ella. Había conseguido colocar a su hija como cajera de Hipercor desde la segunda quincena de junio hasta el 15 de septiembre. Lola no se podía creer que después de todo el esfuerzo de su primer curso de Medicina, tras haberlo superado con éxito y conservar la beca, su madre la dejara sin verano.

Intentó convencerla y Petra estuvo toda la noche pensando en lo que había luchado por la educación de su hija. Lola parecía estar feliz ese primer año de Medicina y, aunque no le acababan de gustar las amistades de su hija, quizá merecía pasar un verano tranquila. En casa llegaban bien a final de mes con su sueldo y el del hermano de Lola, así que tal vez no era necesario ponerla a trabajar todo el verano, puesto que seguía becada.

Finalmente, Petra decidió que Lola trabajaría hasta el 31 de julio. Luego se iría a la casa de verano de Adriana, con la que había retomado su amistad como si nada hubiera pasado, hasta el 15 de agosto.

Aquel verano del 91 fue inolvidable para Vega, Adriana y Lola. Salían cuatro noches a la semana hasta el amanecer por los bares y las discotecas de moda, casi todas en un pequeño y pintoresco pueblecito lleno de encanto llamado Begur.

El padre de Adriana y el de Vega se iban turnando para recogerlas en Can Marc, la discoteca que cerraba más tarde. A las siete de la mañana, y con la tranquilidad de que las niñas llegaran sanas y salvas a casa, las esperaban pacientemente. Ellas subían al coche y a los cinco minutos ya estaban dormidas. Bajaban casi con los ojos cerrados para seguir durmiendo hasta la hora de comer.

Pasaban el día en la playa de Sa Conca con toda la pandilla. Ni en sueños Lola hubiera imaginado un verano mejor. Conocía bien la zona por los años que había pasado en las casas de verano de las familias Antic y Cadafalch, pero aquellos años eran muy distintos y no salía prácticamente de la casa más que algún día para bajar a una cala cercana.

La vida ahora era otra cosa. Su madre la aleccionó en modales, esos que perdía en bastantes ocasiones. Petra habló con Carmen, la madre de Adriana, por teléfono. Le comentó que Lola le entregaría un sobre con dinero para cubrir los gastos que pudiera ocasionarle la estancia, pero Carmen le dijo que la niña estaba invitada y no permitiría que pagara nada. Si quería darle algo para sus gastos, bien, pero para su estancia en casa de los Merino no sería necesario.

A la familia de Adriana Lola les pareció una chica encantadora. Era muy limpia y ordenada, siempre dispuesta a ayudar en todo en cuanto se levantaba de la cama, aunque fueran las tantas. El hermano de Adriana la adoraba. Estaba en su despertar sexual y las curvas de Lola eran muy peligrosas para un adolescente.

La única pega que le ponían los padres de Adriana a Lola era precisamente que llevaba los vestidos cortísimos, que se maquillaba en exceso y que creían que no era necesario ponerse aquellos escotes hasta para ir a comprar el pan. Pero Lola era así. Llevaba biquinis minúsculos y estiraba las bragas hasta donde ya no daban más de sí para alargar sus piernas.

Adriana era todo lo contrario, discreta, elegante, con pocas curvas y mucho más de bañador. Algunas noches, Vega y Adriana perdían durante unas horas a Lola, que siempre acababa enrollada con alguno, lo cual le molestaba muchísimo a Adriana, que sabía que, si pasaba algo, la culpa sería de sus padres, por muy mayor de edad que fuera. Así fue como ese verano entendieron que Lola tenía un problema de autoestima y de cariño paternal, que buscaba constantemente en chicos más mayores, pero de los que nunca se pillaba.

Vega siempre creyó, igual que Silvia, que Lola se había enamorado de Tomás, pero para ella era más importante la amistad de Adriana; además, él estaba a punto de desaparecer de sus vidas.

El 15 de agosto Silvia se unió a la pandilla de la Costa Brava y se quedaría en casa de Vega hasta el último día del mes.

Lola convenció a su madre para pasar quince días más con Adriana, hasta finales de mes. El 3 de septiembre, Vega y Adriana volarían a Palma para quedarse unos días en el hotel que la familia de Silvia tenía en Sóller. Lola quería ir también con ellas, pero el billete de avión le costaba más de la mitad de lo que había ganado en Hipercor en julio y finalmente se quedó en Barcelona.

Tomás, que no pudo ver a las chicas en todo el verano por la preparación del examen de ingreso de Oxford, decidió unirse a ellas en Sóller cuando se enteró de que había sido admitido para cursar segundo de Medicina en la prestigiosa universidad inglesa. Así que allí pasaron una semana increíble con la pandilla de mallorquines amigos de Silvia.

Sus padres los habían acomodado en dos habitaciones conectadas por una puerta. En una de ellas estaban Vega y Adriana, y en la otra, Tomás.

Una de las tardes, mientras todos dormían la siesta tras un *frit mallorquí* que había preparado la madre de Silvia en el jardín del hotel, Tomás y Adriana decidieron ir a pasear para que aquella comilona les sentara mejor.

Hicieron una excursión al faro con el atardecer pisándoles los talones y cuando llegaron a lo alto de un acantilado permanecieron allí para verlo. Tomás sacó un cigarrillo de su paquete de Nobel; había empezado a fumar durante los exámenes de mayo. Adriana fumaba ocasionalmente y decidió acompañarlo.

—¿Qué es lo primero que piensas en un momento como

este? —preguntó Tomás admirando la calidez de la luz de un atardecer de septiembre en la isla.

—No sé... Ahora mismo pienso que me da bastante palo volver a la facultad, enfrentarme a segundo, que se ve que es un tostón y, bueno..., me da palo que te vayas, claro. Quizá ya no volveremos a vernos hasta que seamos unos médicos respetables. —Adriana sonrió y admiró el color de los ojos de Tomás, de un azul verdoso intenso por la luz del sol.

—¡Qué va! ¿Crees que voy a perderme las Olimpiadas? ¡Es algo único y mi casa está en Barcelona! Mis padres pasarán todo el verano aquí, seguro. Y tú, *galleguiña*, espero que estés por aquí o por la costa.

—Supongo que sí, porque mis padres ya han apalabrado esta casa para el año que viene. La verdad es que he pasado un verano increíble. Y esta semana está siendo genial, me alegro mucho de que hayas venido, nos habíamos distanciado un poco con todo el lío de exámenes y eso...

—No, Adri. Estábamos mal porque no te gustó que me liara con Lola y no quisiste decírmelo. Te lo habría explicado. —Adriana se levantó de la roca donde estaban sentados.

—Tomás, me agota este tema. De verdad que es cosa vuestra. Yo ya paso. Aunque creo que Lola no se ha acordado mucho de ti este verano.

—¿Y tú te has acordado de mí? —Adriana soltó una carcajada nerviosa ante la presuntuosa pregunta de Tomás.

—¡No seas creído! Venga, será mejor que volvamos.

Pero Tomás la agarró por la cintura y la atrajo hacia él. No tuvo tiempo ni de reaccionar cuando la besó una, dos y hasta tres veces. Entre ellos no hubo más palabras. Se habrían devorado allí mismo, bajo aquella luz crepuscular que convertía el rincón en el más especial del mundo. Tras unos minutos besándose y manoseándose, se tiraron al suelo y Adriana decidió entonces frenar.

—Tomás, para. Esto es un error.

—Pues yo no lo veo ningún error.

—Volvamos y ya hablaremos, ahora mismo no sé qué decir.

Adriana tomó la delantera y no se dirigieron la palabra en la más de hora y media que duró el trayecto de vuelta al hotel de los padres de Silvia.

Cuando llegaron todos estaban despiertos tomando una limonada que había preparado la madre de esta. Se sentaron junto a los demás en las hamacas y las sillas que había bajo los naranjos del jardín.

—Chicos, ¿qué tal la excursión?

—Genial, unas vistas espectaculares. —El tono de Adriana hizo que Vega sospechase que algo había pasado.

Tomás debía irse el 20 de septiembre a Oxford para instalarse en el campus mientras que Silvia y Adriana habían decidido continuar un año más en la residencia. Aquella última noche fue larga para todos, en especial para Adriana y Tomás, que después de la fiesta que dio un amigo de Silvia en su casa, regresaron al hotel poco antes del amanecer solos, borrachos de los chupitos de pomada y cogidos de la mano casi sin darse ni cuenta. Se besaron en cada esquina hasta llegar a la habitación y Adriana tuvo miedo de vomitarle a Tomás encima, pero la excitación del momento le calmó el estómago.

Tomás sabía a una mezcla de pomada y tabaco rubio, igual que ella. Ambos tenían unos labios gruesos y jugosos que encajaban a la perfección en aquel vaivén emocionante que sabían muy bien que no tendría final feliz.

Ese amanecer los cuerpos de Tomás y Adriana se unieron como las últimas piezas de un puzle, encajando sin ningún tipo de resistencia.

Adriana se esforzó para mantener la cordura e intentar grabar en su memoria, invadida por el alcohol, cada momento de aquel encuentro y el tacto de las manos de Tomás en su piel.

Fue un sexo pausado e intenso que duró más de una hora y estaban desnudos sobre la cama de Tomás cuando oyeron llegar a Vega.

—Yuhuu, ¡tortolitos! Sé que estáis ahí detrás, pero vosotros a vuestro rollo, ¿eh?

El estado de embriaguez de Vega era peor que el de ellos y decidieron no responder y permanecer desnudos y abrazados viendo cómo los primeros rayos de sol entraban por la ventana.

El avión de los chicos salía a las cuatro de la tarde. Todos tenían una resaca terrible, en especial Vega, que recordaba poco o nada de la noche anterior.

Los padres de Silvia los acompañaron al aeropuerto sobre la una y media para despedirse de su hija, que regresaba también a Barcelona para empezar a preparar la nueva habitación, ese año más grande. Ya no eran novatas, lo cual significaba que ahora serían ellas las verdugas.

Tomás y Adriana parecían los muñecos de un pastel nupcial y sus manos seguían entrelazadas desde hacía horas, pero ni a Vega ni a Silvia les extrañaba.

Mientras esperaban el vuelo, la pareja se escabullía para seguir besándose, hasta que Vega decidió tomar cartas en el asunto.

—A mí me parece genial que estéis así de pegajosos, pero creo que la habéis cagado bien cagada. ¿Teníais que esperar hasta el último momento para liaros? ¡Te vas en una semana, Tomás!

—Diez días, Vega, diez días... —puntualizó él.

—¡Pues ya ves! Adri, que se va en diez días, ¿lo has pensado? Es que yo creo que lleváis todo el año evitando este momento y ha pasado cuando era mejor que no pasara...

Tomás interrumpió a Vega.

—¿Y a ti quién te ha pedido opinión? Digo yo que será algo que hablaremos nosotros, ¿no? —Tomás había hecho gala del tono más serio que todas le habían oído hasta ahora.

—Vale, vale... Tranquilo, no voy a volver a opinar. Tienes razón. ¡Ya lo haréis!

Subieron al avión y durmieron los cuarenta y cinco minutos de vuelo. Cuando llegaron a Barcelona los esperaban los padres de Vega.

Tomás le pidió a Adriana que le siguiera el rollo y se dirigió al padre de Vega:

—Ernesto, muchas gracias por tu ofrecimiento. Ahora me traen el coche, lo tengo en el aparcamiento VIP. Ya me encargo yo de llevar a las chicas a la residencia. —Silvia miró con asombro a Tomás; no les había dicho que tuviera el coche en el aeropuerto.

—¡Claro, Tomás! —Ernesto le dio una palmada en la espalda y las chicas se despidieron de Vega y de su madre.

—Niñas, pidamos un taxi. Dejaremos a Silvia en la resi. Tú y yo nos vamos a mi casa —le dijo Tomás a Adri ante la mirada de asombro de Silvia.

—¿Perdona? —Silvia dejó su bolsa de viaje en el suelo esperando explicaciones, sobre todo de su amiga.

—Silvia, los padres de Tomás no están y queremos pasar a noche juntos, nos quedan pocos días. —La voz melosa con aquel suave acento gallego que tenía Adriana sonaba más dulce que nunca.

Así que Silvia se quedó en la residencia, Adriana dejó sus cosas con ella porque aún no tenía habitación asignada, la excusa perfecta para no dudar en irse con Tomás. Sus padres no volvían hasta dentro de cinco días, todos y cada uno de los cuales pasaron juntos casi sin salir de la habitación.

15

LOLA

Barcelona, septiembre de 1991

Lola sabía que todos llegaban aquella noche y esperaba que la llamaran al día siguiente, pero nadie lo hizo. Vega contactó con ella a los tres días para que fueran a un fiestón que había en Titus, una discoteca de Badalona.

Lola aguardó en la playa a Silvia y a Vega, que tenía las entradas que le había dado su padre para la fiesta de aquella noche. Lo había pasado mal por haberse quedado sin el viaje de Mallorca y estaba molesta porque ninguno de sus amigos la había llamado ni un solo día. Había tenido una bronca monumental con su madre porque una tarde que llegó a casa antes de lo previsto del trabajo se encontró a su hija en la cama con Cefe.

Vega y Silvia llegaron en moto juntas.

—Pero bueno, Bellucci, ¡que alegría verte! —Así era como la llamaba Vega, porque le encontraba mucho parecido con la actriz italiana homónima.

—¡Hola, niñas! Supongo que ha ido bestial por Mallorca, ¿no? ¿Y Adri?

—Sí, la verdad es que ha sido genial. Bueno, vas a morirte cuando te contemos… —Silvia interrumpió el entusiasmo de

Vega, que estaba deseando soltarle a Lola el apasionante final de verano de Tomás y Adriana.

—Venga, vamos dentro ya, que mirad qué cola se está formando. Adriana no ha podido venir.

—¡Por supuesto que no ha podido venir! Debe de estar agotada de no parar de follar con Tomás —soltó Vega sin miramientos.

Lola miró a Silvia con estupefacción sin entender qué estaba pasando.

—Bueno, pues ya lo sabes. Yo creo que es algo que debería haberte explicado Adri, pero ¡es que esta es una bocazas! —exclamó refiriéndose a Vega.

—¿Tomás y Adri están juntos? Pero si él se marcha en unos días.

—Pues sí, nos tocará secarle las lagrimitas. ¡A quién se le ocurre liarse con Tomás los últimos días! Tú por lo menos lo hiciste bien.

—Vega, por favor...

Lola estaba muy sensible y sus palabras le molestaron.

—Me voy. Entrad vosotras. Estoy de mal rollo y no me apetecía venir, pero, Vega, es que tienes una manera de decir las cosas que has acabado de hundirme el día.

—¡Perdona! No era mi intención. ¡Venga! No puedes irte ahora...

—Vamos, Lola, quédate. —Pero a ella se le llenaron los ojos de lágrimas y salió corriendo.

Mientras lo hacía descubrió que ella también quería estar con Tomás, que siempre lo había querido, pero que se frenaba una y otra vez por sus complejos, o más bien por los que le habían inculcado y le impedían amar a nadie que no fuera de su misma condición social. Se preguntaba hasta cuándo se lo prohibiría. Algún día sería una buena médica y su vida sería otra, ¿por qué no podía estar con alguien como Tomás?

Desde ese día no permitiría que nadie le dijera a quién amar ni la convirtiera en un ser tan amargado como su madre, con una vida tan vacía.

Ahora tocaba olvidar a Tomás, como también debía hacerlo Adriana, así que lo harían juntas. Volvía hacia casa conteniendo su rabia hacia Vega, con la que no conseguía acabar de encajar.

Había pasado el mejor verano de su vida, los padres de Adriana la trataron como una hija más, pero Vega no. Quizá intentaba acaparar a Adriana. Tal vez se avergonzaba de ella, de tener que presentarla a todas aquellas pijas insulsas vestidas con su uniforme de verano de Amarras y sus Victoria sin cordones. En más de una ocasión, Vega le había suplicado a Lola que cambiara sus «pintas» para salir con ellas, pues la estética de Lola era todo lo contrario, un grunge sexy que la alejaba mucho de sus nuevas amigas. Vega no soportaba verla en verano con aquellos *shorts* cortísimos y sus Dr. Martens de imitación y gastadas, pero Lola se reía a carcajadas cuando las veía a todas frente al espejo colocándose unas hombreras gigantes debajo de los tirantes del sujetador antes de ponerse sus camisetas de marca y la dichosa sudadera de Amarras sobre los hombros, por si refrescaba. Ella era diferente, se peinaba y se maquillaba en exceso, explotaba sus curvas sin miedo alguno a que cualquier hombre pudiera agredirla. Su madre tenía una obsesión enfermiza por proteger a Lola de los más mayores, hasta que se encontró a su hija con Cefe en la cama. Ese día entendió que Lola era una mujer y que poco podía hacer ya para moldearla.

Eran más de las nueve y decidió llamarlo para que fuera a buscarla en su moto. Aquella noche la pasó en su casa hasta las siete de la mañana, que regresó supuestamente de la fiesta de Titus.

Cuando llegó se durmió tras una sesión de buen sexo. Cefe estaba loco por Lola y ella empezaba a sentirse muy bien con él, pues, a pesar de la diferencia de edad, el estilo de Cefe lo hacía parecer más un veinteañero.

Adriana y Tomás se habían recluido en casa de él, despidiéndose y arrepintiéndose de no haber reaccionado antes, pero la realidad llamó a su puerta y ya no pudieron ignorarla.

Dos días después de la fiesta en Titus, Adriana volvió a la residencia. Silvia se sorprendió de verla más delgada de lo que ya era, pero irradiaba luz por cada poro.

Se instaló en su nueva habitación, también de veterana, y empezó a organizarlo todo. Aquella tarde irían a la librería especializada donde debían comprar la larga lista de libros de segundo año.

—¿Sabes algo de Lola? —le preguntó Adriana a Silvia.

—Pues resulta que el domingo, que habíamos quedado en Titus, se enfadó con Vega y se fue. Desde ese día no sé nada, claro.

—¿Por qué se enfadó con Vega? —Adriana se estaba temiendo ya lo que iba a contarle Silvia.

—Bueno, ya sabes cómo es… Le soltó lo tuyo con Tomás. Imagino que le dolió que no le hubieras contado nada y más después de volver de Palma.

—¡Será bocazas! Mira que le repetí que se lo contaría yo. ¡Es que Vega me saca de quicio! Voy abajo. La llamaré a casa a ver si está.

Adriana bajó al cuartito del teléfono, marcó el número de Lola y a los tres tonos descolgó con voz de recién levantada.

—¿Diga?

—Lola, ¿podemos hablar?

—Pues no, estoy cansada y ahora no voy a salir.

—No digo ahora mismo, pero sí esta tarde. Si quieres voy a tu casa. Por favor.

—Mira, Adri, creo que, por mucho que lo intentemos, no vamos a conseguir ser las mejores amigas otra vez.

—¿Qué estás diciendo? Has pasado un mes con mi familia, hemos estado genial. Te juro que yo no quería que esto pasara ahora. Él se va, ya está. Será un recuerdo.

Lola permaneció en silencio unos segundos.

—Está bien, hablemos, pero mejor mañana. Hoy necesito descansar. Yo también tengo que contarte algo. Estoy con alguien.

—¿Cómo que estás con alguien? ¿Con quién?

—Mañana, Adri, mañana.

—Esta tarde iré a comprar los libros con Silvia, ven con nosotras.

—Paso de Silvia y más aún de la clasista de Vega, no la soporto.

—Venga, Lola, ya sabes que tiene sus cosas.

—Nos vemos mañana en el bar de la facultad. Pasaré antes a por los libros.

—Está bien. Hasta mañana. —Adriana colgó el teléfono.

Lola decidió entonces llamar a Tomás, quien quizá estuviera en casa. Y así fue. Necesitaba verlo, ese mismo día, pues sus padres llegaban esa tarde.

—Lola, la verdad es que tengo un lío que no veas. No pretendía irme sin despedirme de ti, pero es que hoy es mal día.

El viernes haremos una cena en casa, ya te lo dije, para todos mis amigos, y estaréis todas aquí.

—Ya, Tomás, pero yo necesito verte a solas. No en medio de toda esa gente a la que además no vas ni a ver porque solo tendrás ojos para Adri. Dame un par de horas.

—De acuerdo, ¿qué hacemos?

—¿Vienes a casa? —En casa de Lola no había nadie hasta las cinco de la tarde, así que podrían estar tranquilos.

—Vale, me ducho y cojo el coche. ¿Dónde aparco? Me da un poco de mal rollo dejar el coche nuevo en cualquier parte. —El Golf GTI de Tomás era lo más sagrado para él.

—Tranquilo, Tomás, que podremos verlo desde la ventana.

—Estoy ahí en una hora.

Llegó un poco antes de lo esperado. Lola le dio dos besos, le ofreció algo de beber y se sentaron en el sofá. Ella, como siempre, muy escasa de ropa, con un pantalón muy corto del pijama y una camiseta blanca de tirantes que marcaba la rotundidad de sus senos desnudos debajo.

Tomás no era de piedra y a los cinco minutos de estar a su lado se dio cuenta de que la despedida que Lola le estaba pidiendo no era la de una amiga.

—Lola, ¿sabes que he pasado estos días con Adri?

—Sí, claro que lo sé. Es mi mejor amiga. Pero de esto no tiene que enterarse nadie. —Se acercó a Tomás mirándolo fijamente a los ojos mientras dibujaba con sus dedos en el aire las letras de la camiseta Bonaventure que llevaba él puesta.

Lola tuvo la despedida que quería, un sexo mucho más salvaje que el que tenía con Cefe y que el que había tenido con Tomás hacía unos meses. Consiguió lo que necesitaba para sentirse triunfadora ante los desprecios de Vega, pero sabía que aquello no era una venganza. En realidad, Tomás había sido para ella lo más parecido a un primer amor de verdad.

Aquel día lo guardarían en secreto. Tomás le pidió a Lola que por favor no se lo contara a Adriana mientras él estuviera todavía en Barcelona. Ella se lo prometió, aunque su verdadera obsesión era que Vega lo supiera, lo cual sería igual que contárselo a Adriana.

El viernes 20 de septiembre de 1991, Tomás dio una gran fiesta de despedida en casa. Al día siguiente, algunos de sus amigos lo acompañaron al aeropuerto, entre ellos, Lola, Adriana, Vega y Silvia.

El último beso de Tomás fue para Adriana.

16

PAULA

Madrid, diciembre de 2021

El último mes del año solía ser el favorito de Paula, algo heredado de sus padres. Madrid se engalanaba de luces, como siempre lo hacía en Navidad, pero ese 2021 la esperanza alimentaba las ganas y la ilusión de todos por recuperar unas fiestas robadas el año anterior por la angustiosa pandemia.

Las cosas no estaban del todo claras y, entre una ola y otra del virus, Paula vivía al margen de lo correcto desde hacía muchísimo tiempo.

Siempre había pensado que la condición de ser hija única no tenía ninguna ventaja, además de echar de menos poder compartir lo bueno y lo malo de la vida con un hermano, se había encontrado a los treinta sin padre, con una madre enferma de alzhéimer y sola, completamente sola.

La Navidad había pasado de despertar en ella una felicidad inmensa a provocarle la mayor de las tristezas. Recordaba esas fechas con muchísima alegría porque a sus padres les encantaba llenar la casa de lucecitas, ponían dos grandes árboles y un pesebre precioso en la chimenea del salón principal.

Empezaban a decorar siempre el primer sábado de diciembre, e incluso las amigas de Paula iban ese día a casa de los Suárez-Clemente para contagiarse de la dicha y asistir al espectáculo de alumbrado navideño, acompañado siempre de chocolate a la taza y churros de Mayoma, los favoritos de Paula y de su padre.

¿En qué momento la vida se había convertido en una realidad tan difícil de gestionar?

Esta era su segunda Navidad sin padre, y la quinta acompañada del señor Alzheimer. Los padres de Paula no tenían demasiada relación con el resto de su familia, por lo que nunca habían sido muchos a la mesa durante esas fiestas. Aun así, jamás faltaba su tía Gloria, que, aunque no fuera de sangre, era como una hermana para Amaia, y la madrina de Paula.

Gloria y Joan iban desde Barcelona una semana antes de Navidad porque su hija, Judith, vivía en Madrid. Paula había pasado los veranos con Judith desde pequeña, ya que tenían la misma edad y sus padres alquilaban la casucha de Santa Gertrudis, en Ibiza, desde 1997, cuando ellas tenían cinco años. Lo pasaba tan bien aquellos veranos que recordaba que por las noches, al acostarse, se sentía la niña más afortunada del mundo.

Paula siempre se refirió a su madrina como tía Gloria, pero a Judith nunca la llamó prima. Era su mejor amiga y guardaba en secreto que durante su adolescencia se había sentido muy atraída por ella. Con el paso de los años entendió que había sido la primera persona de la que se había enamorado, su primer amor no correspondido, a pesar de dormir en la misma cama durante todo el verano.

Judith esperaba ya su tercer hijo y no se llevaban más que nueve meses, lo que sumía a Paula en una crisis existencial que la hacía pensar en qué momento se había quedado tan atrás respecto de sus amigas.

Esa tarde habían quedado en el restaurante de Ana la Santa, ubicado en la plaza madrileña del mismo nombre. Como siempre, Judith llegaba tarde y Paula la esperaba en un banquito de la plaza mientras disfrutaba del débil sol de mediados de diciembre. En ese momento, sonó el móvil, advirtiéndole de que tenía un mensaje y, cuando vio de quién era, sonrió.

Paula tenía Tinder desde finales de 2020, cuando la rutina por el covid se había vuelto casi insoportable, pero esa era la primera vez que hacía *match* con alguien con el que no pensaba solo en acostarse.

Su nombre era Carlos, tenía treinta y cinco años, y era director de publicidad en una revista masculina. Había quedado con él en varias ocasiones, pero ella estaba pasando por un momento delicado debido a la salud de su madre y la muerte de su padre, por lo que nunca, en el año que hacía que se conocían, había pasado nada entre ellos.

Para su sorpresa, Carlos se había convertido en un muy buen amigo con el que podía hablar de cualquier cosa. Pero pensaba más a menudo en él de lo que quería admitir y, por lo que percibió la última vez que quedaron, a él parecía pasarle lo mismo. Aun así, él estaba al tanto de la situación de Paula y en ningún momento la había presionado, lo que solo conseguía aumentar la atracción que sentía por él. Pero ¿estaba preparada para algo más?

—¡Paula!

La voz de Judith la sacó de sus pensamientos, le contestó rápidamente a Carlos y se dirigió a su amiga. Esta se acercaba enfundada en un bonito abrigo de pelo rosa abierto que dejaba ver su barriga de siete meses, marcada por el vestido negro de tubo que llevaba. Como siempre, calzaba unas botas altísimas hasta media pierna, pues era de ese tipo de mujeres que ni embarazadas se bajaban del tacón.

—¡Hola, Judith!

Paula la abrazó con fuerza, tenía muchas ganas de verla y llevaban quince días sin quedar.

—¡Estás guapísima, tía! ¿Te has hecho algo en el pelo?

—Bueno, he intentado darme unos reflejos, pero no sé si acaban de convencerme...

—¡Te lo han dejado ideal!

Había dos colectivos que Paula no soportaba: los peluqueros y los dentistas, que siempre acababan haciendo lo que querían. Paula daba lo del pelo por imposible y en quince años había corroborado que aquella señora que acabó con todo su atractivo a los dieciséis mediante una doble ortodoncia era igual de estúpida que la que ahora pretendía que se aislara del resto de la sociedad para estar todo el día pendiente de ponerse y quitarse unas fundas transparentes que se suponía que le dejarían la sonrisa de Penélope Cruz.

—¿Cómo estás, cariño? —preguntó Paula mirando fijamente la barriga de Judith.

—Bueno, no sé bien por dónde empezar...

La miró con una mezcla de cariño, compasión y admiración. Imaginaba que para una chica de treinta años no debía de ser fácil estar cada año y medio embarazada, encontrarse estancada en su trabajo, porque eso era lo que tenía la conciliación familiar, y verse obligada a aguantar a Luis. Paula nunca había soportado al sabiondo de Luis, un joven abogado hijo de papá e íntimo amigo de otros mimados cuya esfera social y de ocio se reducía a los conciertos de Taburete. Paula había salido varias veces con su grupo de amigos, pero la tenían por rarita.

—¡Empieza por el principio! Estás un poco sobrepasada con este tercer embarazo, ¿verdad?

—Paula, quiero separarme.

Paula sintió que un calor horrible le recorría la cara y la cabeza. ¡¿Qué?! ¡Las mujeres embarazadas no se separaban! Pensaba que estar encinta era sinónimo de plenitud en la relación, y más cuando esperaban un tercer hijo. Pero estaba claro que se equivocaba.

—Judith, ¿qué estás diciendo?

—Luis está con otra.

Cuando miró a Judith su gesto no fue todo lo sincero que debería respecto al padre de los hijos de su mejor amiga. Sabía que tarde o temprano el impresentable de Luis acabaría por hacerlo, pero no podía ponerse a chillar en medio de la plaza. ¡Siempre había sabido que aquel tipo era un cabrón!

—¿Cómo te has enterado?

—Da igual —respondió Judith con la mirada cabizbaja.

—¡No da igual! Quiero saberlo.

—He visto su móvil.

La respuesta la pilló por sorpresa, pues Judith sabía que Paula criticaba duramente la falta de confianza que reflejaba registrar las cosas de la pareja. Siempre había pensado que era mejor preguntar directamente. «¿Te estás follando a otra o a otro? Si es así, avísame para que yo pueda hacerlo también».

La bisexualidad de Paula nada tenía que ver con su visión del poliamor y cuando otros solían asociar su condición sexual con cierta promiscuidad, Paula comprobaba que no habían avanzado nada como sociedad.

—Judith...

—No me juzgues, por favor. —Y rompió a llorar.

La abrazó con todas sus fuerzas, sus lágrimas parecían propulsadas por la rabia y la tristeza interior, su cuerpo necesitaba expulsar todo ese malestar que llevaba meses arrastrando.

—Jamás te juzgaría. Siempre estaré aquí. Vamos a hablarlo, Judith.

—Me siento mal, este embarazo ha sido una enorme putada, no entiendo cómo pudo consentir que siguiera adelante sabiendo que no me ama. Le da igual su familia, Paula, no nos quiere. ¡Maldito hijo de puta!

Sin dejar de abrazarse se dirigieron hacia el restaurante. La noche sería larga.

Al día siguiente, el dolor de cabeza despertó a Paula de golpe. Trataba de asimilar la terrible noticia de la situación de su mejor amiga y de sobrellevar la horrorosa resaca que padecía tras haberse bebido una botella de 12 Lunas enterita, ya que Judith no podía por su condición permanente de embarazo o lactancia.

Paula se preguntaba cómo alguien podía ser capaz de digerir algo así sin beber alcohol, aunque quizá se debía a que en su casa siempre había existido una cultura del vino muy arraigada, y a los catorce sus padres ya le servían alguna que otra copita en las comidas familiares.

Judith y Paula habían estado en Ana la Santa hasta más allá de las dos de la madrugada, cuando la primera había pedido un Uber que la recogiera del restaurante. Paula se hallaba bastante perjudicada, ya que además del vino se había tomado un gin-tonic que había acabado de rematarla. La noticia de Judith era una excusa suficiente como para terminar con altas dosis de alcohol en las venas y olvidar todos los palos que la vida le estaba dando en los últimos meses. Acompañó a Judith a coger el Uber y luego caminó un poco para intentar despejarse mientras buscaba un taxi, al que se subió diez minutos después en la calle de Cervantes.

—A Hermosilla veintiséis, por favor —le dijo con voz suave al taxista para que este no notara el alto riesgo que corría de que acabara vomitado al dejarla entrar.

El trayecto se le hizo eterno y no consiguió salir dignamente del coche. El señor, muy atento, se dio cuenta de su estado y la ayudó a bajar asegurándose de que entraba en el portalón de casa.

—Muchas gracias. Le he pagado, ¿verdad?

—Sí, señorita, no se preocupe y métase en la cama —respondió aquel buen hombre.

Cuando la madre de Paula cayó enferma, a pesar de que su padre se bastaba solo para ocuparse de ella, pensó que era el momento perfecto para hacerle un regalo a su hija que además le supusiera algo de ayuda.

Paula acababa de independizarse hacía apenas un año y vivía con dos compañeras de trabajo en la calle Fuencarral.

Una calurosa tarde de finales de agosto de 2019, su padre le dijo que se sentara con él para tomar algo. Cuando Guillermo mencionaba estas dos cosas juntas significaba que la charla iba para largo y Paula, no sabía por qué, se imaginó que quería darle muy malas noticias.

—Paula, ya sabes que tu madre está enferma y que el tratamiento no está funcionando muy bien —dijo con el semblante muy serio y triste.

—Papá, ¿quieres internarla en una residencia? ¡Yo puedo ayudarte! Mamá todavía no está tan mal.

—No, hija, no... Jamás la metería en una residencia. Quiero decirte que hay días en que me siento muy solo, me invade una pena que nunca había experimentado y necesito tenerte más cerca.

—¿Por qué no me lo has dicho antes? Siempre he pensado que necesitabais más intimidad en este momento y por eso, bueno, y por más cosas, claro, decidí marcharme de casa. Pero puedo venir todos los días, no estoy lejos.

—Lo sé, Paula, lo sé. Siento mucho si te he parecido un padre algo ausente, pero yo te adoro, hija. Necesito tenerte más cerca, eso es todo.

—¡Por supuesto, papá! Ya sabes que tengo un trabajo de mierda y que curro muchas horas, pero trataré de acompañarte siempre que me sea posible.

—Paula, he comprado el piso de abajo y quiero que lo reformes a tu gusto y lo conviertas en tu hogar.

En un momento tan dramático como el que estaba viviendo Paula, las palabras de Guillermo Suárez dejaron a su hija completamente en blanco. Su padre, ese hombre que nunca le había dicho «te quiero» ahora resultaba que, más que quererla, ¡la adoraba! Ese que jamás le hizo ningún regalo y no se cansaba de repetirle lo difícil que era ganar dinero y que valorara cada céntimo que le daba sin olvidar que lo suyo con ellos era un contrato. Ese mismo hombre le estaba ofreciendo una casa en el barrio de Salamanca como quien regala un bolso.

—A ver, papá, déjame que lo procese... ¿Has comprado el tercero?

—He comprado el tercero derecha. Está muy bien, hija, pero algo anticuado en la decoración. He hablado con nuestra amiga interiorista Teresa, ¿la recuerdas? Ella te ayudará si quieres actualizarlo.

—Sí, claro, recuerdo a Teresa, pero es que no me lo puedo creer. ¿Me has comprado un piso, papá?

—Pues sí, y lo he puesto ya a tu nombre.

—No sé qué decir. Me parece que todavía no me lo creo. ¿Tienes las llaves? —preguntó Paula con los ojos llenos de ilusión.

No supo darle las gracias ni abrazarlo ni saltar de alegría para exteriorizar toda la emoción que llevaba dentro. Desde pequeña todo con su padre era contención.

Su madre en cambio era un poco hippy (o eso decía), y siempre intentaba sin éxito que ambos mostraran más sus sentimientos. Paula veía a su padre como a un señor mayor, llegado de otros tiempos muy lejanos. Para ella era más como un abuelo que como un padre, no porque se viera tan mayor, sino por su actitud.

En cualquier caso, de este modo en septiembre de 2019 Paula se convirtió en propietaria, una mileurista que trabajaba diez o doce horas al día, muchos fines de semana y a la que no trataban muy bien en su empleo, pero que tenía un piso en pleno barrio de Salamanca al que seguramente su jefa no iba a aspirar nunca.

«¡La vida te acaba recompensando!», pensaba mientras trataba de digerir todo lo que había pasado aquella tarde.

Se sintió con los pulmones a rebosar de aire, ligera como un pájaro libre al que nada le importa más que volar bien alto. Sabía que no tendría que pasarse el resto de los próximos años trabajando como una esclava para pagar el alquiler de una casa mínimamente digna que compartiría con sus compañeras de piso, sin las cuales no podría haberse independizado.

Al cabo de seis meses todo estaba listo. Le entregaron su piso un 14 de febrero, un mes antes del confinamiento. Había quedado realmente bonito. Paula se dejó asesorar por la hija de los amigos de sus padres, Teresa, una decoradora muy conocida que hizo un simple pero precioso lavado de cara al piso.

La noche anterior en que el taxista dejó a Paula con aquella borrachera de 12 Lunas (su vino favorito), agradeció vivir sola, ya que no había problema por ir chocando con todo lo que tenía delante tras abrir la puerta del tercero derecha.

Recordaba haber vomitado una sola vez, y con la cabeza apoyada en el váter del baño de su habitación, solo era capaz decir «¡Maldito hijo de puta!», refiriéndose al marido, o mejor dicho ex, de su querida Judith.

—Que me encuentre tan mal es culpa tuya, Luis, ¡eres un hijo de puta!

Quizá había llegado la hora de convertirse oficialmente en lesbiana y pasar para siempre de los tíos, que no tenían corazón...

Aquella noche apagó la luz y tal vez por primera vez al hacerlo no pensó en su padre antes de dormirse.

17

PAULA

Tras su quedada con Judith a una Paula resacosa le había tocado trabajar desde las ocho de la mañana y ya eran las nueve de la noche. Le parecía lamentable tener que exponerse al virus mientras cubría noticias sobre él, pero se había librado en las cinco olas anteriores e ignoraba que la sexta y su nueva variante ómicron sería para ella...

Pasó el día informando sobre el nuevo el brote que amenazaba, un año más, las Navidades de los españoles. Lo hizo en el hospital Isabel Zendal y escribió noticias con titulares alarmistas para la web, que advertían a la ciudadanía a qué se enfrentaba con la cresta de la sexta ola.

Cada palabra que Paula escribía bajo las órdenes del especialista en posicionamiento de su redacción le hacía pensar que debía abandonar aquella profesión cuanto antes. Eso no era periodismo, sino sensacionalismo del malo, una carrera entre ediciones digitales para llevarse el pastel publicitario, que solo invertía si los números eran extraordinarios. Y para ello había que ser muy catastrofista, pues el morbo vendía y aumentaba la audiencia.

Paula había perdido a su padre, se suponía que por el covid-19, aunque nunca estuvo claro y jamás lo sabría, así que no le tenía ya ningún respeto al virus. ¿Qué más podía pasarle, contagiar también a su madre?

Ella vivía encerrada en una jaula de locuras y paranoias, sin sentimientos y sin futuro. Paula solo era capaz de confesar su pena a su círculo íntimo y a su psicólogo, quienes la entendían o intentaban hacerlo, porque a veces la vida no consuela, y solo la paz interior puede poner el marcador a cero para volver a empezar.

Esa tarde Paula se había saltado su sesión con el psicólogo y no estaba muy bien. Ubaldina la había llamado un montón de veces porque se hallaba desesperada ante la rebeldía de Amaia, a la que, con aquel frío, le daba por salir desnuda al balcón y gritar a los transeúntes que aquella mujer le había robado la ropa.

A Inés, su jefa, le importaba un pimiento el drama familiar de Paula y la presionaba para que aquella maldita web aumentara su tráfico, que nunca era suficiente para captar nuevos anunciantes.

Además, aquel día llegaban a Madrid sus tíos de Barcelona y sabía que la tía Gloria, nada más poner un pie en Atocha, iría directa a casa de Amaia. Paula le suplicó a Ubaldina que aguantara como pudiera hasta que esta llegara a casa, que seguro sería sobre las cinco de la tarde. Y así fue. Paula recibió un wasap a las cinco y media: «Cariño, estoy con tu madre, todo bien. No tengas prisa por volver que estaré aquí hasta que llegues esta noche».

La unión entre Amaia y Gloria era algo fraternal, e incluso el dolor que experimentaba su madrina por ver así a su madre superaba muchos días el de Paula.

Gloria visitaba cada mes a Amaia, se quedaba un par de días, veía a sus nietos y regresaba a Barcelona. Paula creía que en realidad iba a ver a su hija y a sus nietos, pero cuando lo hacía pasaba el mismo tiempo con ellos que con su madre.

Con los años comprendió aquella frase de la Amaia sin alzhéimer: «La familia no se elige y debes respetarla, los amigos sí, y son otra familia igual de importante». Paula no tenía muchos amigos, aunque sí muchos conocidos. Había heredado el sentido de la amistad fraternal que le había inculcado su madre, y al ser hija única necesitaba desarrollarlo todavía más, de ahí que Judith y Cayetana fueran como hermanas para ella.

Esa tarde, al recibir el mensaje de Gloria, Paula se preguntó si Judith ya habría hablado con sus padres sobre el inminente divorcio del capullo con el que se había casado. ¿Qué pensaría Gloria de que su hija les comunicara un divorcio con su nuevo nieto en camino? Ella misma tenía ganas de preguntárselo y, a pesar de que era la amiga de Amaia y la madre de una de sus dos íntimas amigas, sentía que a ella también la unía con Gloria una fuerte amistad, un vínculo al que no sabía ponerle nombre.

Decidió coger el metro para volver a casa y bajó en Velázquez para reservar una mesa en Belmondo para comer al día siguiente con Judith y Gloria.

Había una cola terrible, pero nunca le costaba conseguir un hueco porque la becaria del periódico se sacaba un dinero extra allí gestionando las reservas, y adoraba a Paula.

Se dirigió hacia casa bajo todas aquellas luces de colores que presagiaban otra Navidad extraña, no solo en su casa, sino en la de todos. Aquella interminable pandemia continuaba repartiendo terror en vez de la felicidad edulcorada propia del mes de diciembre.

Subió directa a casa de su madre sin entrar en la suya y

abrió la puerta con aquella sensación de pánico que le recorría todo el cuerpo como un gélido escalofrío.

Nunca sabía qué iba a encontrarse, había vivido situaciones muy duras y seguía pensando que Ubaldina era un ángel enviado por su padre para que pudiera soportar todo aquello.

Pero esa noche sería diferente y triste.

Su madre se mecía sentada en su butaca, había ido la peluquera y estaba muy guapa. Gloria la había vestido y Amaia la miraba serena, con la mano entrelazada con la de su amiga. Paula grabó aquella imagen en su memoria, muestra de un amor tan puro, tan calmo.

Encontró a Ubaldina en la cocina con un semblante relajado y sonriente. ¿Qué había pasado aquella tarde?

—Hola, cariño, ¡estás guapísima! —exclamó Gloria al tiempo que extendía los brazos hacia ella.

La realidad era que Paula se había puesto extensiones de pestañas, que le hacían una mirada más relajada; también se había tratado las ojeras por recomendación de Judith con su médico estético, y lo cierto era que le había sentado bien.

—Hola, tía Gloria. —Se abalanzó hacia ella.

Amaia las miraba sonriendo y les preguntó:

—¿Os conocéis?

A Paula se le congeló el gesto. Siempre había pensado que era extraño que su madre siguiera reconociendo a Gloria, y de repente el temido momento había llegado: ya no la relacionaba con alguien de la familia.

—¡Claro, Amaia! Paula y yo nos queremos mucho, ¿lo recuerdas?

La vida volvía a darle otro baño de realidad a Paula, el más cruel y el que más la asustaba.

—No sé quién es esta chica tan mona, Gloria...

Así que era eso, al contrario de lo que había creído al principio, era a ella a quien había dejado de reconocer. Para Amaia era una extraña y no su hija la que había entrado en casa.

—Mamita, soy Paula, es que me he puesto extensiones de pestañas.

Pero la mirada de niña desconfiada de Amaia seguía fija en los ojos de Paula y supo que no eran las extensiones, su mente había borrado el rostro de su hija para siempre.

—Lo siento, niña, no sé quién eres, pero puedes quedarte a cenar. —Y sonrió.

Paula no tuvo ni fuerzas para darse la vuelta y de ese modo evitar que vieran sus lágrimas desparramadas. Gloria le tomó la mano y la llevó hacia la cocina, pero no encontraba consuelo. Había perdido a su madre. Los psicólogos preparan a las familias de los enfermos para cuando llega ese día, y Paula se levantaba cada mañana con el temor de que ese momento se produjera. «¿Será hoy?». El día había llegado, pero nada de lo que le habían contado podía compararse con lo duro que era vivirlo.

—Paula, cariño, seguro que mañana te reconoce. Ha sido un día lleno de emociones. Lamento que haya podido cansarla, pero quería hacerla feliz. Quizá mi llegada, la peluquera, el haberla vestido...

Entre sollozos más propios de una adolescente que de una treintañera, Paula le transmitió a Gloria todo su agradecimiento por tantos y tantos días de apoyo. También le recordó que rara vez un enfermo de alzhéimer volvía a reconocer a las personas que había olvidado. En cierto modo, quería prepararla a ella también, pues Amaia dejaría pronto de conocer a Gloria.

—Gloria, mi madre no me reconocerá más...

Ambas oyeron cómo Amaia arrastraba la silla y le gritaba a Ubaldina, que estaba estirando el mantel.

—¡Vete de ahí! No toques mis cosas.

—Señora Amaia, estoy poniendo la mesa para cenar.

—¡No quiero cenar! Quiero dormir, quiero dormir, quiero dormir...

Paula no consiguió salir de la cocina para enfrentarse a la situación, así que fue Gloria la que le dio la medicación y entre Ubaldina y ella la acostaron.

A Paula se le hizo eterna aquella media hora y pensó en cómo afrontaría la relación con su madre ahora que creía que era una extraña.

Los días de convivencia con el alzhéimer la habían preparado para este día, en el que su propia madre no sabía ni quién era, pero no para aliviar el profundo golpe emocional que estaba sintiendo.

Lo primero que hizo fue entrar en una aplicación de cuidadores para buscar un apoyo para Ubaldina. Tenía la suerte de contar con la herencia de su padre, que, dada la situación de Amaia, había recaído en ella bajo ciertas condiciones.

Su padre había designado como albacea a un íntimo amigo, que también era como de la familia, pero su mujer no soportaba ver a Amaia así y nunca las visitaban. Las condiciones del testamento eran que mientras Amaia viviera, Paula jamás la metería en una residencia y pagarían lo que hiciera falta para que la cuidaran en casa. No podía vender ninguno de los dos pisos de Madrid, pero sí la parte que les correspondía de la casa de Ibiza a sus tíos si fuera necesario.

Paula tendría cada mes una asignación económica para sus gastos en el caso de que se quedara sin trabajo y con un plazo máximo fijado para que lo encontrara. Lo de su padre y la estricta educación era algo fuera de lo normal, ¿se había dado cuenta de la edad que tenía Paula?

Arturo, el albacea, le dejó claro con su cara de bonachón que cuando su madre faltara, todo recaería sobre ella, tanto la parte de su madre como la suya.

Al enfermar Amaia, se designó como tutor legal a su marido, lógicamente. Y al morir él de manera tan repentina, y en plena pandemia, Paula no se preocupó en los meses siguientes de cómo estaba la situación. Su estabilidad psicológica no era la más favorable para encargarse de todo el papeleo.

Tenía treinta años y una madre enferma. Su padre había fallecido y, aunque no poseía hermanos ni casi más familia, tenía un trabajo y una casa pagada, algo que la dejaba tranquila en ese sentido.

Cuando Cayetana o Judith le decían que tenía la vida solucionada, ella no lo veía así, pero en el fondo era consciente de que tenían razón. Su padre había hecho muchísimo dinero con la notaría y su madre había ahorrado mucho gracias a un buen sueldo hasta que cayó enferma.

Solo habían invertido en las propiedades de Madrid y en la casa compartida de Santa Gertrudis en Ibiza, y el único lujo que no perdonaban era el de viajar.

Paula creía que ese era el motivo por el que nunca tuvieron más propiedades; sus padres viajaban cada tres meses y se alojaban en los mejores hoteles.

Antes de caer enferma Amaia, decidieron hacer un crucero por el mundo de ciento noventa y siete días. Salieron desde Miami y les costó muchísimo dinero. Paula calculó que gastaron en ese crucero lo que ella había podido ganar en toda su vida laboral, pero le parecía algo maravilloso que vivieran sus aventuras por todo lo alto pese a que nunca les perdonaría que no la llevaran con ellos. Pasarse seis meses flotando y despertando cada pocos días en un puerto distinto era para Paula un sueño que algún día cumpliría.

Su padre, en ese momento, se había negado a que se pasara esos seis meses sin trabajar ni estudiar, y sabía que además les habría estorbado en su luna de miel jubilosa.

Paula estaba segura de que, si hubiera tenido una bola de cristal y hubiera visto el panorama que se avecinaba, su padre la habría subido en ese barco y se habrían quedado juntos dos años enteros a bordo.

Él la quería a su manera, incluso más que su propia madre, de la que ahora el olvido se había llevado para siempre su amor y sus recuerdos.

—Paula, yo ya me voy —dijo Gloria entristecida y cabizbaja.

—Gracias, tía Gloria, de verdad. Eres una gran amiga. Es una pena que ella no sea consciente de todo lo que estás haciendo.

Tragó saliva, intentando deshacer el nudo que se le formaba en la garganta y la presión que sentía la mandíbula y hasta los oídos. Pero no pudo soportarlo y rompió de nuevo a llorar. Las lágrimas le resbalaban por la cara, caían a raudales y le entrecortaban la respiración.

—Cariño, por favor, tranquilízate. Estoy aquí. No me voy a ir.

Gloria abrazó a Paula y ella se acurrucó en su regazo como si fuera el materno. La mujer que dormía en casa ya no era su madre, sino una extraña encerrada en el cuerpo que un día le perteneció a la mujer que le dio la vida, aunque ya ni siquiera parecía el suyo.

La buena de Ubaldina le pidió a Gloria que sacara a Paula de allí y bajaran a su casa, pero Paula necesitaba la compañía de su amiga y un taxi las condujo hasta casa de Judith.

Allí pasó la noche intentando digerir que había perdido a su madre.

18

PAULA

Paula despertó con una resaca emocional que podía verse en sus párpados hinchados, tanto que Judith, que la conocía muy bien y sabía que llorar no era compatible con sus ojos, la esperaba con un antifaz de hielo sentada en el inmenso sofá del salón.

—Buenos días —logró vocalizar pausadamente y con una sensación de sequedad absoluta en la boca.

—Buenas tardes, amor. Te dimos un relajante anoche, has dormido muchísimas horas. No te preocupes, porque mi madre está en casa de la tuya y todo está bien. La han levantado, la ha ayudado a asearse y han desayunado juntas. Ahora se queda con ella a comer, le ha dado el día libre a Ubaldina.

Judith soltó toda la retahíla sin darle a Paula tiempo para reaccionar. No sabía qué hora era e intentaba procesar todo lo acontecido la noche anterior, sorprendida ante la dedicación y la bondad infinita de la tía Gloria.

—Aaah…, bueno…, ¿qué hora es? Es como si anoche hubiera bebido diez chupitos de Jägermeister…

—Son las dos de la tarde. Tienes tiempo para ducharte, vestirte e irnos a comer al Ginkgo. Llama si te apetece a mi madre y ella te contará que todo está bien y que no quiere ni que aparezcas hoy por ahí.

Judith era como una hermana para Paula, pero en ese momento seguía aturdida y necesitaba ver a su madre, bueno, a la persona que un día había sido su madre, una mujer empoderada, un referente, una excelente médica y mejor docente.

Paula se preguntaba qué había hecho mal en otra vida para merecer lo que le estaba ocurriendo. Era una persona algo espiritual, mística pero sin excesos y nada religiosa, aunque no podía evitar creer en la reencarnación.

La enfermedad de su madre le hacía pensar que el viaje de su alma hacia otro cuerpo ya había comenzado, y estaba abandonando el suyo incluso antes de morir.

El neurólogo de Amaia, al principio del proceso, les había explicado con todo tipo de detalles las tres fases de un enfermo de alzhéimer, pero también les había dejado claro que cada caso era totalmente diferente y que las fases no tenían la misma duración en todos los enfermos.

A Amaia le diagnosticaron el alzhéimer tras el verano de 2017, solo un mes antes de que Paula se fuera a estudiar un máster a Boston. Las vacaciones en Santa Gertrudis fueron la prueba de que algo no iba bien. Amaia era una excelente cocinera y, a pesar del empeño de la tía Gloria por intentar cocinar lo mínimo durante las vacaciones y disfrutar de la isla, ella sabía que su arroz caldoso con bogavante era todo un festival para las papilas gustativas de la familia. Paula recordaba con mucho cariño aquellas largas sobremesas, entre vítores a la cocinera, con el sonido de las copas perturbando el cantar de las cigarras. El olor a sal, a mar, el agua dulce de la fuente del jardín meciendo las tardes calurosas de una Ibiza inolvidable y de los mejores veranos de sus vidas.

Ese mismo arroz que tanto celebraban todos fue el que los alertó de que a la doctora Amaia Clemente le estaba ocurriendo algo. Era un caluroso 10 de agosto y Judith y Paula estaban poniendo la mesa bajo las órdenes decorativas de la tía Gloria. Todo debía estar combinado a la perfección y con el espacio suficiente para que los comensales se sintieran cómodos.

Ese día esperaban a unos amigos de la familia que, al parecer, eran bastante influyentes en la isla, y eso hacía que tanto la tía Gloria como Amaia quisieran que todo estuviese a punto. Esto afectaba también a los atuendos de Judith y Paula, que casi siempre consistían en un biquini minúsculo que las acompañaba de la mañana a la noche, en las ocasiones más especiales conjuntado con un pareo. Ese día les hicieron vestirse más tapadas de lo habitual.

Cuando llegaron los invitados, Guillermo abrió el vino blanco y el tío Joan repartió varios platitos con aperitivos por toda la mesa, que había quedado preciosa. Paula no observó nada extraño ni diferente en la actitud de su madre, pero ese bonito, luminoso y caluroso día de verano en Ibiza les provocó a todos un escalofrío intenso cuando Amaia apareció en la mesa con su espectacular paella caldosa de bogavante sin un grano de arroz.

Paula recordaba cómo Gloria y Guillermo se habían mirado en aquella bonita tarde de verano con el rostro desencajado al comprobar que Amaia estaba sirviendo con total naturalidad un arroz poco común.

Los invitados estaban inmersos en la conversación que capitaneaba Joan, por lo que no se fijaban en el plato y solo agradecían a Amaia el servicio e inhalaban el intenso aroma que emanaba de este, que era el mismo que cuando estaba completo.

El padre de Paula se levantó de la mesa con disimulo y le indicó con un gesto a Amaia que lo ayudara a buscar una botella de vino que no encontraba en la bodega del sótano de la casa.

Ella, algo extrañada, asintió y lo acompañó. Paula los siguió hasta la cocina y se apoyó en la mesa de madera maciza para, sin mediar palabra, observar cómo su padre se dirigía con infinito amor a su madre.

—Amaia, cariño, creo que has olvidado echar el arroz... —dijo Guillermo con el tono de respeto y admiración con el que siempre hablaba a Amaia.

—¿Qué? —Ella abrió los ojos como platos y, muy nerviosa, solo fue capaz de llevarse las manos a la cabeza y dar vueltas por la cocina, desesperada, mientras repetía—: ¿Qué me está pasando? ¿Qué me está pasando? ¿Qué me está pasando, Guillermo? Paula, hija, vuelve a la mesa.

Otro escalofrío recorrió la espalda de Paula, a pesar de que era uno de los días más calurosos en la isla. Su madre era médica y estaba siendo consciente de que algo raro le pasaba. Hizo como que salía, pero se quedó escondida tras la puerta.

—Amaia, tranquilízate. El plato estará riquísimo y parece una caldereta. No te preocupes. Voy a distraerlos con más vino.

—¡Guillermo! Es horrible que haya olvidado el arroz, y esto pasa una semana después de que no supiera cuál era nuestro coche.

Su madre ya había tenido otro terrible despiste. Al parecer, a los dos días de llegar había aparcado el coche en Marina Botafoch para visitar a unos amigos que pasaban unos días en un velero y, al volver a buscarlo para regresar a casa, no sabía cuál era y tuvo que llamar a Guillermo para que se lo recordara.

Paula volvió a entrar en la cocina.

—Mamá, papá, ¿qué ocurre?

Los dos la miraron con ternura y Amaia abrazó a su hija.

—Hija, voy a volver a Madrid porque quiero que un colega neurólogo me haga unas pruebas. Es posible que algo esté fallando en mi cabeza.

Amaia Clemente no era neuróloga, pero Paula estaba segura de que el día que olvidó cuál era su coche ya sospechó que tenía alzhéimer. Era una gran médica y la docencia le había brindado la oportunidad de formarse continuamente, de saber de cada especialidad.

Entonces sus olvidos de los últimos años empezaron a cobrar sentido. A Paula no le alertaron porque su madre era un torbellino de energía, algo caótica y bastante desordenada, lo cual parecía el detonante perfecto para nunca saber dónde colocaba las llaves, las gafas, el bolso…

Con los años lo achacaron a la menopausia. Amaia le explicaba a su hija que las mujeres a partir de los cincuenta se volvían olvidadizas, despistadas y muy vulnerables, debido a lo que equivaldría en el género masculino a una especie de castración hormonal. A Paula le horrorizaba escuchar eso y a su padre le indignaba que Amaia les contara a todos los amigos siempre la misma teoría. En realidad, ella lo hacía porque tenía muy claro que la comparación era perfecta: una mujer menopáusica era algo similar hormonalmente a un hombre castrado. Y además porque quería que los hombres entendieran por qué sus mujeres estaban tristes, irascibles, olvidadizas y sin apetito sexual.

Amaia solía decirles que esa etapa era el peaje que todas debían pagar para convertirse en seres sabios en el futuro. Paula adoraba escuchar a su madre hablándole del pensamiento de Confucio y sobre cómo en Oriente el edadismo no existía y se adoraba a mujeres y hombres por su experiencia vital y sus conocimientos; con independencia de si eran más o menos cultos, su edad y sabiduría eran suficientes para respetarlos. Los más valiosos podían seguir trabajando si su físico se lo permitía, algo que en Oriente podía ser tranquilamente hasta pasados los ochenta y cinco años.

Amaia se había formado en medicina tradicional china tras dejar la facultad y le apasionaba conocer otra visión más holística que la occidental y científica. Era capaz de ver más allá que el resto de los médicos, aun sin haber ejercido.

A Judith se le cayeron las llaves al suelo y Paula se incorporó sobresaltada. Llevaba unos minutos inmersa en sus pensamientos, mirando por el amplio ventanal del salón de su buena amiga.

—¡Por Dios! Tengo más barriga que nunca, no puedo ya ni agacharme —se lamentó Judith al intentar recoger las llaves.

Paula se levantó de un salto para ayudarla y entonces la abrazó, recordando el drama personal que ella también vivía con Luis y con esa criatura en camino. Su amiga soportaba sus bajones y compartía a su madre con Amaia, que daba mucho más trabajo que los hijos de Judith.

—No tengo palabras en este instante para agradeceros tanta generosidad, más cuando tú estás en un momento tan duro… ¿Has hablado con Luis?

—¡Te lo cuento en Ginkgo! Y después, como ya será prácticamente de noche, iremos a ver las luces, porque Madrid está precioso.

Paula asintió y admiró la fortaleza de su querida amiga. Siempre lo había hecho. Para Paula, Judith era una inspiración constante, un ser de luz tan bonito por dentro y por fuera que no lograba entender cómo el capullo de Luis podía estar engañándola con la primera veinteañera recauchutada que se le había puesto a tiro.

¿Cómo había podido su amiga aguantar a un tipo así?

19

PAULA

Los últimos días habían sido muy difíciles para Paula. Con la Nochebuena de 2021 a la vuelta de la esquina, su madre la miraba como a una extraña que le caía fatal y su amiga Judith lloraba por los rincones ante la situación de engaño que estaba viviendo.

La tía Gloria seguía pasando horas y más horas en casa, pero había llegado un punto en que su madre tampoco la reconocía a ella, aunque le acariciaba la cara constantemente. Gloria era muy buena amiga, pura magia como persona, y así había criado a su hija Judith. Paula no conocía, ni conocería, a ninguna mujer con más valores que los que esta madre había transmitido a su hija.

Judith no había comunicado la noticia de su divorcio a sus padres, que, a pesar de estar alojados en su casa, no habían detectado el mal rollo entre Luis y su hija. La realidad era que Luis llegaba cada día tardísimo y no siempre coincidía con los padres de Judith despiertos.

A Judith la desesperaba tener que compartir cama con él, pero debía fingir que todo estaba como siempre ante sus padres y sus dos hijos, pues era Navidad.

Entre Gloria y Judith habían convencido a Paula de que ese año lo mejor sería acostar pronto a Amaia y no hacer ninguna celebración con ella. Ya tenía otros horarios y no entendería qué hacía toda esa gente en su casa.

Gloria pensó que lo más apropiado era que Paula se trasladara a casa de Judith y cenaran todos allí. Sin embargo, a Paula le daba mucha pena Ubaldina, pues si ella no estaba en casa, ¿no podría celebrar la Nochebuena con su familia? La respuesta le llegó caída del cielo.

—Señorita Paula, sé que es un mal momento, pero no puedo dejar a mis hijitos y a mi marido cenando solos mañana. Estaré hasta última hora y regresaré al día siguiente a las ocho, pero debo estar con ellos.

Paula entendió lo que le decía Ubaldina. No tenía todavía a la persona que hiciera las noches y estaba segura de que no la encontraría esa semana, así que Amaia y Paula, como dos desconocidas, pasarían la Nochebuena juntas. Intentaría acostarla lo más pronto posible, ella se haría unas gambitas a la plancha, una tabla de mortadela trufada y quesos, y se pondría una serie de Netflix para verla de principio a fin. Por supuesto, se bebería una botella de buen vino y dormiría hasta las tantas.

El día antes de Nochebuena Paula llamó a Gloria sobre las once de la mañana para que no acudiera a su casa. A su madrina le gustaba mucho cocinar y seguro que ya llevaba horas haciendo colas interminables en el supermercado de El Corte Inglés para preparar su deliciosa caldereta de marisco.

Tras varios tonos la llamada se cortó. Solo quería avisarla de que no iría a cenar, sin darle detalles, porque sabía que haría todo lo posible por modificar los planes para adaptarlos al bienestar de todos. Cuando por fin se lo cogió, le dijo:

—Tía Gloria, seguro que estás comprando, ¿verdad?

—Cariño, ¡sí! Hay mucha gente y estoy acaloradísima porque tienen la calefacción muy alta y esta maldita mascarilla me ahoga. Voy a hacer esa caldereta que tanto te gusta, Paulita.

—Tía Gloria…

—¡No! No me vas a decir que te quedas en casa. Acostaremos juntas a tu madre y después nos iremos.

—No puedo… Ubaldina no puede quedarse.

Decir la verdad era siempre la mejor opción, o eso le habían inculcado sus padres.

—Vaya… Déjame pensar…

—No hay nada que pensar, tía Gloria. Ubaldina no es una esclava de mi madre y hoy debe cenar son sus pequeños. Y tú quiero que estés con tu hija y con tus nietos. Yo estaré bien. Mamá se dormirá y yo cenaré algo rico y veré una de mis series. Luego podré celebrar con vosotros la Navidad porque Ubaldina llegará por la mañana.

—Cariño, no puedo consentir que pases sola la Nochebuena, no me lo perdonaría.

—¡Pues ya te lo estás perdonando! Mañana a las doce estaré ahí para ayudar con lo que sea, que seguro que somos muchos.

La Navidad ese año tocaba también en casa de Judith con sus suegros como invitados, pero dadas las circunstancias de la pareja empezaba a dar mucho miedo esa comida.

—No quiero que estés sola, Paula.

Sabía que Gloria se entristecería pensando que estaban en casa, cada una por su lado, como dos perfectas extrañas, como dos seres que nunca habían tenido relación alguna, pero así debía ser.

El agobio de tía Gloria en el supermercado ayudó para que pudiera colgar y dar por zanjada la conversación, dejándola un poco convencida de que era lo mejor para todos.

Apenas habían pasado cinco minutos cuando el móvil de Paula sonó y en pantalla apareció la imagen de Judith. La pilla de Gloria ya había llamado a su hija.

—Hola, Judith, ¿cómo estás, amor?

—Paula, prepara la mesa porque mañana voy a cenar contigo.

—Jud...

No la dejó ni acabar.

—Paula, ya está todo hablado. Haremos el rollo de Papá Noel a las ocho de la tarde, mientras mi madre prepara sus historias. Ya sabes que los regalos llegan al día siguiente y acuesto a los niños a las nueve. El resto son adultos y entenderán que esta Nochebuena debo estar contigo.

Le entraron tantas ganas de llorar que el nudo en la garganta no le dejaba articular palabra.

—Jud, no puedo permitirlo. Tus padres han venido para estar contigo, no para aguantar a Luis haciendo *scroll* en Instagram toda la noche y a tu suegra alardeando de sus últimos retoques estéticos. A tu madre le va a dar algo...

—Toda la situación es muy rara, cariño...Yo no quiero ni ver la cara de ese capullo y menos la de mi suegra, que, aunque su hijo me asesinara, seguiría diciendo que lo hizo el portero. Anoche hablé con mi madre y se lo conté todo. No te diré que la pobre está encantada de que su hija, con un bombo, le diga que se va a separar, pero es lo que hay. Además, me encantará decirle esta noche «¡Ahí te quedas! Con tus hijos y mis padres». ¡Verás qué careto pone!

Judith hablaba mucho y rápido, lo cual no le permitía a Paula contradecirla en casi nada; además, era muy graciosa y vestía de comedia cualquier drama. Era una hermana, siempre pendiente de todos, aunque su vida ahora se hubiera venido abajo. Lo primero era el bienestar de quien ella veía sufrir y creía que ahora era el momento de estar al lado de Paula.

—Está bien, acepto porque creo que ambas necesitamos pasar esa noche juntas y la única putada es que no vas a poder emborracharte conmigo y me beberé de nuevo sola la botella de 12 Lunas.

—Cierto, pero me pienso comprar una bolsa gigante de chuches.

—Estoy preocupada por tu madre, ¿se lo ha comentado a tu padre?

—No creo, es una cosa entre nosotras. Ella es de una generación que perdona las infidelidades, aunque no me imagino a mi padre siendo infiel. Estoy segura de que cree que esto se arreglará por los niños. Pero no, Paula, las cosas hoy en día se hacen pensando en una misma, mis hijos sobrevivirán y no les faltará de nada. Tendrán que acostumbrarse a tener dos casas porque pienso pedir la custodia compartida para que este tío lleve a sus putitas a casa menos de lo que le gustaría…

—Vamos, Jud, las chicas no son las culpables. Seguramente ni sabrán que está casado y con hijos.

—¡Eso se ve, cariño! Luis tiene cara de padre de familia…

La hizo reír, como siempre. Era capaz de sacar pinceladas de humor hasta del momento más dramático.

—¡Nos vemos mañana amor!

—Gracias, Jud, te quiero. —Y colgó.

A pesar de todo lo feo que le traía aquella Navidad, Paula se sintió la persona más afortunada del mundo. Sabía que debían de quererla mucho para hacer todo eso por ella, así que intentaría trasladarle a Amaia todo ese amor, aunque no la reconociera ni cenara con ella. Solo quería que su madre descansara en paz en la cama, abrazada a un Gusyluz muy viejo que Paula tenía cuando era pequeña, pero que parecía más propio de los ochenta. Nunca le quedó clara su procedencia, y aun así era su muñeco favorito. En realidad, estaba convencida que el alzhéimer no había borrado los sentimientos que pueden despertar los olores, y ese muñeco olía a ella; Amaia no se separaba de él ni una sola noche.

A los diez minutos volvió a sonar el teléfono.

—Paula, he hablado con mis padres y entienden perfectamente que mañana no cene con ellos, y Pablo también.

La voz potente y algo rota de Cayetana sonaba al otro lado del móvil.

—Hola, Caye, ¿qué dices? ¡Madre mía! En otra vida debí de ser una santa... Te digo lo mismo que a Jud, no voy a consentir que dejes a tu familia tirada el día de Nochebuena.

—No es cosa tuya consentirlo o no. Imagino que Jud lo tiene mucho peor, pero la admiro por intentarlo.

—Pues la vas a admirar más porque tiene pensado venir mañana diga yo lo que diga.

—¡Es una crac! Mañana será una gran noche. Nunca hemos podido estar juntas en Nochebuena, ¡qué emoción, Paulita!

Ella sintió una ilusión contradictoria, sentimientos enfrentados de felicidad y amargura en un momento en que la vida la ponía al límite del dolor y en una época tan rara en la sociedad.

Paula sentía que su etapa adulta estaba llegando a la cima, pero sus bolsillos iban vacíos de sentimientos. Entonces se dio cuenta del verdadero sentido de la vida. De nada servían el dinero ni su vida acomodada ni la ayuda que tenía con su madre enferma. El dolor era más fuerte, pasaba por encima de todo, pero también lo podía ser el amor.

La Paula perdida, aturdida y caprichosa en ocasiones estaba tomando un nuevo camino en el que lo material ya no tenía ningún sentido.

Para ella, esa Nochebuena con sus dos íntimas amigas y una madre ausente en una habitación sería uno de los días más inolvidables de su vida.

Las chicas llegaron sobre las ocho de la tarde a casa de Paula. Judith llevaba una bolsa gigantesca de chuches metidas en una bolsa navideña de esas con renos y un Papá Noel enorme. Además de su suculento manjar dulce había llenado la bolsa de gorros y diademas, al más puro estilo americano.

Cayetana llevaba unos jerséis que había comprado en el Primark de Gran Vía esa misma mañana y que, por la apariencia, debían de ser una XL de hombre.

A pesar de que Paula les había repetido que no se preocuparan de la cena, Judith, con su barriga y sus tacones, arrastraba una maleta pequeña con ruedas que escondía un montón de caprichos *gourmet* que eran los favoritos de Paula y que había ido a comprar a El Corte Inglés.

Al final, Paula se conformó con hacer unas gambas al horno sobre lecho de sal y a abrir, de golpe, dos botellas de vino, una para ella y otra para Cayetana. ¡Era Nochebuena y estaban juntas!

Había acostado a su madre después de que se marchara Ubaldina y colocado la cámara en la cómoda. Así, mientras cenaban, tenía el móvil en un pequeño trípode que les permitía observar si Amaia se movía o intentaba levantarse.

Era arriesgado dejarla sola, pero las pastillas le hacían efecto hasta más allá de las dos de la madrugada, momento en que podía pasar cualquier cosa.

Las chicas empezaron a cenar sobre las ocho y media. Lloraron, rieron, se apoyaron y fueron felices durante cinco horas.

Estuvieron muy pendientes de la cámara, pero Amaia dormía plácidamente y decidieron no arriesgarse y despedirse sobre la una y media.

—Gracias, amigas, no tengo ni tendré nunca palabras para agradecer lo que habéis hecho por mí esta Nochebuena —dijo Paula visiblemente emocionada.

—Paula, cariño, gracias a vosotras mi bebé ha pasado un día de tranquilidad aquí dentro; lo necesitaba, de verdad.

—Mañana hablamos, Paula, muchas gracias por esta noche, chicas. —Cayetana se despidió con un gran abrazo de Paula y tomó el ascensor junto con Judith.

Paula se puso el pijama y subió a casa de su madre. Se metió en la cama con ella sin ni siquiera lavarse la cara, demasiado cansada y relajada por el vino. Amaia no se movió entonces ni lo hizo en toda la noche.

A Paula le costó conciliar el sueño; no recordaba cuándo fue la última vez que durmió con su madre, quizá el día en que murió su padre, pero Amaia no había sido consciente. Paula observaba a una madre ausente, muy deteriorada a pesar de los esfuerzos de la tía Gloria por mantenerla aseada, aunque con el pelo en condiciones. Para ella era una mujer desconocida, con una energía extraña, como si la muerte estuviera rondando sin saber muy bien si debía llevársela o no.

Sin embargo, una despedida se intuye, así que los sentimientos afloraron e iluminaron esa noche como la más oscura, y decidió que no se quedaría con las ganas de aquel contacto físico con un ser querido.

Amaia había perdido la cabeza, pero Paula se abrazó a ella durante más de dos horas aquella noche, y esta no se movió; incluso notó que su respiración se ralentizaba.

Quizá en la parte más profunda de su cerebro Amaia reconoció el alma de su hija.

Quizá esa noche encontró la paz que necesitaba en medio de la tempestad de sus neuronas.

A las ocho en punto Paula oyó que se cerraba la puerta de casa. Había llegado Ubaldina.

20

PAULA

Madrid, enero de 2022

Paula detestaba el primer mes del año. Era como si la ilusión, el color y el calor familiar de diciembre se desvanecieran de repente y todo se volviera gris.

La Navidad había sido especialmente dura, exceptuando la Nochebuena que habían pasado las tres amigas juntas, pero los días posteriores fueron convulsos tanto para Paula como para Judith, que tuvo que guardar reposo por riesgo de parto prematuro tras lo que había sido un ataque de nervios en toda regla el día de Navidad.

Judith había echado de casa prácticamente a empujones, a Luis delante de sus propios padres y sus suegros. Había sido muy duro para todos, incluidos los dos hijos de la pareja. Más tarde Judith se arrepentiría muchísimo de haber tenido este comportamiento, no por su marido, pero sí por el resto de la familia.

Aun así, Paula la comprendía perfectamente, porque detestaba a los tipos como Luis, tan prepotente, con esa mirada retadora permanente, sus aires de grandeza y su estupidez de machito dominante.

Judith estaría muchísimo mejor sin él. Sus padres, Paula, e incluso sus suegros la apoyarían durante la separación. Aquella mañana de mediados de enero era muy fría y gris, y Paula temía que se repitiera otra borrasca como Filomena, que había convertido Madrid en una ciudad nórdica justo hacía un año. Tenía que acudir a una rueda de prensa en el ayuntamiento y ese día Amaia estaba extraña.

El último mes su agresividad había desaparecido, hablaba muy poco y empezaba a tener dificultades para tragar, lo cual preocupaba mucho a Paula, porque estaba muy débil. La paciencia y la dedicación de Ubaldina eran vitales para Paula, que pasaba muchas horas en casa de su madre.

Muchos días se preguntaba si Amaia sería consciente de ser su madre. No la había vuelto a reconocer, pero había días en que respondía con miradas de ternura a los besos y caricias de Paula.

Esa mañana, Amaia no quiso desayunar y la noche anterior tampoco había probado bocado. Ubaldina estaba en la cocina preparando una gelatina de fresa para intentar así por lo menos hidratarla, y Paula abrió con suavidad la puerta de la habitación. Amaia parecía estar dormida y ella le acarició la frente, y le pidió a Alexa que pusiera música clásica, como cada mañana.

Amaia entreabrió los ojos, sonrió y se dirigió a Paula con el hilo de voz que tenía siempre a esas horas de la mañana:

—¿Todavía no te has ido a tu casa, niña? —Paula se sorprendió mucho ante la pregunta, ¿la había reconocido?

—Mami, he subido a verte antes de ir a trabajar. Quiero que intentes desayunar, ¿lo harás por papi y por mí? —El rostro de Amaia mostró un gesto serio, casi de enfado y se giró brusca y torpemente hacia el otro lado.

Paula rodeó la cama y estaba a punto de volver a hablarle cuando Ubaldina entró por la puerta con la gelatina en una pequeña bandeja plateada.

—Mami, mira qué rico lo que ha preparado Ubaldina. Te voy a ayudar a probarlo, ¿vale?

—Déjame, niña, ¿qué haces en mi casa? ¿Y esa quién es? ¿Por qué me ha robado el vestido?

—Mamá, nadie te ha robado nada. Te estás confundiendo...

Ubaldina siempre miraba a Paula con ternura y admiración, era una chica joven que había pasado mucho en los dos últimos años y ahí seguía, cuidando de Amaia con toda la dedicación y el cariño.

—Ubaldina, sé que no es fácil, pero mamá está muy mal, es la última fase y no sabemos cuánto puede durar, pero quiero que sienta el máximo cariño en el tiempo que le quede.

—Claro, señorita Paula, ya sabe que yo hago todo lo que puedo, pero la señora no entiende...

—Lo sé, Ubaldina, lo sé. Y te agradeceré toda mi vida que estés aguantando esto. Pero tenemos que pensar que ella, en el fondo, se siente bien por nuestros cuidados. —Mientras, Amaia se había tapado la cabeza con la almohada. Paula se la retiró con suavidad y la ayudó a incorporarse para intentar que tomara un poco de gelatina.

—Mamá...

—¡Deja de llamarme mamá! Yo no soy madre de nadie, ¿de qué me conoces? ¡Me confundes con tu madre, niña!

Ubaldina sabía lo vulnerable que se volvía Paula cuando Amaia le recordaba que no sabía quién era...

—Señora, es su hijita, la que la cuida cada día.

—¡Yo no tengo hija! Tengo un marido, es alto, rubio y viene al mar conmigo, ¡no me dejáis verlo, me tenéis en esta casa secuestrada, os odio!

—Mami, yo soy tu hija Paula, nací el 24 de junio de 1992 en Barcelona. Papá y tú vivíais allí y unos meses después de nacer, hubo un incendio en casa y vinimos a Madrid. Hoy es 23 de enero de 2022. —Amaia seguía sin mirar a Paula y le daba la espalda mientras gritaba que se callara.

Paula tomó entre sus manos el álbum que tenía siempre en la cómoda de la habitación de su madre, el primero de su vida y de la nueva historia de sus padres, ya que en el incendio se había perdido todo y solo les habían quedado algunas fotografías que guardaban sus amigos, enmarcadas como verdaderos tesoros.

Ese álbum, del primer año de vida de Paula y de la llegada a Madrid de la familia, lo guardaba como oro en paño para ayudar a Amaia a recordar, pero en los últimos meses no servía de mucho.

Su madre había olvidado por completo que tenía una hija y su vida ligada a ella. Amaia no recordaba nada, excepto su amor por el padre de Paula. Las huellas que quedan marcadas en el corazón no las borra la pérdida de la razón; son como supervivientes de un naufragio, salen a flote con el mínimo oxígeno y consiguen traspasar la barrera de lo irracional para aflorar una y mil veces en ese recuerdo inalterable.

Lo que le quedaba a Amaia Clemente era el amor. Aun estando en la fase más avanzada de su enfermedad, con un deterioro físico evidente, Amaia seguía manteniendo su esencia.

Paula salió rota de casa de su madre, como de costumbre. ¿Cómo era posible que se acordara de su padre y no de ella?

Tal fue su desespero que decidió llamar al neurólogo desde el Uber que la llevaba a la rueda de prensa.

—Buenos días, doctor Abellán.

—Buenos días, Paula, ¿ha ocurrido algo con Amaia?

—No, bueno, sí. Muchas cosas. Pero necesito entender por qué se ha olvidado de mí y no de mi padre, ¿usted sabe por qué ocurre eso? ¿Es posible que vuelva a recordarme?

—Paula, no tengo respuesta para eso. Tu madre está muy avanzada en su enfermedad, aunque siempre te repito que no has podido hacerlo mejor.

—De acuerdo; gracias, doctor.

Entonces decidió darle a vuelta a la tortilla, como tantas y tantas veces había hecho. Su madre estaba muy débil, pero ella todavía era capaz de tragar, aunque unos días más que otros.

En uno de los grupos de terapia a los que acudía con su padre al principio de la enfermedad de Amaia, siempre les decían que tratar a quienes padecen alzhéimer como a niños que no razonan o como a dementes no era la solución ni para cuidadores ni para los propios enfermos.

Tanto Paula como Guillermo intentaban dialogar con Amaia como lo habían hecho siempre. Reír, enfadarse y llorar con toda naturalidad.

Pero el mal avanzaba y las situaciones cotidianas perdían esa espontaneidad, y los cuidadores caían en la desesperación ante la terquedad de la persona enferma, que además respondía a una irracionalidad peligrosa en algunos momentos.

Paula llamó por teléfono a Ubaldina.

—Señorita Paula, ¿ha olvidado algo? —respondió esta al descolgar el móvil.

—Ubaldina, llegaré sobre las doce. Intenta lavar a mi madre con las esponjas jabonosas, ya que la duchamos el domingo. Péinala, o mejor, dale el peine para que lo haga ella, e intenta que escoja ropa del armario. Cuando llegue yo supervisaré y la vestiremos. —No sabía si estaba haciendo lo correcto, pero debía intentarlo—. Hace frío, pero iremos a pasear y trataremos de comer en Ultramarinos Quintín. Le encantan sus canelones de centollo y yo creo que si se los machaco bien podrá tragárselos sin problema. Mi madre necesita oler, probar y oír algo fuera de esa casa. Voy a llamarlos para que nos den una mesa discreta. Crucemos los dedos para que no grite demasiado.

»Tú le dirás que debe arreglarse para que el señor la vea bien guapa. Nos la jugaremos, porque no creo que recuerde cuando esté por la calle cuál era el propósito de la salida... ¿Ubaldina, me escuchas? —Era tal el silencio al otro lado de la línea que Paula dudaba si la conversación se había cortado.

—Lo que usted diga, señorita Paula. Voy a intentarlo, pero creo que debería esperar a que usted llegue...

—Haz lo que puedas. Gracias, Ubaldina.

El Uber seguía en un atasco sin fin, así que decidió llamar a Gloria, que era lo más parecido que tenía a una madre y a quien recurría cuando necesitaba aprobación para algo.

—¡Paula! Te iba a llamar esta tarde, cariño.

Escuchar la voz de la tía Gloria era como respirar a través de una bolsa de plástico cuando sufría ataques de pánico: sentía que los pulmones se le llenaban de aire y podía relajarse de nuevo. Cuando Paula sentía pánico ante alguna situación, llamaba a Gloria y solo escuchar su voz ya le daba fuerzas para continuar con su propósito.

—Tía Gloria, sé que no aprobarás lo que voy a contarte, pero he decidido llevar a mamá a comer canelones de centollo a Quintín.

—Pero, Paula, si casi no puede tragar.

—No es cierto. Puede tragar, pero la tristeza se lo impide.

—Paula, ya oíste lo que nos dijo el doctor Abellán, esta fase va a ser dura. Además, entre Ubaldina y tú no podréis vestirla ni colocarla en la silla, será muy complicado.

—Quiero ver si al decirle que lo haga por mi padre, que vamos a ir a verlo, consigo que pueda salir a la calle.

—Es muy arriesgado, Paula. La semana que viene ya estoy ahí. Espérame y lo intentamos juntas.

—No puedo, tía Gloria. Mi madre cree que soy una secuestradora, no para de repetirme que ella no tiene hija, y yo lo único que necesito es que, aunque no me recuerde, sea capaz de construir algo positivo conmigo. Nadie sabe realmente lo que un enfermo de alzhéimer está sintiendo y todavía le quedan fuerzas para mantenerse en pie, voy a aprovecharlas.

—Paula, llamaré a alguien para que te ayude, al amigo juez de tu padre.

—No, déjame hacerlo sola; te iré informando, te lo prometo.

Paula necesitaba hacer sentir feliz a su madre. Llamó a la peluquera que iba a peinarla los viernes y consiguió que enviaran a alguien a las diez y media.

Empezaba a agobiarse porque llevaba cuarenta minutos en el Uber y necesitaba llegar a tiempo a la rueda de prensa. El conductor le dijo que estarían en quince minutos.

Escribió a Carlos, y este la llamó en cuanto recibió el mensaje.

—Hola, preciosa. ¿Cómo estás? Te he notado un poco triste estos últimos días.

—Hola, Carlos. Pues ahí voy. —Paula necesitaba desahogarse, y le contó rápidamente lo que tenía planeado para ese día y las esperanzas que tenía puestas en que todo saliera bien.

—Paula, me parece una gran idea. Quieres volver a sentir a tu madre un poco más cerca, y una salida así es algo que te hace falta. Pero entiendo que estés agobiada. ¿Cuándo fue la última vez que tuviste un poco de tiempo para ti misma? ¿Unas horas en las que no hablas de esto ni piensas en ello?

—Uff, demasiado. Ella es ahora mismo todo mi mundo.

—Lo sé, y lo entiendo, pero acabarás hundiéndote. Necesitas unas horas para relajarte y volver con más fuerza. Mira, te propongo algo. —La voz de Carlos se llenó de ilusión—. Esta noche cenamos juntos, me cuentas qué tal ha ido con tu madre y después dejamos el tema a un lado. Hoy está prohibido hablar de problemas. Solo beberemos y nos reiremos mucho. Bueno, y lo que surja... —añadió con voz sugerente, aunque luego soltó una carcajada—. ¿Qué me dices?

Paula se lo pensó. La verdad es que tenía razón, y le apetecía mucho verlo. Además, eso de «lo que surja» le había provocado un agradable escalofrío.

—¿Por qué no? —le respondió—. Me vendrá bien.

—Perfecto. —Carlos parecía un poco sorprendido, pero se recuperó enseguida—. ¿A las nueve?

—Genial.

—Genial —repitió él, y ambos se rieron—. Pues nos vemos esta noche, Paulita. Un beso.

—Un beso, Carlos.

Estaba claro que el día prometía ser intenso. Paula se alegraba de tener varios alicientes que la obligarían a salir de esa zona de confort impuesta que empezaba a ser muy incómoda.

21

PAULA

Amaia estaba radiante y tenía uno de esos días silenciosos, sin demasiados altibajos. Paula llegó a casa sobre la una del mediodía y se emocionó al verla ya peinada, vestida y en su silla de ruedas.

Intentó retener las lágrimas y pensar con rapidez cómo dirigirse a su madre para que no la rechazara, y entonces la llamó por su nombre, con la voz entrecortada, ante la mirada de admiración de Ubaldina y de la peluquera que habían enviado. Había resultado ser una buena mujer que había ayudado a Ubaldina a vestir a Amaia y luego la había maquillado.

—Hola, Amaia, ¡estás guapísima! Voy a acompañarte, si te parece bien, a almorzar, para que me cuentes algunas cosas que necesito saber para un libro que estoy escribiendo, ¿qué te parece? ¿Te gustaría ayudarme? —Paula tragó saliva de nuevo para evitar romper en llanto.

Amaia no hablaba mucho esos días, prácticamente no decía nada. Alzó la mirada desde una posición cabizbaja y se dirigió a Paula:

—Sí. Guillermo vendrá con nosotras, ¿verdad? —Paula buscó la complicidad de Ubaldina para mentir a su madre y mantener la calma. Se acercó a ella y le sujetó las manos entre las suyas.

—Claro, Amaia, ahora mismo le diremos que pase al acabar de trabajar. Parece que hoy tenía muchas firmas. —Paula volvió a incorporarse y sonrió mirando a Amaia a los ojos.

—¿Y por qué tiene que firmar?

Ubaldina se adelantó en la respuesta.

—Señora Amaia, el señor es notario, se acuerda, ¿verdad? Los notarios tienen que firmar muchos papeles todos los días.

Amaia se dio por satisfecha con esa respuesta y así las tres salieron dispuestas a intentar pasar una tarde agradable.

Aquella fue distinta a otras veces en las que había tratado de pasear con su madre y ella se ponía agresiva, pues ahora a Amaia le quedaban pocas fuerzas para hablar y para moverse.

Paula merecía un día de calma y, cuando llevaban una media hora en el restaurante, envió un audio a su madrina.

—Tía Gloria, todo está bien, no necesitamos ayuda. Mamá está tranquila, voy a intentar que disfrute de su plato favorito y volveremos a casa. Estoy con Ubaldina y entre las dos nos bastamos. Te mandamos un abrazo muy fuerte. Esta noche hablamos.

Y allí pasaron tranquilas más de dos horas. Amaia disfrutó de sus canelones de centollo. No dijo ni una palabra, pero sí sonrió lo suficiente para que Paula fuera más feliz.

El día había sido tranquilo y muy gratificante. Llegaron a casa sobre las cinco y desvistieron a Amaia, que seguía sin hablar a pesar de los esfuerzos de Paula y Ubaldina por intentar que respondiera a algunas preguntas. Sin embargo, ella permanecía con la mirada perdida en ninguna parte, igual que debía de hallarse su cabeza. Estaba agotada y decidieron acostarla. Paula besó a su madre con ese amor incondicional que le demostraba día a día y bajó a su casa para acabar un artículo que debía entregar antes de las siete, y empezar a acicalarse para su cita. Cuando quedaba con un hombre se arreglaba muchísimo más, algo que la molestaba, porque creía que con ese gesto alimentaba al monstruo del patriarcado y era un hecho que se sentía mucho más insegura ante un hombre que ante una mujer.

Paula era alta, con el pelo muy oscuro, los ojos ligeramente rasgados y de un color indefinido entre el verde y el gris, y lucía unas pestañas larguísimas que eran la envidia de sus amigas y de sus amantes. Más allá de su inseguridad cuando tenía una cita con un hombre, en el día a día Paula no solía arreglarse demasiado porque no le hacía falta adornar un estilo y elegancia que eran innatos en ella. Vestía con básicos y colores neutros, y siempre hablaba de armarios cápsula con Judith, que era su antítesis en estilo y compraba ropa *low cost* casi a diario.

Tenían muchas discusiones por ello, Paula era una *millennial* muy preocupada por la sostenibilidad y la huella de carbono, pero a Judith le importaba más bien poco y solo la escuchaba cuando Paula le explicaba el planeta que iban a heredar sus hijos. Aun así, seguía entrando en Zara día sí y día también.

Esa noche decidió ponerse un vestido lápiz de Tom Ford de color azul marino. Lo había comprado de segunda mano, impecable y perfecto para realzar su figura atlética. Lo colocó encima de la cama y sacó de la caja los zapatos Valentino *nude* de tachuelas doradas que le habían regalado sus amigas al cumplir los veinticinco. Consideró que el atuendo estaba bien para su cita, pero aún tenía ciertas dudas, así que colocó el móvil en el trípode, encendió el aro de luz y llamó a Judith.

—¡Paula! Perdóname… Tenía cita con la abogada y he olvidado llamarte. ¿Cómo ha ido la comida? —La voz de arrepentimiento de Judith la sorprendió.

—Ju…, ¡no pasa nada! No pretendo que con lo que tienes encima estés también pendiente de mí. Todo ha ido mucho mejor de lo que esperábamos, de verdad. Me siento muy bien por el ratito que le he dedicado a mi madre. Aunque ella no sepa ni quién soy, ni se acuerde de lo que ha comido hace unas horas. Me siento en paz, tranquila y feliz por regalarle estos momentos. Y ahora necesito recuperar mi vida, ¡y follar un poco!

Paula soltó una carcajada que hizo muy feliz a Judith.

—¡Pero bueno, Paula! Yo también quiero eso, pero a punto de parir, con tres criaturas en unos días, el posparto y todo o que se avecina… ¡quizá pueda volver a follar cuando tenga la menopausia!

Las dos amigas rieron a la vez como lo hacían cuando eran estudiantes.

—Me alegro mucho de que estés serena, Paula, es muy importante para ti.

—Te estoy haciendo esta videollamada para hacer contigo un *get ready with me*. Se dice así en TikTok, ¿no?

Judith volvió a soltar una carcajada mientras hacía ejercicios lumbares sobre su *fitball*.

—¡No te creo! Si manejas a la perfección los términos de influencer, ¡así es! Voy a concentrarme en tu «vístete conmigo». Solo te has olvidado de un pequeñísimo detalle: ¿chico o chica para esta noche?

—Yo... He quedado con Carlos —suspiró.

—¡No me digas! —gritó Judith—. ¡Por fin!

—Bueno, tranquila. No es la primera vez que quedo con él.

—No, pero es la primera vez que me llamas nerviosa por lo que ponerte para salir con él. Eso significa algo, y lo sabes. —Su amiga hizo un gesto de triunfo.

—Vale, sí, tienes razón. La verdad es que últimamente me apetece mucho verlo, estar con él, y creo que a él le pasa lo mismo.

—Por favor, Paula, ¡claro que le pasa lo mismo! No lo he visto nunca en persona, pero, por lo que me has contado, está claro que ese chico está loco por tus huesos.

Paula ya estaba desnudándose para enseñarle a Judith su conjunto de ropa interior antes de enfundarse el Tom Ford.

—Estás sexy, me gusta ese verde turquesa —puntualizó Judith mientras observaba cómo su amiga se vestía con el nerviosismo típico de una primera cita con alguien por quien sientes mucha atracción.

—Es más verde que turquesa, debe de ser la luz, que no es muy buena... El vestido ya sabes cuál es. Mi duda es qué poner encima, porque, si yo llego antes, ya me habré quitado el abrigo, pero, si lo hace él, la primera impresión es importante y mis abrigos son tan *oversize* que parezco un saco...

—Ponte la chaqueta de piel, la perfecto esa tan cara... Quedará muy sexy con ese vestido y hoy no hace demasiado frío, ¿no?

—¡Me voy a congelar con eso! Además, no quiero llevar medias, ya sabes que las odio...

—Lo siento, cariño, pero deberás hacerme caso. Y ese pelo recogido en coleta media, raya al medio, ¡y mucho gel! Tus aros grandes y maquillaje natural, que esa cara no necesita casi nada. —Judith no se cansaba de decirle a Paula lo guapa que era. Sus labios eran carnosos y muy simétricos, su sonrisa era preciosa, con una dentadura perfecta tras pasar por varias ortodoncias.

—De acuerdo, ¡a sus órdenes! Voy a ponerme esa base jugosa de Charlotte Tilbury que me regalaste en Reyes, ¡es una maravilla!

Durante más de cuarenta minutos, Paula se vistió, se maquilló y se peinó con su amiga al otro lado del móvil. A las ocho y media volvió a subir a casa de su madre para comprobar que todo estaba bien, que la auxiliar de la noche que había conseguido encontrar había llegado y podía marcharse tranquila.

Amaia seguía en la cama, casi no se había movido y, de momento, solo habían logrado que bebiera un poco de agua. Paula la contempló desde la puerta de su habitación y se marchó.

A las nueve y cinco minutos llegó a Allegra, un bonito italiano en la calle Velázquez. Carlos ya estaba esperándola en la mesa. A Paula le encantaba ese restaurante por la luz cálida de algunas lámparas diseminadas por la sala y las velitas en las pequeñas mesas, que parecía que estaban calculadas a propósito para rozarte con las piernas de tu acompañante. Era el sitio perfecto para calentar motores antes de llegar a la cama y arrancar a toda velocidad.

Su amigo se levantó sonriente para recibir a una Paula que caminaba segura y empoderada, con un vaivén elegante en las caderas. Estaba radiante y Carlos se quedó muy sorprendido al verla.

—Paula, estás guapísima. —Ella lo besó en ambas mejillas y se sentó muy sonriente.

—Muchas gracias. Debo decir que tú no estás nada mal.

Carlos era un chico muy atractivo. Llevaba un pantalón negro y un suéter de cuello vuelto de *cashmere* del mismo color. Un look moderno con el último modelo de zapatillas altas de Adidas. Un buen reloj, pelo impecable y en la silla una cazadora de cuero de Gucci. Paula, debajo de la ropa, imaginaba un torso definido que despertaba en ella un instinto que no sentía hacía tiempo.

Pidieron una botella de vino blanco y la conversación fluyó entre ellos, como siempre. Paula le contó cómo había ido la comida con su madre y, como habían quedado, luego aparcaron el tema y se dedicaron a hablar de cosas más triviales. Hacía tiempo que no se sentía tan relajada ni se reía tanto.

Carlos sirvió lo que quedaba del vino cuando todavía no había llegado el postre que habían pedido para compartir, en ese momento el pianista que tenían a unos pocos metros empezó a tocar y Carlos pidió un whisky mientras Paula apuraba la última copa de vino.

—¿Whisky? Creo que es la primera vez que conozco a alguien por debajo de los cuarenta que se pida un whisky a palo seco. —Paula se rio, no conocía esa costumbre.

—Me viene de familia. Ya sabes que mi abuela es escocesa y mi padre se crio en Edimburgo hasta que conoció a mi madre en un viaje a Madrid, una historia que te he contado que no terminó muy bien.

Paula asintió. Sabía que la historia de los padres de Carlos había sido muy apasionada, tanto que cuando él cumplió cinco años ya se habían cansado el uno del otro y parecía como si llevaran treinta sin hablarse.

—Ahora ya me da igual. Mi padre rehízo su vida con una señora bastante odiosa con la que lleva ya casi veinte años, y mi madre es una mujer resentida, amargada y egocéntrica. Así es mi familia. Mi padre vive ahora en Benidorm y mi madre en Majadahonda, así que no los veo demasiado. Ni yo los molesto, ni ellos a mí. Creo que no nos echamos de menos.

Carlos se detuvo en el primer sorbo de su whisky escocés y acarició el vaso de cristal tallado como si se tratara de un ritual que Paula desconocía. Observó sus manos cuidadas y las imaginó agarrando con fuerza sus pechos. Estaba experimentando una tensión sexual que todavía no conocía y se preguntaba qué le ocurría. Se encontraba en un estado de felicidad pasajera que todavía la excitaba más y que sabía que sería tan efímero que debía exprimir esas horas de su vida con la mayor de las intensidades, entregándose al placer de lo desconocido.

Cuando terminaron el postre, Carlos le propuso tomarse una última copa en un pub que tenía un amigo suyo cerca de allí. Paula aceptó, se lo estaba pasando muy bien y no quería que la noche acabara.

Cuando salieron del restaurante, comenzó a temblar. Sabía que no le tendría que haber hecho caso a Judith, estaba congelada.

—¿Tienes frío?

Sin esperar respuesta, Carlos le pasó el brazo por encima de los hombros y la atrajo hacia él. Lejos de incomodarla, Paula se sitió muy bien, y lo abrazó por la cintura para mantenerse pegada a su cuerpo.

Anduvieron así durante unos minutos, y ella estaba tan encantada que se acercó a su cuello y lo acarició con la nariz.

Sin poder evitarlo, le dio un beso debajo de la oreja, y notó que el cuerpo de Carlos se estremeció.

—Paula...

—Dime.

—Me estás poniendo muchísimo. Lo sabes, ¿verdad?

Ella se quedó sin aliento. ¿Iba a hacerlo? Iba a hacerlo. Cogió la cara de Carlos entre las manos y lo besó. Él le respondió enseguida y la abrazó con pasión.

—¿Y si nos tomamos esa copa en mi casa? —le dijo Paula entre besos.

—¿Segura?

Paula se derritió. Si no lo estaba, con esa pregunta se la había ganado.

—Segura.

Caminaron con prisa por la calle Velázquez, aunque apenas sentían el frío de aquella noche de diciembre madrileña. Nada más abrir la puerta Carlos se abalanzó sobre Paula y al día siguiente ni recordarían cómo llegaron a la cama casi sin ropa en menos de un minuto. Toda quedó esparcida en el recibidor y en el salón, camino al dormitorio.

Fue una noche de sexo muy intenso y apasionado, tanto que era como si fuera una primera vez para Paula, que hacía años que no mantenía relaciones con un chico. Tal y como imaginaba, Carlos tenía un buen cuerpo y era muy activo en la cama. Ella agradeció al vino haber salvado las inseguridades y los miedos de enfrentarse de nuevo al cuerpo de un hombre, pero se sorprendió a sí misma al escuchar los gemidos de placer de Carlos.

A las seis y cuarenta y dos minutos sonó el móvil de Paula en el salón; siempre lo dejaba en la mesilla por si pasaba algo con Amaia y tenía que subir, pero aquella noche no se había acordado de él por razones obvias.

Su cerebro ya estaba entrenado para despertar en el primer tono, pero esa noche tenía una oreja pegada al pecho de Carlos, sobre el que reposaba desde hacía unas tres horas, y fue él quien oyó la llamada primero.

—Paula, creo que está sonando tu móvil —le dijo con suavidad mientras le acariciaba la cabeza, sobre la que tenía su mano apoyada.

—¿Qué? ¿Dónde está?

—Creo que lo dejaste anoche en el salón.

Paula saltó desnuda y sobresaltada de la cama, y buscó nerviosa el bolso entre el desorden de ropa tirada por la alfombra, pero la llamada se cortó. Volvió a sonar y vio que la llamada era de la auxiliar de enfermería que dormía con Amaia.

—¿Sí? ¿Pasa algo con mi madre?

—Paula, deberías subir, por favor. —La voz de esta sonó seria y muy preocupada.

—¿Qué ocurre? ¿Está bien?

—Sube, Paula.

Y, así, la vida volvió a arrebatarle a Paula su parcelita de felicidad. No era fácil salir como un huracán de casa, había un chico en su cama, estaba desnuda y sentía que el olor a sexo salía por cada uno de sus poros. No tenía tiempo para ducharse. Se puso el chándal que usaba en casa, su sudadera de Isabel Marant y le dijo a Carlos que tenía una emergencia con su madre. Le dejó toallas limpias, le dijo dónde estaba el café y se despidió sin más de manera apresurada.

Subió las escaleras de dos en dos y no tuvo que meter la llave en la cerradura, pues Ana, la auxiliar de enfermería, abrió la puerta con un gesto algo desencajado que hizo que el mundo de Paula se parara en ese instante. ¿Cómo era posible que le tocara vivir todo eso?

22

ADRIANA

Barcelona, junio de 1992

La ciudad de Barcelona se había volcado en la celebración de las Olimpiadas, para las que faltaban menos de dos meses, y se trabajaba sin descanso en prácticamente cualquier rincón de la ciudad. Habían sido años de obras, pero todo estaba listo.

El curso había sido muy duro para Adriana y Lola, que volvían a ser inseparables. Esa vez fue Lola la que superó en calificaciones a Adriana, que tuvo un año difícil por la marcha de Tomás. Este las primeras semanas solía hablar con ella todos los jueves, pero tras las Navidades las llamadas se fueron espaciando hasta que se volvieron casi inexistentes. A Lola no la llamó jamás.

Vega había volado en mayo a Londres con su padre para cerrar un contrato con la modelo Christy Turlington para Massimo Dutti. Durante esos tres días, aprovechó para ir al campus de Oxford, que estaba a una hora y media del centro de Londres, y ver a Tomás.

Las sospechas de Vega eran que Tomás estaba saliendo con una chica danesa, estudiante también de Medicina, aunque, por supuesto, él no le contó nada. Sin embargo, cuando

Tomás le estaba enseñando su habitación, ella irrumpió con demasiada confianza. Tomás las presentó y Vega reconoció de inmediato el acento de la chica, el mismo de su madre. Tomás se apresuró a aclarar que era solo una amiga.

A pesar de que se moría de ganas de vivir las Olimpiadas en su ciudad, le dijo a Vega que ese verano tenía otros planes. Quería viajar por Europa con algunos compañeros y no volvería a España en verano.

Pasaría los últimos días de agosto en el *cottage* de su familia. Sus padres y sus tíos compartían desde hacía un par de años esa encantadora casita del siglo XVIII, cerca de las colinas Cotswold, en un pueblecito llamado Winson. Ese verano, la madre de Tomás había decidido instalarse allí y no volver tampoco a España.

Le preguntó por las chicas, pero, como no se llevaba demasiado bien con Lola, no había tenido mucha relación con ellas. A la que más había visto era a Silvia, que seguía siendo fiel a sus salidas los jueves.

Tomás mostraba interés por saber cómo estaba Adriana, con la que hacía más de dos meses que no hablaba.

—¿Desde cuándo no la ves? —preguntó Tomás.

—¡Hace un montón! Te diría que nos encontramos un jueves en el JuanSe y estaba muy rara. Después nos fuimos a Humedad Relativa, pero ella no nos acompañó. Debía de ser justo después de los exámenes, a mediados de febrero.

—¿Por qué dices que estaba rara? No entiendo qué os ha pasado, si Adriana te caía genial.

—No nos ha pasado nada, Tomás, pero están empollando todo el santo día. Además, ya sabes que Lola me saca de mis casillas, y yo a ella. Creo que ha vuelto rara a Adriana. Ahora es indie o como se diga, se viste por capas. No sé, parece otra.

Pero bien, tenemos buen rollo. A ver este verano qué tal. Espero que no se traiga a la Bellucci de las narices y que esta se vuelva a tirar a todo lo que se le ponga delante.

—No exageres, Vega. Lola es buena tía.

—No digo que no, pero le va la marcha que no veas.

Vega volvió a Barcelona y Tomás se quedó pensando en lo que le había contado de Adriana. En efecto, estaba saliendo con la chica danesa desde febrero y ese verano pasaría unos días en Copenhague y después regresaría con ella a Inglaterra.

Tomás decidió llamar a la residencia ese día.

—Adriana Merino, línea uno.

El altavoz pilló a Adriana en la terraza tomando un café. Hacía una tarde bonita y se quedaba en Barcelona todo el mes para hacer un curso de verano. Al menos, eso era lo que había dicho en casa.

Bajó en ascensor.

—¿Diga?

—Hola, Adri. ¿Cómo estás? Siento no haberte llamado, pero…

—Lo entiendo, Tomás. Y creo que no debemos hablar más. Si la vida quiere que volvamos a encontrarnos, que decida ella. Ahora mismo a mí no me apetece hablar contigo. ¿Por qué me llamas después de tanto tiempo?

—Solo quería saber si estás bien.

—Estoy perfectamente, gracias.

—De acuerdo… Supongo que debes de estar a punto de irte a La Coruña o a S'Agaró. Te deseo un buen verano. Yo no viajaré a España. —Adriana casi se alegró de no tener que cruzarse en las noches de Begur con Tomás.

—Te deseo lo mismo. —Y colgó.

No quería verlo más. Olvidar a Tomás sería casi imposible. Si pudiera volver atrás, pensaba cada noche antes de dormirse, nunca habría pasado aquellos días en Menorca. Su vida se desmoronó aquel septiembre de 1991.

Los primeros días de calor húmedo en la Barcelona olímpica de 1992 empezaban a hacer mella en Adriana. La ciudad estaba viva a todas horas y fueras adonde fueses no se hablaba de otra cosa. Muchos participantes ya paseaban por las calles, siempre con sus uniformes deportivos, luciendo con orgullo las banderas y el nombre de su país en ese rincón del Mediterráneo que conquistó el corazón del mundo aquel verano de 1992.

Adriana era una gran nadadora. La medicina se había interpuesto en su carrera deportiva, pero aun así seguía nadando un rato cada día y hacía más de un año que tenía sus entradas para ver las finales olímpicas de natación en las piscinas Picornell de Montjuic, que habían quedado espectaculares.

Poder competir allí habría sido su gran sueño, pero era consciente de que su talento para la medicina era superior a su faceta de nadadora, así que apostó por lo primero.

Los padres de Adriana le pidieron que volviera a La Coruña al acabar los exámenes, ya que las Olimpiadas no empezaban hasta finales de julio y la residencia cerraba el primer día de ese mes, pero ella no quería ni podía volver.

Se reencontraría con ellos en la casa de verano. Su madre y su hermano ya estarían allí desde principios de julio y su padre se uniría a finales.

—Adriana, hija, ¿qué vas a hacer todo el mes de junio ahí? —La madre de Adriana insistía para que cogiera un avión y volviera quince días en junio a La Coruña, pues no la veían desde Navidades.

—Mamá, quiero hacer este curso de verano. Empieza el día quince y no me merece la pena pegarme esa paliza. Ya lo he comentado con papá. Es importante para mí hacer este curso con la doctora Clemente, ha elegido a muy pocos. Estaremos juntos todo el verano, mamá.

—De acuerdo, pero come, hija, come. ¡Te vi muy delgada en Navidades! Necesitas descansar y comer bien.

—Sí, mamá, no te preocupes. Hablamos mañana. Besitos, mami. —Adriana odiaba la palabra «delgada», ¡qué manía tenía la gente con que comiera y comiera! Lo hacía hasta ponerse enferma, pero nunca engordaba ni medio gramo.

Su relación con Lola volvía a ser tan estrecha que esta la acompañaba incluso al cuartito cuando hablaba con su madre.

—Yo creo que están tranquilos. Los veré en julio y me esforzaré por olvidar este curso. ¿Cómo estás, Lola? Ayer pensaba que nunca te lo pregunto. ¿Has hablado con tu madre?

—Sí. Le he dicho exactamente lo mismo que tú a tus padres. Que tenemos un curso de verano y bla, bla, bla... No me apetece mucho encerrarme en casa de Vega, aunque es verdad que parece otra desde hace un mes.

—Nos irá bien y estaremos solas, porque sus padres se van mañana quince días a Copenhague y sus hermanos a Estados Unidos. Yo le agradezco que estemos juntas estos días.

Lola no paraba de comer pipas a velocidad de vértigo, un gesto que solía hacer cuando estaba muy nerviosa.

—¡Ay, amiga! ¿En qué momento se cruzó Tomás en nuestras vidas?

Adriana rompió a llorar sin consuelo. Se habían dirigido mientras hablaban hacia la habitación de Silvia, que había ido a recoger sus notas. La puerta se abrió y apareció Silvia, feliz por haber aprobado todo, pero contuvo su alegría para empatizar con el problema que las había acompañado todo ese curso.

—Adri, vamos. Todo saldrá bien. —La abrazó muy fuerte e hizo lo mismo.

Adriana agradeció el abrazo. Sabían que no lloraba solo por Tomás, sino por las consecuencias que esa relación había tenido para ella.

Se tocó la barriga sin dejar de llorar y se preguntó cómo iba a salir todo bien.

23

ADRIANA

Barcelona, febrero de 1992

El embarazo que Adriana intentó ocultar aquellos nueve meses era ya más que evidente cuando se despojaba de la ropa un par de tallas más grande. Era tan delgada y alta que al principio fue sencillo ocultarlo. Adriana había descubierto que estaba embarazada en noviembre y hasta entonces siempre pensó que podía ser un retraso, o eso quiso creer.

Antes de Navidad, sin comentarlo con nadie, decidió hacerse una prueba y dio positiva. Estaba en el baño de la residencia, donde se encerró durante dos horas. El tiempo se detuvo para ella.

¿Cómo podía haber sido tan inocente? Aquellos días de septiembre, de sexo desenfrenado en casa de Tomás, habían condicionado y marcado su vida para siempre. Confió en el control de Tomás, pero resultaba evidente que alguna marcha atrás falló.

Intentaba pensar en una solución cada noche de insomnio, pero se bloqueaba más y más. Durante el día se dormía por las esquinas, en clase, en el bar...

—*Galleguiña*, ¡esos exámenes acabarán contigo! —le decía cada mañana Manuel mientras le servía un año más su café con leche demasiado caliente.

Lola respetó su silencio, siempre creyó que la ausencia de Tomás la había dejado hecha polvo. Adriana volaba a La Coruña en pocos días para pasar las Navidades con su familia y por momentos tenía claro que debía sentarse con ellos y explicar lo que había pasado, pero luego se daba cuenta de que esa era la única opción que no la salvaría. Sus padres no entenderían que abortara, y si aquel bebé venía al mundo, la obligarían a volver a La Coruña. ¿Qué haría? ¿Dónde trabajaría? ¿Qué pensarían todos sus amigos y los conocidos de sus padres?

Entonces volvía a sentir aquel pánico, ese vacío en el estómago que no era más que vértigo de ver cómo arrojaba desde lo más alto su vida para precipitarla contra el suelo. Todo por lo que había luchado, todo el esfuerzo de los últimos dos años, no había servido para nada.

Podía abortar, pero ¿quién la ayudaría? Lola tenía una amiga que lo había hecho en enero, y se enteró todo el mundo porque tuvo una complicación y la ingresaron varios días. ¿Y si le pasaba lo mismo?

Adriana no encontraba escapatoria. Cada mañana se miraba en el espejo observando si sus formas habían cambiado, pero no veía nada destacable. Como solía tener problemas digestivos, muchos días después de comer solían bromear con la barriga de Adriana en el comedor de la resi. Algunos si se esforzaba incluso podía simular un embarazo de cinco meses.

Suponía que estaría de unos tres meses, así que, si se empezaba a notar algo, era fácil disimular con sus malas digestiones.

En La Coruña estaría hasta el día de Reyes, poco o nada cambiaría hasta entonces su silueta, pero por si acaso optó por vestir más holgada que de costumbre.

Y así fue. Nadie se percató de su embarazo y no reunió el valor suficiente para hablar con sus padres o con alguna amiga. Todos la notaron ausente, distraída y agotada, pero lo achacaron a que los parciales estaban a la vuelta de la esquina y había que dedicarles muchísimas horas de estudio. Casi no salió de casa, porque pensó que las embarazadas no podían beber alcohol y todos sospecharían si no lo hacía.

En enero volvió a Barcelona y solo salía de su habitación para ir a clase. Silvia y ella estudiaban juntas todas las tardes y Lola solía acompañarlas tres días por semana.

Lola estaba muy pendiente de ella. En parte, se sentía culpable, ya que no había sido del todo sincera, pero la veía mal y prefería no hacer leña del árbol caído. Lo superaría; a los veinte años todo se supera, pensaba Lola.

Por lo demás, Adriana no tenía ningún síntoma de embarazo, pero los días pasaban y seguía perdida, sin conseguir concentrarse. Le estaba constando muchísimo la asignatura de Anatomía y sospechó que la doctora Clemente iba a llevarse una sorpresa con su alumna más brillante. Había días que pensaba que no podría sobrellevar aquella presión, suspendería si no tomaba una decisión que la liberara.

Se recordaba a sí misma que no podía fallar, que debía centrarse y sacar su carrera adelante; ya tendría tiempo para pensar después de los parciales.

Y así fue.

Ese febrero volvió a aprobar todo, pero no con las calificaciones que se esperaban de ella. En algunas asignaturas sacó notas más bien justas. Lola se dio cuenta de que el enamoramiento de su amiga era mucho más grave de lo que ella creía. Intentaba apoyarla y distraerla, pero Adriana seguía igual de triste.

La mañana del 18 de febrero de 1992, al finalizar la clase con la doctora Clemente, mientras cerraban los libros y se disponían a salir del aula, su profesora le dijo que quería hablar con ella, y ambas se quedaron en aquella aula.

Le pidió que tomara asiento junto a ella en la primera fila y sacó su examen de una de sus carpetas. Adriana no esperaba que le pidiera explicaciones del bajón de su rendimiento académico, pero lo hizo.

—Adriana, ¿qué está ocurriendo? He intentado ser justa por todo tu esfuerzo del año pasado, pero este examen debería estar suspendido. —Adriana, que no tenía ni el valor de mirar a su profesora a los ojos, se vino abajo.

—Vamos, Adriana. No te lo tomes así, pero debes concentrarte más; no es propio de alguien con tu nivel. —Amaia Clemente no era tan dura en las distancias cortas, y Adriana lo sabía. Acarició varias veces el hombro de Adriana hasta tranquilizarla.

—¿Puede ayudarme, doctora Clemente?

—Claro, Adriana. Mejoraremos esta nota en mayo. Dime qué puedo hacer por ti.

—Ayudarme con un tema personal que no sé cómo resolver. No sé a quién a acudir.

Amaia Clemente sacó un pañuelo de papel del bolsillo de su cárdigan.

—Está bien, claro. A ver, ¿qué te pasa?

—Estoy embarazada.

Al igual que el día que Adriana se hizo la prueba de embarazo, el tiempo se detuvo en seco para Amaia Clemente dentro de aquella aula.

Hacía unos meses que acababa de cumplir los cuarenta. Su marido, Guillermo, y ella llevaban casados doce años, él le llevaba casi diez. Eran muy felices, pero Amaia siempre quiso ser madre. Con treinta y tres años, cuando llevaban cuatro años casados, aún no se había quedado embarazada, a pesar de tener una vida sexual muy activa.

Guillermo intentaba cambiar de tema cuando ella insistía en que se hicieran las pruebas de fertilidad. Al final lo consiguió y resultó que ninguno de los dos tenía ningún impedimento para que lograran ser padres. Sin embargo, pasaron los años y el tiempo jugaba en contra de Amaia. Los tres últimos años se había sometido a tratamientos de fertilidad que le habían afectado anímica y físicamente.

Los embriones no se implantaban y tuvo cinco abortos en tres años. Fue entonces cuando entendió que debía claudicar. No sería madre, algo que le causó mucho dolor y que afectó a su vida familiar.

Y, de repente, tenía delante a una de sus alumnas, embarazada sin desearlo, triste e infeliz por ver cómo su mundo se derrumbaba.

«Qué irónico —pensó—. Lo que convierte a algunos en infelices supone la mayor de las felicidades para otros».

Había aprendido a vivir con aquel vacío, el que Guillermo intentaba llenar cada día de planes con la máxima dedicación. Era un hombre muy bueno, enamorado como el primer día de su mujer, pero un hombre, al fin y al cabo.

Amaia Clemente era científica, pero amante de la cultura oriental, y siempre pensó que, si no hubiera sido médica, podría haberse dedicado a la filosofía.

Para ella, la maternidad era un duende dormido con voz de mujer que un día despertaba llamándote a gritos. En algunas mujeres, pocas, seguía dormido y no despertaría. En ella su aparición fue brusca e insistente. Cada día Amaia acallaba su deseo, consciente de que no podía satisfacerlo ni lo haría nunca. Amaia Clemente no sería madre.

—Vaya..., ¿quieres tenerlo? —Amaia preguntaba con el máximo respeto. No conocía la intimidad ni la manera de pensar de su alumna.

—¡No! Se lo estoy diciendo por si puede ayudarme. Quiero abortar. Lola García me ha contado que hay un sitio en la calle de Muntaner, pero una amiga suya fue allí y tuvo una complicación. Tampoco sabía cómo conseguir el dinero sin que mis padres se enteren. Pero el embarazo ya está muy avanzado.

—Está bien, vayamos por partes. Si estás segura de interrumpir este embarazo, yo te acompañaré a la clínica de un colega en la que no correrás ningún riesgo. No puedes estar de tantas semanas...

—¿Semanas? Pues no sé, lo estaba contando en meses. Diría que me quedé embarazada entre el quince y el veinte de septiembre. Estoy de cinco meses, doctora Clemente.

A la profesora se le desencajó la cara con la respuesta de su alumna.

—¡Adriana! ¿Qué estás diciendo? ¡Estás de más de veinte semanas! A ver, levántate la camiseta, ¿cómo es posible? —Adriana hizo lo que le indicó Amaia no sin cierta vergüenza; la curva de su barriga era más propia de dieciséis semanas que de veinte.

En ese momento, Lola golpeó con suavidad la puerta con los nudillos y abrió sin esperar respuesta.

—¡Ups, perdón! No sabía que estabais pasando consulta. A Adri le vendrá fenomenal tomar algo para su hinchazón, doctora Clemente. —Lola se reía como hacía tantas otras veces cuando Adriana le mostraba aquella panza llena de aire. Amaia y Adriana miraron a Lola con sorpresa ante su irrupción en el aula y la primera le hizo un gesto con la mano.

—Lola, entra, por favor. —Amaia seguía intentando procesar todo aquello e interpretó que Lola estaba al tanto de lo que sucedía.

—Tranquila, solo iba a comentarle a Adri que la espero en el bar, porque estoy soñando con un café con leche y estos Huesitos —dijo mientras señalaba las barritas de chocolate que llevaba en la mano.

—Lola, siéntate, por favor. —Ella obedeció sin decir nada más ante la solemnidad con la que Adriana se lo pidió—. No estoy hinchada. Estoy embarazada de veinte semanas. Hasta hoy no he sido capaz de hablar de ello.

Lola no lograba ni pestañear. Tampoco lo hacía Amaia, que acababa de descubrir que aquella chica de veinte años le había ocultado a todo el mundo durante cinco meses su embarazo.

—Lo siento. No he sabido cómo salir de esta.

—Está claro. ¡Cómo es posible, Adri! ¿Y él... lo sabe? —preguntó, pero su amiga negó con la cabeza.

Amaia dedujo que hablaban del padre del bebé de Adriana y volvió a la conversación.

—Vamos a intentar buscar la mejor solución. Adriana, tienes razón, ya no puedes interrumpir el embarazo, ¿entiendes lo que te estoy diciendo? No de tantas semanas. Hablaremos con tus padres, porque no te queda más remedio que tener este niño.

—¡No, por favor! Se lo suplico. No pueden enterarse. Sería el mayor disgusto de sus vidas. Tendría que dejar la carrera, marcharme a La Coruña y criar a este bebé sola, en casa de mis padres. No volvería a estudiar aquí. Sé que mis padres no me van a dejar tirada, pero en La Coruña no hay facultad de Medicina, no puedo ir y venir cada día desde Santiago y aquí sola no puedo estar con un bebé.

»¿Podría plantearme darlo en adopción? He calculado que nacerá en junio. Soy mayor de edad, puedo tenerlo sola y que nadie se entere. Aquí no me conocen. Cuando vuelva a ver a mi familia estaré recuperada. Prefiero olvidar esto y seguir con mi vida. No estoy preparada para ser madre, no ahora.

A Amaia Clemente se le encendieron todas las alertas. Aquel duende de la maternidad se despertó con más fuerza que nunca. Seguro que había alguna manera de adoptar a aquel bebé. Tenía que haberla. Iban a trasladarse a Madrid antes de finales de año porque Guillermo tomaría las riendas de la notaría familiar, y Amaia quería dejar la universidad y formarse en medicina china tradicional durante los dos años siguientes.

No podía imaginar una nueva vida mejor. En Madrid, con un bebé y con Guillermo.

Adriana renunciaría a ese niño o esa niña, y ella se aseguraría de que no tuvieran contacto. Ella acabaría su carrera, sería una gran médica y con los años todo quedaría en el recuerdo. Volvería a ser madre y siempre estaría tranquila de saber que su primer bebé sería muy feliz y nunca le faltaría de nada en casa de los Suárez-Clemente.

Hacía cinco años escasos que la nueva ley de la adopción había entrado en vigor en España, pero Amaia estaba rodeada de juristas. Si durante años se habían robado y hasta comprado bebés en España, no podía ser tan complicado adoptar un bebé cuya madre estaba de acuerdo en esa adopción con claras intenciones e impedimentos para hacerse cargo de este.

—Tranquilízate, Adriana.

—Creo que necesito una tila o algo más fuerte —interrumpió Lola, cuyos últimos quince minutos le parecían sacados de una película, con su mejor amiga de protagonista.

—Lola, ve a buscar esa tila, vamos a pensar con tranquilidad. —Lola hizo lo que Amaia le pedía.

—¿Puede ayudarme a darlo en adopción? —insistió Adriana—. Merece una familia que lo cuide, una madre y un padre responsables. Lo siento, pero vengo de una familia muy tradicional y si no me asegurara de que está bien los decepcionaría de tal manera que no sé si serían capaces de perdonarme.

—Lo entiendo, claro. Pero ahora debes pensar en ti, no en tu familia. ¿Tienes relación con el padre del niño?

—No, ni siquiera está en España. —Adriana no dio más explicaciones, ya que Amaia conocía a la perfección la situación de Tomás Bennet Guardans, que había sido hasta hacía no mucho su alumno.

—Entonces ¿no lo sabe?

—No, ni quiero que lo sepa.

—Está bien. Vamos a hacer una cosa, Adriana. Piensa con calma esta semana si estás segura de lo que quieres hacer. Yo lo consultaré con mi marido y unos colegas. Como eres mayor de edad, todo será más sencillo. No quiero presionarte, pero piensa en tu madre. Estoy segura de que ella te apoyará sea cual sea tu decisión, pero debe saberlo.

—Eso es lo único de lo que estoy segura. No quiero que mi familia se entere. Puedo ocultarlo, no los veré hasta julio y se supone que ya habrá nacido el bebé.

Amaia calculó que nacería sobre mediados de junio si todo iba bien. Un plan comenzó a trazarse en su cabeza. ¿Sería posible llevarlo a cabo?

24

AMAIA

Aquella tarde, decidió volver a casa caminando desde la facultad. Necesitaba pensar en cómo ayudar a su alumna, pero también cómo aprovechar aquella oportunidad que la vida le estaba brindando. Si Adriana quería dar a su bebé en adopción, ¿quién mejor que ella para ser su madre adoptiva?

Llegó a casa sobre las siete. Guillermo estaba en el ventanal del salón, apoyado con la mirada perdida en la calle y una copa de vino tinto en la mano.

Amaia entró por la puerta y él se giró para verla guapa y sonriente a la vez que serena.

—Hola, cariño, ¿qué tal el día? ¿Te sirvo una copa?

—Hola, amor. El día ha sido... ha sido complicado. Por favor, ponme esa copa de vino bien llena y sentémonos. —Amaia dio unas palmaditas a su lado tras tomar asiento en el sofá.

Guillermo fue hasta la cocina y llevó consigo la botella de Rioja. La posó sobre la mesa de centro, cogió la copa de Amaia y la llenó unos tres dedos. Entonces se la dio y se sentó a su lado.

—La verdad es que no sé cómo explicarte esto. Necesito que me escuches, que no me interrumpas y, sobre todo, que mantengas la mente abierta a lo que te voy a decir.

Amaia intentó resumirle a Guillermo todo lo que había ocurrido en el aula con Adriana, las intenciones que tenía, la oportunidad que se les brindaba. En realidad, aquella tarde Amaia le estaba afirmando a su marido que iban a ser padres, porque ella ya lo había decidido.

Guillermo se levantó del sofá y empezó a recorrer el salón de punta a punta sin poder parar, con las manos apoyadas en el cinturón y casi hiperventilando por lo que su mujer le proponía.

—Pero ¿es que te has vuelto loca, Amaia? ¡No podemos adoptar ese bebé, no podemos decidir qué bebé adoptar! Por el amor de Dios. Sé que no tener hijos ha sido muy duro para ti, pero no puedes quedarte con los bebés de los demás. Esa chica debe solucionar sus problemas con su familia.

—Guillermo, ¡lo he intentado! No quiere, bajo ningún concepto, que ellos se enteren. Deben de ser muy conservadores, ya sabemos cómo es la gente en el norte... Tiene muy claro que lo dará en adopción. Por favor, es mi última oportunidad, sabes que con nuestra edad hasta la adopción resulta complicada.

—Me estás pidiendo a mí, que precisamente debo velar por el cumplimiento de las leyes, que ejecute un acto ilegal que implica una vida humana y del que esa chica de veinte años puede arrepentirse en cualquier momento y querer recuperar a su hijo. ¿Tú sabes lo que me estás pidiendo?

Guillermo no dejaba de gesticular, estaba verdaderamente nervioso. ¿Acaso su mujer había perdido la razón? ¿Hasta tal punto llegaba su desesperación por ser madre? Dios sabía que él haría lo que fuera por ella, pero esto era demasiado incluso para él.

—No, Amaia. Desvincúlate de ella. Es un problema que debe tratar con su familia. La adopción en España ya no es un negocio entre particulares, tenemos una ley que ampara al menor y la cumpliremos.

—Si no quieres ayudarme, no lo hagas. Yo sí la ayudaré a ella. Me dan igual tus leyes. Yo no pretendo quitarle el hijo a nadie, solo quiero lo mejor para la madre y para el niño. Voy a hablar con Javier para que la atienda en su embarazo, yo correré con los gastos. Esa chica no se ha hecho ni una ecografía y está de unas veintidós semanas.

—No voy a seguir escuchándote, Amaia. Haz lo que quieras para ayudarla, pero el hijo será suyo y, si lo quiere dar en adopción, lo haremos como se tiene que hacer. No te excuses en que quieres lo mejor para esa chica y su hijo, quieres lo mejor para ti. ¿Qué pretendes hacer cuando dé a luz? ¿Aparecer con el bebé en brazos como la Virgen María?

—Ya lo he pensado todo.

Guillermo estaba cada vez más alterado. Se giró y cogió las llaves de la mesa de la entrada para salir. Prefería no seguir hablando del tema, pero ella lo agarró por el brazo para retenerlo.

—Guillermo, te suplico que me escuches.

Las lágrimas empezaron a brotar de sus ojos. Guillermo no soportaba ver a Amaia llorar, no soportaba verla triste. Era todo para él, su razón de vivir, su amiga, su amante, la mujer más divertida e inteligente que había conocido. Volvió a sentarse en silencio y ella se secó las lágrimas con el puño de su jersey de *cashmere*.

—Adriana, mi alumna, está de cinco meses. Ese bebé nacerá a mediados de junio. Yo, después de todo lo que he pasado, tras todos esos tratamientos que ha resistido mi cuerpo, puedo quedarme embarazada de manera natural, ¿por qué no? Nadie nos ha dicho que hubiera un impedimento de diagnóstico claro para que no lo consiguiéramos. Anunciaré mi embarazo y diré que estoy ya de dieciséis semanas. A muchas mujeres no se les nota nada, la propia Adriana parece que esté de muy poco. Gloria puede conseguirme el postizo para simular el embarazo. Y el parto se adelantará, tendré un bebé ochomesino, en junio.

Guillermo no podía ni mirarla, permanecía en silencio, con los codos apoyados en las rodillas y la cabeza entre las manos.

—Sé que es una locura, pero algo me dice que seremos muy felices con ese bebé. Ayudaré a Adriana en todo hasta el parto. Al ser mayor de edad puede decidir por ella misma, nadie avisará a sus padres si ella no quiere.

—Vamos a dejar claras varias cosas, la primera es que no meteremos a nuestros amigos en esto. Nadie puede enterarse. Solo esa chica y nosotros. Deja a Gloria y a Joan al margen, te lo pido por favor.

Amaia no respondió. Sabía que, si decía algo más en ese momento, la rendición que empezaba a ver en los ojos de su marido no se haría realidad.

Gloria y Joan trabajaban en el Gran Teatro del Liceo de Barcelona. Él era director financiero, y ella, jefa de vestuario. Se habían conocido hacía unos tres años porque Joan era cliente de la notaría del paseo de Gracia en la que trabajaba Guillermo. Comían juntos con asiduidad y decidieron presentar a sus mujeres, que desde el primer día tuvieron una relación excelente.

Gloria había ayudado muchísimo a Amaia con el tema de los tratamientos de fertilidad. Ella era algo más joven y estaba embarazada de dos meses. Cada día se disculpaba ante Amaia, incluso le costó mucho comunicárselo cuando se quedó embarazada, pero Amaia no era de esa clase de mujeres celosas ni envidiosas. Adoraba a Gloria, era su confidente y una persona muy importante para ella desde que entró en su vida. Ya estaban preparando sus vacaciones de verano juntos en algún rincón del Mediterráneo. Los cuatro adoraban Ibiza, donde habían pasado su primer verano juntos el año anterior, pero este Gloria estaría muy avanzada en su embarazo y al no poder volar prefería quedarse cerca.

Amaia había llorado mucho con Gloria tras cada aborto, tras cada ilusión rota en mil pedazos. ¿Cómo no iba a entender la oportunidad que la vida le estaba poniendo en bandeja? La comprendería mucho más que su propio marido.

Aquella misma tarde Amaia llamó a Gloria y se vieron en un salón de té de la rambla Cataluña al que solían ir a merendar. Amaia le contó con todo tipo de detalles lo ocurrido aquella mañana en la facultad con Adriana y su plan para ayudarla. Para sorpresa de Amaia, a Gloria le resultó un plan casi macabro. Pensaba en el futuro del bebé, en el día en que supiera que su verdadera madre lo había dado en adopción, en cómo iban a justificar que ese niño era de ellos...

Amaia Clemente iba de decepción en decepción, pues cuando las obsesiones se apoderan de uno mismo, la razón se esconde tras ellas y los que un día le habían parecido sus aliados ahora se convertían en sus enemigos.

Si nadie quería ayudarlas, Amaia y Adriana lo harían solas.

La situación de Adriana era la propia de una joven de veinte años. Lola no se separó de ella desde aquella mañana de febrero y consiguió reunir las fuerzas necesarias para contarles a Silvia y a Vega lo que le ocurría y la decisión que había tomado, que todas apoyaron.

Esperaba poder ocultar su embarazo hasta el final, algo que a medida que pasaban las semanas no parecía difícil. Ganaba algo de peso, pero con su estatura y su complexión extremadamente delgada resultaba muy complicado pensar que estaba a punto de dar a luz.

Por su parte, Amaia Clemente se ocupó de apoyarla como lo hubiera hecho una madre. Su amigo Javier era ginecólogo y obstetra en la Clínica Corachán y llevaría el embarazo y el parto de Adriana. Como era una chica joven y deportista, era probable que no hubiera grandes complicaciones, esperaban que fuera un parto natural con una recuperación rápida.

Así fue.

El bebé vino al mundo el 24 de junio de 1992. El parto fue rápido, sin ninguna complicación para Adriana.

Amaia Clemente paseó durante cuatro meses una barriga ficticia que Gloria había sacado de la sastrería del Liceo. Finalmente, había escogido apoyar a Amaia en su decisión; todos lo habían hecho, aunque casi mirando hacia otro lado. Guillermo se encargaría de los papeles de filiación y corrieron con todos los gastos de Adriana y del bebé. El ginecólogo amigo de Amaia sabía lo que estaban haciendo, pero aquellos tres días que Adriana permaneció en la habitación del hospital junto con su hija todos pensaron que se trataba de una sobrina de la doctora Clemente, una madre soltera que había decidido tener a su hija sola y que se quedaría una temporada con sus tíos en Barcelona.

En el hospital todos preguntaban a la doctora Clemente si tendría a su bebé allí, pero ella siempre decía que su hijita sería igual de vasca que ella y que esa misma semana se marchaba a San Sebastián para organizar el parto.

Todo fue perfectamente calculado y salió según lo previsto.

Cuando Adriana dejó el hospital, se recuperó durante unos días en casa de Amaia y Guillermo. Después volvió a la de Vega, donde había pasado todo el mes de junio. Silvia y Lola tampoco se separaron de ella ni un solo día.

Guillermo y Amaia pusieron rumbo a San Sebastián una calurosa tarde y se trasladaron directamente a la casa de verano que Amaia había heredado. Llegaron al caserío familiar de Zarautz la madrugada del 1 de julio de 1992.

Al día siguiente, Amaia paseaba a su hija Paula ante la mirada curiosa de las gentes del pueblo, que pensaron que nunca sería madre. Pero ese verano llegó con su hija recién nacida y los bolsillos repletos de felicidad.

Empezaba una nueva etapa para ella. Ya no iba a volver a la facultad. Solo regresarían a Barcelona para que Guillermo acabara de zanjar algunos asuntos hasta finales de año.

A la semana de nacer, Guillermo inscribió a su hija Paula Suárez Clemente en el registro civil de San Sebastián con los papeles que Javier había preparado en la clínica de Barcelona. Tardaría meses en olvidar el temblor de sus manos aquella mañana.

Adriana se recuperó del parto con facilidad. El doctor Javier Balasch la siguió atendiendo con todo el cariño hasta que le dio el alta el 6 de julio. La subida de la leche fue un golpe duro para ella y cada día pasaba algo que le recordaba a su hija y que le hacía preguntarse si siempre sería así.

Ese día, Vega decidió dar una fiesta en casa solo para ellas. Había que olvidar, mirar hacia delante y pensar en el verano como el resto de veinteañeras, pero Adriana no era como las demás chicas. A pesar de que sabía que su bebé estaba en las mejores manos, seguía con un nudo en el estómago y en el alma. Necesitaba estar con su madre más que nunca, pero ya era demasiado tarde para contarle lo sucedido. ¿Por qué no lo había hecho antes? Quizá su vida hubiera sido mejor siendo mamá de aquella niña. Pasó días dándole vueltas y más vueltas sin encontrar salida ni solución a lo que empezaba a sentir como una decisión equivocada.

Recordaba aquel día de diciembre, encerrada en el baño de la residencia y sabiendo que desde ese momento nunca volvería a ser ella misma. ¿Por qué el miedo al qué dirán la paralizó de tal manera? Esa respuesta solo la comprendería muchos años después y no pasaría ni un solo día sin recordar a su hija.

Guillermo Suárez le hizo firmar un consentimiento y una renuncia de potestad, que sabía que de poco valían, puesto que aquella adopción no era legal, pero sí demostraba que la madre había renunciado y que nadie la había forzado a hacerlo.

A Adriana y a Lola no les gustaba nada Guillermo, con esos aires de superioridad y hablando siempre tan imperativamente. Amaia procuraba que no estuvieran nunca a solas porque temía que pudiera advertir a Adriana de las consecuencias de sus actos y ella se arrepintiera, que es lo que sospechaba que él quería en el fondo, por varias razones.

En realidad, Guillermo Suárez era un buen hombre, pero

juzgó a Adriana sin conocerla ni darle la más mínima oportunidad de explicarse.

A finales de julio, el padre de Adriana visitó Barcelona para acompañar a su hija a las competiciones olímpicas de natación. Había reservado un hotel bonito y llegó una tarde tras dejar a la madre y al hermano de Adriana en la casa de verano de S'Agaró, adonde irían tras aquellos días de Olimpiadas.

Nadie notó nada extraño en Adriana aquel verano, su cuerpo estaba igual, pero su cabeza era otra y lo sería para siempre. Amaia Clemente prometió llamar a Lola cada tres meses para contarles cómo estaba la niña y cada año enviaría una fotografía en un sobre, también a Lola.

Así lo hizo siempre. Lola recibió fotos de Paula hasta diciembre de 2017, cuando Amaia le advirtió acerca de su enfermedad, siendo consciente de que era posible que un día dejara de hacerlo.

Sin embargo, ya no era necesario, porque Paula Suárez Clemente tenía redes sociales como cualquier chica de su edad, un bonito Instagram en el que colgaba fotos preciosas de lugares, de edificios, de arte y en el que también había alguna que otra imagen suya.

Adriana guardaba todas aquellas fotos en un sobre que tenía escondido en uno de los cajones de la cómoda de su vestidor, debajo de las bandejas extraíbles de terciopelo gris en las que ordenaba a la perfección sus joyas.

Desde el primer año de vida de Paula, Adriana siempre miró aquellas fotos de la niña. Era parecida a ella, con los ojos de su padre.

Tras aquel verano de 1992, la amistad entre Lola, Vega, Silvia y Adriana se mantuvo anclada a unos vínculos muy fuertes. Se alimentó de respeto, de comprensión y también de discusiones, sobre todo entre Vega y Lola. Jamás rompieron la promesa que se hicieron el 24 de junio de 1992. Ninguna de ellas, exceptuando a Lola, que tenía que entregarle las fotografías, volvería a hablar del tema si Adriana no lo hacía.

25

ADRIANA

Barcelona, 1996

En mayo de 1996, Adriana y Lola se licenciaron en Medicina.

Aquel día, como no podía ser de otra manera, era muy especial para ellas. Los padres y el hermano de Adriana estaban allí, también la madre de Lola con su hijo. Había muchísima gente dentro de aquella sala de actos.

El rector inició el discurso de bienvenida y Lola y Adriana subieron a decir unas palabras y a expresar su agradecimiento a todos los que habían formado parte de aquella gran familia: catedráticos, profesores, compañeros, a Manuel el del bar, a los bedeles... A las chicas no se les escapó nadie. Tuvieron también una mención especial para la que había sido su profesora de Anatomía en primero y segundo curso, la doctora Amaia Clemente, que arrancó un fuerte aplauso de todos.

Recordaron con un vídeo sus fiestas, sus noches en vela, el viaje a Cuba de fin de curso... Recogieron sus diplomas ante la mirada de orgullo de sus familias y leyeron en alto el juramento hipocrático.

Ya eran médicas, pero les quedaba todavía un difícil camino por delante. Adriana tuvo claro que prepararía la residencia. Al igual que Lola, cuyo brillante expediente, superior al de Adriana, le permitía hacerla en Londres, que era su sueño. Ninguna de las dos tenía claro su futuro ni su especialidad, excepto Silvia. Se licenciaba al cabo de tres días en su facultad y quería ser ginecóloga.

Vega había acabado sus estudios hacía un par de años y trabajaba con su padre. Viajaba constantemente y era la envidia de sus amigas porque se pasaba el día entre modelos y fotógrafos.

Empezaba su vida de adultas, esa que las separaría poco a poco, aunque intentaban verse lo máximo posible. Cuando lo hacían era como si el tiempo no hubiera pasado: la misma complicidad, las mismas discusiones, las mismas ganas de vivir.

Ese verano, a pesar de la insistencia de sus padres por que descansara después de terminar por fin la carrera, Adriana empezó a prepararse el MIR. No había renunciado al verano, pero sí se lo tomó con cierta calma. Todo el mundo la veía como una chica responsable, brillante y algo triste desde que dejó su Coruña natal y se trasladó a Barcelona. Sus padres estaban algo preocupados por ese cambio, por lo que la dejaron a su aire, le regalaron un coche y pasaron un verano más en la Costa Brava.

Una tarde de agosto, Adriana llevó con su coche nuevo a Vega y a Silvia a Begur, un precioso pueblo del Ampurdán lleno de casas indianas del siglo XIX, un lugar muy frecuentado en las noches de verano por los «niños bien» de Madrid y Barcelona que veraneaban por la zona.

Adriana se estaba tomando una Fanta de naranja sentada con sus amigas en el bonito jardín de La Sal, una maravillosa casa reconvertida en bar de copas. A la pandilla veraniega se había unido un chico nuevo. Se llamaba Eloi y era ingeniero de telecomunicaciones. Trabajaba en Movistar y se encargaba del lanzamiento de las primeras líneas de prepago en España. Esa noche se sentó al lado de Adriana y estuvieron conversando toda la noche.

Aunque al principio le pareció un poco soso, tanto él como su trabajo, con el tiempo se convirtieron en muy buenos amigos y confidentes. Adriana no tardó en darse cuenta de que, tal vez, podría llegar a amarlo, a él y la vida pacífica y sin sobresaltos que, dos años después, Eloi le ofreció con un anillo en la mano.

Lola se quedó para hacer su residencia en la especialidad de cardiología en un prestigioso hospital londinense. Nunca intentó contactar con Tomás ni contarle que iría a Londres. Sabía que también había finalizado sus estudios en Oxford, que seguía con la chica danesa de la que le había hablado Vega y que se iban a casar. Aunque Vega las mantenía informadas, Adriana no volvió a preguntar por él.

Pero ese verano todo cambiaría.

Lola había aceptado un trabajo en una conocida discoteca de Begur para el verano y vivía en un pequeño apartamento que había preparado su jefe para tres de las chicas que trabajarían junto con ella. Adriana se pasaba las noches allí, con Eloi y el resto de sus amigos.

Una de esas noches, se encontraron con Tomás, que había vuelto para pasar el verano con la que ahora era su prometida, procedente de una buena familia danesa. Seguía siendo el mismo chico encantador, educado y guapísimo de siempre.

Volver a verlo fue para ellas remover muchos sentimientos que no querían despertar, pero allí estaba.

Tomás entendió al segundo día que su presencia no era bienvenida, algo que lo hizo sentirse dolido en silencio.

Hasta que una de las noches, aprovechando que Adriana se dirigía al baño del jardín, fue tras ella.

—Adri, sé que no actué bien, pero teníamos que olvidarnos el uno del otro. Lo siento, no supe hacerlo mejor.

Adriana se dio cuenta de que ya no sentía rencor. Al contrario, estaba bastante serena.

—No pasa nada, Tomás. Han pasado cinco años. Ni yo soy aquella Adriana ni tú eres aquel Tomás. Pero ¡me sigues cayendo bien! —Y sonrió acariciándole la mejilla.

—Adri, quiero que vengáis a mi boda con Emma. Os prepararé un fin de semana inolvidable. Quiero que estéis ese día conmigo.

—¡Vaya, esta no me la esperaba! Lo hablaré con las demás. Haré todo lo posible para convencerlas.

Volver a ver a Tomás no fue traumático para Adriana y ella misma se sorprendió de haber sido capaz de borrar de su mente un año entero de su vida. Ahora él estaba feliz, iba a casarse y pronto tendría sus propios hijos. Así debía ser.

Adriana tenía claro que no tendría... más hijos. Conoció a Eloi en un momento de agotamiento tan extremo que fue para ella como un bálsamo, un guardián de la serenidad que buscaba. Consiguió que volviera a sonreír y a disfrutar de la vida como todas creían que merecía.

Ese otoño de 1996, todas fueron a la boda de Tomás, que se celebró en Winson, el pueblo donde su familia tenía aquel precioso *cottage*.

Lo pasaron en grande, limaron asperezas y, aunque a Lola

le costó muchísimo decidir si ir o no ir, la boda de Tomás marcó el inicio de una relación entre ellos. Tuvieron una conversación bonita mientras bailaban juntos «Se a vida é», de Pet Shop Boys, la favorita de Lola ese año.

Emma era una chica encantadora y conectó muy bien con Lola. Hacían la residencia en el mismo hospital y su amistad fue creciendo cada vez más. Volver a Barcelona no entraba en los planes de Lola y buscó una vida y un entorno en Londres.

Vivía en un minúsculo apartamento compartido con dos compañeros algo extraños pero poco molestos y pasaba muchas horas en la bonita casa de Tomás y Emma en el barrio de Kensington, muy cercana a la casa familiar de los Bennet Guardans.

En Barcelona las cosas empezaban a cambiar para su familia. Lola conoció a su verdadero padre, que como en un cuento de hadas se había divorciado y ahora vivía con su madre en un piso precioso en la calle Balmes.

Seguía sin curar aquellas heridas y todavía no lo había aceptado como padre, a pesar de haber confirmado que él jamás supo de su existencia. Sí descubrió que el amor entre aquel hombre y su madre fue la historia más romántica que conocería en su vida. Así que decidió no interponerse y marcharse, lo que fue un gran alivio para todos.

Su relación con Cefe había sido más larga de lo que esperaba, pero se aseguró de romper cualquier lazo antes de marcharse muy a lo Tomás: dejando a Cefe herido casi de muerte. Tanto que su hermano, que llevaba años trabajando con él en el taller, no lo soportó y se fue del barrio con su mujer y su bebé.

Ni Lola ni su familia volvieron jamás a los Pisos Verdes.

El que para ella era su verdadero padre no volvió a llamarla ni a buscarla, ni tampoco su hermano. En cambio, fue ella la que años después, cuando se reencontró con su padre, muy enfermo de cáncer de pulmón, lo acompañó en sus últimos días. Le contó que su hermano se había casado con una chica del pueblo y tenía cuatro hijos, cuatro nietos que su abuela no conocía.

Cuando apareció en el pueblo, tan distinguida, tan distinta..., fue como ver un fantasma. Hablaron, y aunque ella no conseguía perdonarlo del todo, sí se dio cuenta de que aquel hombre no tenía nada que ver con el chiquillo de catorce años que había cometido un error. Lola se pasó meses intentando que Petra entrara en razón y conociera a aquellos niños que de nada tenían culpa, hasta que un día accedió.

Así, Lola empezó a reconstruir una familia hecha pedazos que había sobrevivido a la infelicidad constante y aprendió que en la vida debes desear con fuerza y dejar que los sentimientos fluyan para que el viaje sea como tiene que ser, sin tantas piedras en el camino.

Fueron años felices que no duraron mucho para Petra. Joan murió de un infarto fulminante el 3 de febrero del 2000 y Lola volvió a recoger los pedazos de su madre una vez más. Se la llevó con ella a Londres varios meses y luego Petra regresó a Barcelona. Joan la había dejado en buena posición económica y, aunque los hijos de él lucharon por destruir todo lo que habían conseguido, por dejarla sin nada, no lo consiguieron. Petra se quedó en aquel piso enorme de Balmes, que Joan había puesto a su nombre. Trasladó a su hijo, a su nuera y a sus nietos a Barcelona, y, hasta que encontraron un trabajo y se establecieron, vivieron con Petra, que encontró en aquellos niños, y en sus otros dos nietos, la fuerza para seguir adelante.

Lola jamás quiso que su padre biológico la reconociera, aunque lo respetó todos aquellos años y le llegó a tener un inmenso cariño. Petra siempre insistió en que tenía los mismos derechos que sus hermanastros, pero ella se negó y renunció a su herencia, algo que ninguna de sus amigas podía comprender, ya que su padre tenía bastante patrimonio.

Pero así era Lola. Para su sorpresa, en el testamento Joan le había dejado una torre en Vallvidrera, que llevaba deshabitada cuarenta años. También una cuenta a su nombre y al de Petra con lo que para Lola era una barbaridad de dinero. Todavía le costaba mucho el cambio de euros a libras y viceversa, pero en aquella cuenta había cerca de trescientos mil euros, que Joan calculaba que necesitaría para arreglar la torre si quería vivir en ella o venderla.

En septiembre de 2002, Adriana, Lola, Silvia, Vega y Tomás organizarían una gran fiesta en la pequeña pero espectacular torre modernista que había heredado Lola para celebrar su treinta cumpleaños y la reforma ya casi acabada para convertirla en un pequeño hotel de lujo en el que trabajarían su hermano y su cuñada.

Lola fue la única que nunca se casó. Se centró en su carrera casi de manera obsesiva y, aunque llegó a tener relaciones intensas, ningún hombre fue lo bastante importante como para quedarse en su vida.

Pensaba muchas veces en qué haría Tomás si supiera de la existencia de Paula, aquella niña que tenía sus mismos ojos; en cómo reaccionaría con Adriana, con todas ellas, que habían sido capaces de ocultarle durante años que era su padre. Tomás tuvo dos hijos con Emma y era un gran padre.

Lo habría sido también para Paula, sin duda, pero el destino de todos había sido dibujado por la decisión de Adriana y ya no había vuelta atrás. Solo a ella le correspondía decidir si, en algún momento de su vida, Tomás y Paula conocerían la verdad.

26

PAULA

Madrid, enero de 2022

Era un día frío y gris, pero la ciudad amanecía con las mismas ganas y energía de sus gentes que llenaban cada rincón, soportando el ruido urbano que ya ni siquiera oían.

Todo ese ajetreo no podía percibirse desde una habitación de hospital, en que ni el tiempo ni el ruido tenían el mismo valor y todo quedaba detenido entre la esperanza y el miedo, en un término medio que en realidad no existía.

Paula llevaba más de una semana en el hospital, cogida a la mano de su madre, que desde aquella noche que había pasado con Carlos no volvió a hablar, a comer o a beber... Esa mañana se la llevaron al hospital por una neumonía, que se había agravado debido a la etapa del alzhéimer en la que se encontraba. Ella había trasladado a aquella habitación, amplia y luminosa, un arsenal de recuerdos. Allí estaba el álbum de fotos familiar que había hecho Paula durante la pandemia y que día tras día repasaban juntas, algunos recuerdos de los veranos en Santa Gertrudis y un altavoz que había depositado en una mesa alta para que Amaia siguiera escuchando ópera, algo que siempre la tranquilizaba.

Las noches eran largas, de descansos interrumpidos por el vaivén de las enfermeras de guardia. Paula solo dejaba el hospital algunas tardes, cuando Ubaldina o su tía Gloria podían relevarla. Gloria había vuelto a Madrid para acompañar a Judith en su condición de embarazada separada y con dos hijos. Las tardes las pasaba al lado de la cama de Amaia y, por más que insistía para que Paula no se quedara a dormir todas las noches, ella no consentía separarse de su madre.

Había pedido unos días en el trabajo que se le acababan pronto, pero no tenía intención alguna de regresar.

En el momento en el que se encontraban, estaba segura de que, si viviera su padre, le habría perdonado un despido. Ni ese era el trabajo que merecía ni valía la pena que este le quitara tiempo a su madre para dedicárselo a aquella empresa que tan poco respeto le estaba demostrando.

Inés, su jefa, la había llamado un día para interesarse por el estado de salud de Amaia y esa mañana lo hizo de nuevo, pero también la presionó para que volviera.

—Paula, entiendo por lo que estás pasando, pero no puedo darte más días porque desde arriba me están apretando. —La voz de Inés sonaba más seria de lo habitual. Paula sabía perfectamente que le sacaba muchas castañas del fuego porque Inés no estaba preparada para el puesto que le habían asignado.

—Lo entiendo, Inés. Sobre las dos pasaré a recoger mis cosas —sentenció de manera tajante.

—Paula, no puedes hacerme esto en tan mal momento. Sabes que eres mi mano derecha y no puedo mover ficha así de rápido. Comprendo que es una situación muy difícil y pediré si podemos arreglar una semana más para que estés junto a tu madre.

—No, Inés, no necesito que arregles nada. Voy a estar con ella hasta el final. Es muy posible que no sea una semana, pueden ser horas o días. Además, ¿ahora te das cuenta de que soy tu mano derecha? Más bien diría que soy tus manos y tus pies. La diferencia es que yo estoy explotada y tú no. No tengo ninguna necesidad de mantener un trabajo que no me llena, en el que casi nadie me cae bien y en el que cobro mil trescientos euros. Creo que unos mil doscientos menos que tú, ¿verdad? Pues ha llegado el momento de volar hacia otros nidos.

Hubo unos segundos de silencio tras las palabras de Paula, unas que llevaba mucho tiempo queriendo decirle.

—No estás siendo justa, Paula. Deberías avisarme con dos semanas para que pueda cubrir tu puesto. Yo también he trabajado muy duro para estar donde estoy.

—No te lo niego, pero comprenderás que mi madre no puede escoger cuándo morir y no voy a dejarla sola para dedicar mi tiempo a un trabajo que me importa absolutamente nada en estos momentos. Te veo a las dos, Inés. —Y Paula colgó.

Entró de nuevo en la habitación de la que había salido para mantener la conversación con tanto aire en sus pulmones que tuvo que espirar varias veces para soltarlo, y con él toda la presión de los últimos días. Se despidió de Ubaldina y besó a su madre en la frente. Amaia estaba conectada a varios sueros y a un respirador y, lo más duro, sus manos estaban atadas a la cama para que no lo arrancara todo. Paula sentía un dolor inmenso al verla en ese estado. Empezaba a preguntarse si sería posible desconectarla de todo aquello y dejarla descansar en paz.

—Ubaldina, ¿crees que mamá está sufriendo mucho?

—No lo sé, señorita Paula. —Ubaldina no paraba de llorar desde hacía unos días cada vez que llegaba al hospital.

—Está bien, Ubaldina. Que no nos sienta tristes, es posible que nos oiga.

En ese preciso momento sonaron dos golpecitos en la puerta y entró la doctora que atendía a Amaia desde su ingreso. Era una mujer alta, fuerte, morena, de mediana edad y muy agradable, con una voz suave y un pronunciado acento argentino.

—Buenos días, chicas. ¿Qué tal has descansado, Paula?

—Buenos días, doctora Bergamaschi. Estoy cansada, triste y con muchas dudas. —Paula empezaba a buscar una solución al sufrimiento de su madre.

—Precisamente vengo a hablar de ello, Paula.

La doctora tomó asiento en el sofá cama, todavía con las sábanas revueltas, que apartó, e invitó a Paula a imitarla.

—Señorita Paula. Yo espero fuera —se excusó Ubaldina.

—No, por favor, quédate con nosotras —le pidió Paula, y ella obedeció.

—Tu madre no va a recuperarse, Paula —empezó a explicarle la doctora—. No podemos retirar el ventilador que mantiene su respiración y en el TAC de ayer vimos que ha sufrido un derrame que ha paralizado la mitad de su cuerpo y ha causado un daño cerebral irreversible. La estamos manteniendo con vida, Paula. Entiendes lo que te digo, ¿verdad?

La doctora cogió la mano de Paula para acompañarla en ese momento íntimo de duelo, en el que como hija debía decidir qué hacer con la vida de su madre.

Las lágrimas brotaron de su interior y dirigió una mirada de impotencia a Ubaldina, que era tan creyente que estaba segura de que desaprobaría una decisión como la que estaba a punto de tomar.

—Me está aconsejando desconectarla, ¿no es así?

—Sí, Paula. Pero no puedo influir en tu decisión. Lo que sí sabemos es que ella no va a despertar, aunque retiremos la sedación. Sus pulmones no volverán a funcionar. Y los riñones están al límite. Es posible que se nos vaya sin desconectarla...

—Doctora, si fuera su madre, ¿qué haría?

—Paula, como te he dicho, no puedo influir en una decisión así. Solo informarte de todo y asegurarte que aumentaremos la sedación para que tu madre no sufra.

—Si decido hacerlo, ¿cuándo sería?

—Puede ser mañana.

—De acuerdo. ¿Me lo puedo pensar?

—Claro, Paula. Cuando tú quieras. Nadie va a presionarte, será cuando tú decidas que sea.

La doctora le puso la mano en el hombro, le sonrió y añadió antes de marcharse de la habitación unas palabras que reconfortaron y tranquilizaron a Paula.

—Tu madre debe de estar muy orgullosa de una hija como tú. No es fácil ver a alguien tan joven con una dedicación tan absoluta a un paciente con su enfermedad. Y tú debes estar también muy orgullosa de ti misma por haberla llenado de tanto amor. Qué manera tan bonita de macharse.

Paula se apoyó en la ventana y giró la cabeza para mirar a Amaia. Ubaldina se colocó a su lado y le cogió la mano.

—Señorita Paula, quiero que sepa que yo la apoyaré en cualquiera que sea la decisión que usted tome hoy...

—Gracias, de verdad. —Paula la abrazó—. Y quiero que sepas que no voy a dejarte sin trabajo de un día para otro.

Te quedarás en casa hasta que encuentres otra familia, que será muy pronto, porque pienso decirles que se llevan un tesoro.

Paula retiró las lágrimas que se deslizaban por el rostro de Ubaldina.

Decidió bajar a la cafetería a desayunar en vez de volver a casa. Mientras descendía las escaleras, intentó organizar aquel día, que, sin duda, iba a ser el más largo y difícil de su vida. Más incluso que aquellos de pandemia en los que no podía enterrar a su padre. Se preguntaba quién debería estar a su lado en un momento como aquel. Paula no entendía por qué pensaba tanto en Carlos, que la había estado llamando hasta cuatro veces al día. Además, había ido a verla al hospital tres de los ocho días que llevaba allí y, aunque la reconfortaba su cariño, sabía que aquella no era manera de empezar una historia con alguien.

No le cabía duda de que la vida no planifica nada y que los planificadores naturales como ella nunca tenían en cuenta la improvisación del presente. ¿Por qué vivían en una constante de intentar controlar todo, leyendo libros de autoayuda para optimizar el tiempo finito? Paula se lo preguntaba sin cesar, muy posiblemente porque había sido educada para disfrutar del momento, del ahora, y en este había aparecido alguien que no esperaba, pero que podía haber llegado para quedarse. Quería ser consciente de su vulnerabilidad, de la soledad de una hija que estaba a punto de quedarse huérfana.

Entonces encontró respuesta a la pregunta que se hacía aquella mañana. En su duelo la acompañarían sus dos amigas, Judith y Cayetana, y Carlos, a quien podría considerar su nuevo amor, y, por supuesto, Joan, Gloria y Ubaldina. Aquella era su verdadera familia.

Se llevó un café larguísimo con una nube de leche y una napolitana de chocolate a una mesa apartada de la cafetería. El estrés y la tristeza le pedían continuamente azúcar. Allí empezaría la ronda de llamadas para convocar a su familia ese mediodía en el hospital.

Sabía que, por muy ocupados que estuvieran, todos acudirían a su llamada.

27

PAULA

A las doce del mediodía habían llegado Gloria y Joan. A los pocos minutos entró Judith caminando como podía y le dejaba su ciática de última hora. Salía de cuentas esa semana y estaba agotada mental y físicamente. Nada más llegar abrazó a Paula, de manera pausada pero intensa.

En ese momento el móvil de Paula, que llevaba colgado del cuello, anunció la entrada de un wasap. Lo cogió para ver quién le escribía. Carlos estaba en la entrada de la clínica y no sabía qué debía hacer. No tenían la suficiente confianza como para que viera a su madre moribunda ni tampoco para conocer tan pronto al resto de la familia que estaba allí. Por eso, había decidido comportarse de la manera más prudente y anunciar a Paula que estaría allí hasta que ella le pidiera que se marchara.

Ella lo necesitaba a su lado, así que se disculpó ante los presentes y dijo que subía en dos minutos, sin dar más explicaciones.

—¡Te acompaño! Aunque tardaremos algo más de dos minutos... —advirtió Judith.

Paula asintió y salieron de la habitación cerrando la puerta.

—Judith, Carlos ha venido porque se lo he pedido. Sé que es precipitado y que no pinta nada en un momento tan íntimo, pero siento que debe estar a mi lado. Quizá sea una consecuencia de la vulnerabilidad que se ha apoderado de mí estos últimos días, pero creo que me he enamorado de él, que por primera vez siento algo muy fuerte por otra persona y no quiero luchar contra ello.

Las chicas entraron en el ascensor.

—Paula, estoy muy feliz por ti. Sobre todo, por que hayas dejado de luchar contra tus sentimientos. Desde que te conozco, nunca te he visto así por nadie. Ahora creo que este hombre es algo bueno para ti, que os necesitáis mutuamente.

—Gracias, Ju. —Paula abrazó a su amiga.

Ambas salieron a la calle y Paula enseguida lo vio.

—Mira, aquel morenazo es Carlos —dijo mientras se lo señalaba a su amiga.

—Vaya, vaya con Carlos...

Él sonreía con timidez sin saber muy bien qué tenía que hacer ni cómo comportarse. Paula rompió el hielo con un beso en los labios. Él le respondió y posó la mano en su cintura al tiempo que ella lo abrazaba.

—Te presento a la segunda mujer más importante de mi vida. Ella es Judith.

—Encantada, Carlos. Disculpa el barrigazo que te voy a pegar para darte dos besos.

—Un placer, Judith, Paula no deja de hablar de ti.

—Carlos, te he llamado porque me gustaría que estuvieras conmigo esta mañana, junto a mi familia y apoyando la decisión durísima que he tenido que tomar. Arriba están mis tíos, los padres de Ju, y Ubaldina, la mujer que ha estado en mi casa en los últimos años y que tan bien ha cuidado de mi madre y de mí.

—Haré lo que necesites, Paula.

—Gracias, subamos entonces.

Llegaron a la segunda planta, y antes de entrar en la habitación Paula se dirigió hacia un mostrador, donde preguntó por la doctora de su madre. Le indicaron que estaba atendiendo a otro paciente, que tan pronto como se liberara la avisarían para que pasara por la habitación.

Paula sabía que tenía que tomar las decisiones en caliente o se pasaría días pensando qué hacer, qué habría hecho su padre... Por eso los había reunido a todos, en especial a Gloria y a Joan; estaba segura de que ellos la ayudarían en su decisión final.

—Tía Gloria, Joan, Ubaldina, este es Carlos.

No hubo ninguna explicación añadida sobre quién era, él se acercó a todos mientras procuraba no dirigir la mirada hacia la cama en la que estaba Amaia, conectada a todos aquellos cables. Entonces Paula tomó la mano de Carlos y lo acercó a su madre.

—Mamá, este es Carlos. Estoy segura de que te gustaría muchísimo conocerlo y de que os reiríais mucho juntos. Tenéis muchas cosas en común. —Todos los presentes permanecían serios y cabizbajos, atentos a la escena. Entendían el momento que estaba viviendo y lo respetaban, y en el fondo de su alma anhelaban que Amaia lo estuviera escuchando, tal y como Paula se repetía cada día que pasaba en el hospital.

—Supongo que ya sabéis por qué estáis aquí —dijo dirigiéndose a su familia—. Pero no es exactamente por lo que imagináis. Mamá está muy grave, eso es así, pero estas máquinas la pueden mantener con vida, no sabemos si días, semanas... Los médicos no están seguros. Al parecer ha tenido un derrame cerebral y su estado es irreversible. Ya no volverá a despertarse, ni a respirar sola, ni a comer, ni a beber...

Y entonces Paula se rompió en mil pedazos ante su madre, se quedó sentada a los pies de la cama, abrazándose las piernas, incapaz de pronunciar ni una sola palabra más. El sol del mediodía, claro e intenso, se apagó de golpe y dejó la habitación bañada en una penumbra solemne que acompañaba la desesperación de Paula. Carlos fue el primero en incorporarla, y Gloria, Ubaldina y Judith lo ayudaron. La sentaron en el sofá y Gloria llenó un vaso de agua del que la hizo beber mientras le acariciaba la cabeza.

En ese preciso instante Paula se sintió huérfana. Ni en los peores momentos de la enfermedad, cuando luchaba para que su madre la reconociera, cuando ella le gritaba, cuando le recordaba constantemente que nunca había tenido una hija…, en ninguno de aquellos momentos Paula se había sentido tan sola como aquella mañana en esa habitación llena de gente.

—Voy a desconectarla. Lo entendéis, ¿verdad? Decidme algo, por favor. Tía Gloria, ¿crees que papá haría algo así, que se fiaría de lo que la doctora dice? ¿Y si se equivocan, y si sale del coma?

Gloria, que se había mantenido de pie cerca de ella, se sentó al lado de Paula, ante el silencio respetuoso que ninguno de los demás quería romper.

—Cariño, papá jamás permitiría que mamá sufriera. Nadie mejor que tú sabe lo que lleva soportando este último año, y lo que has tenido que aguantar tú. La enfermedad de tu madre está ya en la fase final y esta neumonía lo ha agravado todo. Si además ha habido un derrame, ¿a qué vamos a esperar, Paula?

Ella tenía la mirada fija, aunque algo perdida, en la cama de Amaia. Carlos estaba próximo a Judith y Joan había tomado asiento al otro lado de Paula para sostener su mano. Judith se acercó y, tras su vano intento por ponerse de cuclillas, suspiró y se mantuvo de pie frente a ella para hablarle.

—Es lo que debes hacer, Paula. No debes sentirte culpable de nada. Tu padre seguro que te está enviando toda la fuerza desde ahí arriba, deseando por fin estar junto a tu madre —dijo Judith casi en un susurro.

Paula no era nada creyente, como tampoco lo era Amaia, pero su padre sí lo había sido. Se sorprendió al darse cuenta de que en momentos tan difíciles la fe podía ser ese bálsamo necesario para templar el ánimo, una fantasía con final feliz construida sobre la mayor de las tristezas.

Carlos y Ubaldina estaban inquietos e incómodos, pero aguantando aquella tormenta de difíciles decisiones. En ese momento la puerta se abrió y la doctora Bergamaschi se acercó hacia el sofá alrededor del que se encontraban todos.

—Paula, ¿estás bien? Voy a darte un tranquilizante flojito, ¿vale? Te sentirás mucho mejor. —Paula asintió—. Ahora necesito que me dejen a solas con ella, serán unos minutos y podrán volver a entrar.

Todos salieron de la sala, aunque no sin antes buscar la aprobación en la mirada de Paula.

—Doctora, he decidido desconectarla, con muchísimas dudas y angustia, pero no puedo seguir viéndola así. Nunca imaginé para ella una muerte programada, tecnificada, fría y calculada. Mi madre se fue hace meses, ¿sabe? No tenía ni idea de quién era yo, ni qué hacía en su casa. Un día dejó de reconocerme y ya nunca más lo hizo. El alzhéimer es tan cruel con los enfermos como con los cuidadores, le diría que incluso más con nosotros. Al final, lo único que yo buscaba es que ella fuera feliz en algún momento del día, y creo que lo conseguí en varias ocasiones. Mi única obsesión era que la tratásemos con muchísimo amor. Pero yo... no sé si he sido feliz desde que perdí a mi madre. Ahora lo único que se irá es su presencia, pero mi duelo empezó hace meses.

—Todo está bien, Paula. Ahora vendrá María, la psicóloga. Ella te acompañará en estos momentos. El doctor Moráguez y yo llevaremos juntos el proceso de desconexión.

—Llevo días pensando en cómo merece morir mi madre, cómo querría mi padre que fuera, y tengo muy claro que debe ser en casa, no quiero así. No sé si es posible trasladarla a casa en ambulancia y desconectarla allí, rodeada de su familia, de sus recuerdos y en un entorno mucho más amable que esta habitación. Por favor, ayúdeme con ello. Cueste lo que cueste, eso no será un problema.

—Está bien, Paula. Hablaré con el equipo para ver cómo podemos resolverlo. Lo más importante es que tu madre esté bien, pero también quiero garantizar tu bienestar emocional. Para nosotros eres un ejemplo de generosidad y agradecemos mucho el tiempo que dedicas a la fundación.

Paula llevaba más de un año ayudando en una fundación a la que precisamente pertenecía parte del equipo médico que atendía a su madre, un apoyo a familias sin recursos que estaban pasando por lo mismo que ella, pero en una situación muchísimo más dura. Paula había intimado con una mujer de cincuenta años que llevaba diez cuidando de su marido dos años mayor. Admiraba profundamente a aquella mujer que lo había dejado todo por permanecer día y noche al lado de un hombre al que había que tener vigilado en todo momento. En la fundación había muchas más mujeres que hombres, la mayoría sin los recursos necesarios para afrontar la enfermedad, sin apoyo ni en sus trabajos ni en la propia administración. Desde que Paula maduró y entró en el mundo adulto y laboral, su conclusión seguía siendo la misma: «En este mundo tienes que tener dinero hasta para morir con dignidad».

Ahora, ya más tranquila por los efectos del medio diazepam que la doctora le había dado, Paula salió junto con ella de la habitación y comunicó a todos su decisión, bastante más serena y aliviada. Sentía que estaba haciendo las cosas bien, que su padre aprobaría su decisión final. Amaia volvería a casa y desde allí iniciaría ese viaje en el que Paula no había querido pensar hasta ese día.

Llevaba varios años intentando entender la muerte. En casa se hablaba con total naturalidad de ella, pero Paula siempre cambiaba de tema con miedo, incluso pavor. Amaia intentaba transmitirle que desde el día en que había nacido ya estaba muriendo, pero que tras ello se produciría un nuevo renacimiento. Así de simple era el proceso: nacer, vivir, morir y volver a empezar.

Ahora necesitaba pensar que sus padres seguirían amándose en algún lugar imaginario. El tema de la reencarnación o el renacimiento, como lo llamaba su madre, le parecía más atractivo, pero mucho más complejo para que ambos lograran encontrarse como pareja. Quizá uno sería un pájaro, y la otra, un delfín. A saber...

Guillermo, el padre de Paula, era muy creyente, de los que iban a misa una vez por semana. Paula recordaba cómo su madre se burlaba de él, con aquella gracia que hacía imposible que se enfadaran. Cuando intentaba llevarse a la niña a la iglesia, Amaia se negaba, e incluso consiguió que no hiciera la comunión. Así creció Paula, entre un católico practicante y una especie de budista que creía en la reencarnación.

Paula recordaba el empeño de su madre desde muy pequeña por inculcarle una filosofía de vida positiva, con el máximo aprovechamiento de la gran fase intermedia, como Amaia la llamaba. Desde niña comprendió y asimiló que al igual que nadie recuerda el momento de nacer, lo mismo ocurre cuando el alma abandona el cuerpo. Pero vivir, eso era otra cosa. Su madre solía recordárselo una y otra vez.

—Durante todos los años que permanezcas en el mundo, tejerás una extensa red de recuerdos que serán los que alimenten tu futuro. El pasado sirve para esto, para tener un futuro bonito. Pero debes centrar tu fuerza y energía en el presente, porque todo lo que construyes hoy es gracias a lo que hiciste ayer, y eso hará más bonito el mañana. ¿Lo entiendes, Paula?

28

PAULA

A las tres de la madrugada del 28 de enero de 2022, Amaia murió rodeada de los que más la querían, a ella y a su hija Paula.

Amaia tuvo un funeral laico, tal y como deseaba, con la música que le gustaba, mientras la recordaban con la misma alegría con la que había sabido vivir. Paula intentó no olvidar nada, y la pena de los últimos meses dio paso a la serenidad. Se acordó con mucha paz de que para su madre morir era el inicio de una nueva vida, y así lo recordó en su dedicatoria en el tanatorio ante familia y amigos.

> Mami:
>
> Dedicaste mucho tiempo a transmitirme el amor por la vida, el cuidado de los que amas y el valor del tiempo que pasamos aquí. Tu final no fue ni el deseado ni el merecido, pero he intentado devolverte ese amor lo mejor que he sabido.
>
> Hoy solo me queda darte las gracias, una y mil veces por haber sido mi madre, por contagiarme tus ganas y tu sed de vivir, tu energía inacabable, el amor por los que quieres.

Quiero creer que papá, tu tan amado compañero de vida, te estará esperando con los brazos abiertos, con su tabla de surf, en un lugar lleno de luz donde podáis seguir siendo felices.

Y si no es así, y realmente tenías razón y hoy has vuelto a renacer, que sea cerca de donde él lo hizo hace dos años y volváis a reencontraros una vez más.

Yo siempre os tendré presentes. Espero que podáis guiarme desde dondequiera que estéis, hasta que estemos juntos de nuevo.

Te querré ahora y siempre, mamá.

Paula depositó una rosa roja sobre el ataúd de Amaia, igual que lo hicieron Gloria, Joan, Ubaldina, Judith y Cayetana.

Amaia fue incinerada y sus cenizas se depositaron junto a las de Guillermo, en el panteón de la familia Suárez. Ella nunca había dejado claro dónde quería terminar y solía decirles a padre e hija que los restos de una donostiarra no deberían acabar en una ciudad de secano como Madrid, pero no les daba más explicaciones. Sus padres solían discutir sobre quién de los dos cedería. Resultaba curioso que al final no había importado la cabezonería de Amaia y estaba segura de que por amor su madre habría renunciado a su descanso eterno en San Sebastián con tal de estar cerca del hombre de su vida.

Paula pasó todo el fin de semana con Carlos en casa. Necesitaba recobrar fuerzas para la intensa semana que se le venía encima. Había llamado a su albacea para que le diera unos días, pues lo que menos le interesaba en ese momento era saber cuál era su patrimonio y qué iba a hacer con él.

Pasaron el fin de semana encerrados y, cuando no tenían ya más fuerzas para seguir haciendo el amor, se enganchaban a alguna serie de Netflix y devoraban pipas, palomitas y chuches.

El lunes se levantaron a las siete y media; él para ir a trabajar y ella para enfrentarse a un día intenso, triste y lleno de recuerdos. Ubaldina llegaba a las ocho para recoger las cosas de su madre. Debería decidir qué hacer con la ropa, ya que Amaia tenía muchísima. Paula no sabía ni por dónde empezar en aquella casa e ignoraba qué haría con ella. No tenía ni ganas ni fuerzas de decidir nada durante esos días, así que ordenarían los armarios, dejarían todo recogido y simplemente la cerraría.

Ese mismo día debía ir a la notaría del amigo de su padre. Arturo, su albacea, le explicaría cómo serían las cosas a partir de ese momento. Le esperaban unos días intensos de papeleo antes de que se leyera el testamento.

Le había propuesto a Carlos un viaje en unos días a la casa de Santa Gertrudis, después del parto de Judith, que era inminente. Necesitaba desconectar y en invierno nunca solía ir nadie excepto ella. Le encantaba la isla en esa época y le hacía ilusión enseñarle los rincones donde tan feliz fue siendo niña y compartir todo aquello con aquel hombre que tanto la llenaba en todos los sentidos.

Paula y Carlos se despidieron sobre las ocho y media, y quedaron en cenar esa misma noche en casa. Ella subió al piso de sus padres, donde Ubaldina ya estaba ordenando la habitación de Amaia envuelta en un silencio triste. Paula sabía que gran parte de la pena que sentía procedía de la incertidumbre que se vislumbraba con respecto a su futuro. No tenía ningún sentido seguir trabajando en aquella casa vacía, ni tampoco en la de Paula. Pero no podía permitirse estar sin ingresos y se encontraba perdida sin saber adónde ir.

—Ubaldina, te dije que estuvieras tranquila. Vas a seguir aquí conmigo hasta que encontremos un buen trabajo para ti. De momento, necesito que me ayudes y esto nos va a llevar bastante tiempo. Tu horario será diferente, pero te pagaré lo mismo.

—Señorita Paula, me siento muy triste porque son muchos años en esta familia y usted se queda muy solita. Tengo una pena muy grande en el corazón. No se preocupe ahora de mí. Yo la ayudaré en todo y todas las horas que necesite.

—Lo sé, Ubaldina, pero es suficiente con que vengas de ocho a tres. Hazme el favor de disfrutar un poco de tus hijos, de recogerlos en el colegio, de tener tiempo para ti. Han sido unos años muy duros para nosotras, mereces un descanso. No quiero que tengas prisa por irte. Confía en mí, por favor. Yo seguiré pagando tu sueldo hasta que consigamos otro trabajo para ti.

—Señorita Paula, usted se merece que le pasen cosas muy buenas a partir de ahora. —Paula besó en la mejilla a Ubaldina y continuaron sacando ropa de los armarios de Amaia.

Al mediodía Paula había quedado con Joan en una cafetería de la calle Serrano, cercana a la notaría de Arturo. Gloria acompañaría a Judith, a la que habían monitorizado para decidir si debían o no inducir el parto. Joan estaba ya sentado en una mesita pequeña, ojeando la carta de desayunos, cuando Paula entró en el establecimiento, y se levantó al verla llegar.

—Buenos días, hija. —Joan siempre la había tratado como tal, la adoraba igual que a la suya propia.

—Buenos días, tío Joan. Muchas gracias por acompañarme.

—Paula, queremos que recuerdes que somos tu familia, que no vas a estar sola y que puedes contar con nosotros para todo. Ahora mismo nos estamos planteando trasladarnos a Madrid porque entre la situación de Judith y la tuya, creemos que debemos estar aquí una temporada. Mi hija quiere hacerse la fuerte, pero no es fácil. Son tres hijos y el pequeño Luis ya sabes lo demandante que es... Además, ella quiere volver a trabajar nada más acabar la baja de maternidad, así que deberemos buscar ayuda en casa y apoyarla nosotros también porque lo va a necesitar.

—Tío Joan, a Judith la vamos a arropar todos, por supuesto, pero creo que volver a trabajar le vendrá genial. Además, ya sabemos cómo es Luis, pero no dejará a sus hijos tirados, ni a ella tampoco. ¡Por lo menos que suelte la pasta! —Paula dirigió una sonrisa amplia y cómplice a Joan, que nunca había soportado al marido de su hija.

—Saldremos adelante, Paula. Ya verás como vendrán buenos tiempos.

—Todos me decís lo mismo, y yo también lo creo, pero ha sido muy duro y estoy muy cansada. Y todo esto de los papeles ahora me viene muy grande. Había pensado en pasar un tiempo en la casa de Santa Gertrudis con Carlos. ¿Te parece bien?

—Sí, claro. Esa casa es tan tuya como nuestra y queremos seguir compartiéndola con la familia. Nada me haría más feliz que estar este verano todos juntos de nuevo.

—Gracias, tío Joan.

Salieron de la cafetería tras desayunar y se dirigieron hacia la notaría. Arturo los recibió con la mejor de sus sonrisas y los invitó a sentarse en una sala de reuniones con una mesa inmensa. Joan y Paula se colocaron juntos en un lateral y Arturo se sentó en una butaca en el extremo más cercano a ellos.

Les entregó un documento en el que se indicaba todo lo que necesitaría por parte de Paula cuanto antes para poder hacer la lectura del testamento en los días siguientes. Paula era la única heredera y no debería haber demasiados problemas.

—Paula, esta parte administrativa es la más odiosa, pero tu padre lo dejó todo perfectamente ordenado y seguro que conseguimos dejarlo todo hecho rápido. Solo quiero que sepas que estamos aquí para ayudarte y para asesorarte en lo que necesites. Eres muy joven y vas a heredar un patrimonio que supone una garantía de tranquilidad para tus próximos años, siempre y cuando hagas las cosas bien, de lo cual no tengo ninguna duda.

Paula dirigió una mirada hacia Joan, que a su vez permanecía atento a las palabras de Arturo, con el que también mantenía una amistad desde hacía años.

—Muchas gracias, Arturo. Ya sabes que Paula es una niña muy responsable y que sabrá muy bien cómo gestionar su patrimonio. ¿Entonces podemos empezar hoy mismo con los trámites?

—Sí. Como bien sabes, he ejercido de albacea durante estos casi dos años por deseo de Guillermo. Y hoy acaba mi cometido con un último encargo de tu padre. —Paula y Joan se miraron extrañados.

—Este Guillermo siempre con sorpresas, ¿verdad, hija?

—Pues parece que sí. Tú dirás, Arturo.

—Hay una carta, Paula. Tu padre me pidió que te la entregara tras la muerte de tu madre. Está cerrada y lo único que puedo decirte es que me repitió una y otra vez que debías leerla sola, sentada en vuestro banco del Retiro.

Joan y Paula estaban tan sorprendidos que ninguno de los dos articulaba palabra. Lo último que esperaba de su padre era este gesto romántico hacia ella y se sentía muy intrigada por saber qué podía haberle escrito. Padre e hija acudían muchos domingos a sentarse en un banco soleado que había en uno de los caminos a los que se accedía por la puerta del paseo de Coches y donde solían comentar las noticias del periódico que leían juntos.

—Está bien, Arturo. Si ese era el deseo de mi padre, así lo haré.

Joan y Paula se despidieron de Arturo y, cuando estaban en la portería del edificio, sonó el móvil del primero.

—Dime, Gloria, ¿todo bien? —El gesto de Joan cambió en segundos y sus ojos buscaron la mirada cómplice de Paula, que se dio cuenta de que algo pasaba al detectar el nerviosismo en su tono de voz.

—¿Qué pasa, tío Joan?

—Judith se ha puesto de parto. Vamos, vamos. —Subieron a un taxi y se dirigieron hacia la clínica en la que estaba. En poco más de veinte minutos entraron a la carrera en la recepción. Luis, el ya exmarido de Judith, los esperaba a los pies de las escaleras. Los saludó con un simple «hola» y sin mirarla a la cara, pues no había ni acudido al funeral de su madre:

—Paula, te acompaño en el sentimiento.

—¿Disculpa? Tú no me acompañas en nada ni falta que me hace. Además, no entiendo a qué viene ahora esa carita de bueno. No sabes la pena que me da que nazca otro bebé en el mundo que te tenga como padre.

Luis era de las pocas personas que sacaba lo peor de Paula e incluso cuando estaba con Judith nunca se guardaron ni el más mínimo cariño. El día antes de la boda de Luis y Judith, tuvieron que llevarse a Paula, que, bajo los efectos del Jägermeister, suplicaba a gritos a su íntima amiga que no se casara con aquel hombre.

Joan intentó apaciguar los ánimos sin mucho éxito y Luis lo imitó.

—Paula, no voy a discutir ahora contigo. Repito que siento mucho lo de tu madre. Gloria está con Judith, no ha querido que entrara en el parto.

Paula soltó una carcajada forzada.

—¡Solo faltaría! Es que lo tuyo es muy fuerte.

—Basta, chicos, por favor —dijo Joan alzando la voz lo suficiente como para que la gente que estaba sentada en las sillas de la recepción alzara la mirada del móvil.

Todo lo que salía de la boca de Luis tenía un tono cínico, como si no entendiera lo que había hecho, como si de repente fuera el mejor padre y marido del mundo y todos lo repudiaran injustamente.

—¿Puedes llevarme con mi hija y con mi mujer, por favor? —le pidió Joan.

Entraron en los ascensores y bajaron un par de plantas. A Judith se la habían llevado ya a la sala de partos y había pedido estar acompañada de su madre. Esta, mientras preparaban a la parturienta, disponía de diez minutos para ver a la familia y vestirse con la bata que le iban a proporcionar.

—Tía Gloria, ¿cómo esta? —Paula la observaba nerviosa deseando que Judith tuviera a su hija cuanto antes y las dos estuvieran sanas y salvas. Había sido un embarazo muy difícil y la presencia de Luis en aquella sala no dejaba de amargarle el momento.

—Está bien, cariño. Voy a entrar para que me preparen. ¡Os veo en un rato! —Gloria besó a Joan con una mezcla de nerviosismo y emoción en la cara y se dirigió amablemente a Luis—. Te avisarán y podrás entrar a ver a tu hija.

—Si tú consideras normal que no esté en el parto de mi tercera hija, tendré que asumirlo. Pero el padre de ese bebé soy yo, que no se le olvide a nadie.

Joan cogió a Paula por el hombro y se la llevó a una sala contigua ante el inminente lío que podía formarse de nuevo entre ellos. Gloria, con su suave tono de voz, volvió a dirigirse a Luis:

—Claro que eres el padre. De eso mi hija no tiene ninguna duda. Pero es su parto y ella decide quién está y quién no. No merecía todo lo que ha vivido estos últimos meses; no voy a meterme en vuestras cosas, pero sí en proteger el bienestar de Judith en un momento así. No entrarás porque no quiere que estés a su lado. Si no te parece bien, tampoco importa. Así que vete a buscar un café y espera como los demás.

—Gloria puso fin a aquella conversación más seria que de costumbre y Luis se sentó en una de las butacas de la sala de espera en la que no había nadie. Joan y Judith hicieron lo mismo a los cinco minutos, ella en un silencio absoluto con la mirada fija en su móvil.

La pequeña Isabela llegó al mundo sin complicaciones, ni para ella ni para su mamá. Fue un parto bonito que Judith compartió con su madre y que le hizo darse cuenta de que no había nada más maravilloso que vivir algo tan humanamente asombroso con la persona que la trajo al mundo. Sororidad material, lo llamó.

Esa noche, Paula quiso quedarse en el hospital con su amiga, hipnotizada por completo con la pequeña Isabela.

—¡Es tan perfecta! ¿Cómo es posible que sea hija de Luis? —Judith se rio ante la ocurrencia de Paula, aunque no pudo evitar un pequeño gemido de dolor—. ¿Estás bien? ¿Llamo a una enfermera?

—No, no, estoy bien. Voy a intentar descansar un poquito. Mañana a primera hora vendrá Luis a traer a los niños. A mis exsuegros les he pedido que vengan a casa a conocer a su nieta. No quiero más gente por aquí que no sea de mi familia, aunque sí de esta pequeñina. Esto no va a ser fácil, Paula. No quiero convertir a mis padres en abuelos esclavos. Necesito cuidar de mis hijos, pero también recuperar mi vida sin sacrificar la de los demás. Estoy haciendo entrevistas para tener a una chica interina, pero no me convencen las que he visto hasta ahora.

Paula abrió los ojos con asombro, tenía la solución para Judith.

—¡Ya sé lo que haremos! Hablaré con Ubaldina. No puede estar interna, pero no encontrarás a nadie mejor que ella. Y además la haré muy feliz si le digo que es para cuidar a tus niños. El capullo de Luis que suelte la pasta. Yo creo que con ella no necesitarás a una interina y, además, si algún día quieres salir, nunca tiene inconveniente en quedarse. Podemos buscar a alguien más de apoyo para noches y findes. ¿Qué te parece?

—La verdad es que creo que sola y con tres hijos necesito una interina, pero ahora que me hablas de Ubaldina me parece perfecta.

—Se lo propondré y cuando estés tranquila quedamos y lo hablamos.

Judith solo estuvo un par de días más en el hospital, durante los que Paula no se separó ella y soportó las idas y venidas de Luis, al que había decidido no dirigirle la palabra, ni para bien ni para mal.

Gloria y Joan se llevaron a Judith y a Isabela a casa una madrileña mañana soleada del recién estrenado mes de febrero.

Joan le recordó a Paula que tenían que volver a la notaría. Ya había arreglado la mayoría del papeleo que les pidió Arturo.

—¡Ostras, la carta! —Paula recordó que tenía que leerla en el banco que su padre le había indicado. Todavía la tenía en el bolso que llevaba aquella mañana, así que decidió dirigirse al Retiro, donde tantos domingos había compartido con su padre.

Sobre las doce del mediodía se sentó en el banco, nerviosa y triste. Cogió el sobre cerrado de su bolso, lo abrió con cuidado y la letra de su padre le devolvió una miríada de recuerdos y buenos momentos juntos. «¿Qué querría decirme?», pensó segundos antes de empezar a leer.

Querida Paula:

Cuando leas esta carta ni tu madre ni yo estaremos a tu lado, algo por lo que tengo un gran pesar, pero siempre seguiremos protegiéndote dondequiera que estemos.

Si de algo estoy seguro es de que continuaremos juntos. Al principio estará muy enfadada conmigo por escribirte estas líneas sin su permiso, pero sé que acabará perdonándome y agradeciéndome este gesto. Desde el momento en que nos conocimos, creamos una familia preciosa y nos hemos amado de manera intensa siempre. No sé quién de los dos se irá primero, pero espero poder cuidarla hasta el final de sus días, pues nadie más lo hará como yo.

El amor que me une a ella es tan inmenso que no dejo de llorar ni un solo día pensando en el momento en que no me reconozca, el día en el que su cabeza olvide todo lo bonito que hemos vivido y yo tenga que soportarlo.

Hija, siempre has reclamado mi atención, mi cariño, y yo he intentado hacerlo lo mejor que he sabido. Créeme que te he querido con un amor tan profundo que no sabía que existía. No puedo estar más agradecido a la vida por las mujeres que me han acompañado en ella. Sin vosotras no hubiera sido nada. Si pudiera volver atrás, o si hay otra vida por vivir, espero saber rectificar y dar más amor del que he sabido darte a ti.

Tu madre ha sido una mujer muy valiente, tú lo sabes, pero nunca reunió el valor para poder sentarse contigo y decirte algo que tienes derecho a saber.

La verdadera historia de nuestras vidas empieza en esta carta, y es importante que la conozcas. Cuando acabes de leerla te harás mil preguntas, te enfadarás mucho con nosotros y buscarás respuestas. Gloria y Joan te las darán, o por lo menos te acompañarán en el dolor y la rabia. No los juzgues. No saben de la existencia de mis intenciones.

Tu madre y yo éramos tan felices juntos que al principio no nos planteábamos tener hijos. Pero cuando se acercaba a los cuarenta las cosas cambiaron y su instinto llamó a la puerta como un gigante que al entrar solo buscaba pisotearme y anularme.

No te negaré que para mí fue muy difícil.

Yo solo quería estar con ella y sabía que compartir el amor con un hijo me relegaría a un segundo plano en el que no quería estar.

Pasamos muchos meses intentándolo, pero no había manera. Muchos tratamientos fallidos y siempre la misma respuesta: es demasiado tarde, no sabemos qué ocurre...

Pasaban lo días y ya nada era como antes. Tu madre llegó a obsesionarse, a deprimirse, a amargarse e incluso a rechazarme.

Fueron tiempos muy difíciles en los que cada día intentaba reconquistarla, sin éxito alguno. Cuando creía que ya todo estaba superado, apareció un día por la puerta nerviosa y feliz. Me pidió que me sentara tras servirle una copa de vino casi a rebosar, y me dijo que íbamos a ser padres.

Pero no era tu madre quien estaba embarazada..., sino una de sus alumnas, y aquella chiquilla no sabía qué hacer. Juntas idearon el plan perfecto y nos arrastraron con él a todos para que ese bebé naciera y fuera tu madre quien se quedara con él.

Mi niña preciosa, ese bebé eras tú. Totalmente inocente, un ser de luz que nunca creí que me diera tanto. No eres nuestra hija biológica.

Tuve que callar o marcharme, tu madre no me dio otra opción.

Fingió un embarazo y la chica te trajo al mundo, eso sí, con la máxima seguridad y el apoyo de un íntimo amigo nuestro que tenía una pequeña clínica en Barcelona.

Llegaste aquel bendito 24 de junio de 1992. Lo acepté, no me quedaba otra. No habíamos hecho nada malo, eso lo fui entendiendo con el tiempo.

Nunca más supe de tu madre biológica, por lo menos yo,

aunque no puedo asegurar que tu madre sí tuviera algún contacto con ella. Era una alumna muy querida.

Vuelvo a remitirte a tu tía Gloria, estoy seguro de que ella maneja más información que yo sobre su identidad.

Te pido que no nos odies, ni a nosotros ni a tu verdadera madre. Te preguntarás quién es tu padre, pero nunca se nos habló de él y lo respetamos.

Esa chica tenía solo veinte años y era una alumna brillante con un gran futuro. En los noventa, te aseguro que no lo habría tenido fácil para compaginarlo todo.

Hija, espero que puedas perdonarnos con el tiempo y que nunca dudes de lo mucho que te hemos querido. Fuiste nuestra hija y, aunque tu madre no te llevara en su vientre, te aseguro que desde el día en que llegaste al mundo no he conocido un amor más puro.

Lamento que tengas que leer esta carta. Eso significará que ya no estamos a tu lado, pero estaremos muy orgullosos siempre de ti y de la gran mujer en la que te has convertido.

Te quiere,

PAPÁ

Y así, de repente, el mundo de Paula se derrumbó todavía más. Al finalizar la carta no podía parpadear ni llorar ni casi respirar. Permaneció así, en aquel banco, durante más de dos horas. Ni las piernas podían sostenerla, e intentó en varias ocasiones levantarse, pero estaba tan bloqueada que sintió que se caería al suelo. Buscó con las manos temblorosas su móvil y llamó a Carlos.

Con la voz entrecortada y una afonía repentina, sacó las fuerzas para poder dirigirse a él:

—¡Hola! ¿Ya estás en casa, bonita?

—Carlos, ayúdame, por favor... Necesito que vengas a buscarme a la ubicación que te voy a enviar.

—Paula, ¿qué ocurre? ¿Estás bien? ¿Te han hecho daño?

Paula no tenía fuerzas para hilvanar ni una sola palabra más. El daño no era físico, pero aquella carta de su padre era el mayor dolor que había sentido nunca.

—Carlos, no me han hecho nada, pero no me encuentro bien. Necesito que vengas aquí a buscarme cuanto antes. Te envío la ubicación.

—¡Voy!

29

PAULA

Madrid, febrero de 2022

Paula llevaba dos días sin comer desde que leyó la carta, con Carlos a su lado y el teléfono apagado. Detuvo el mundo para entender cómo una persona podía perder su identidad en cinco minutos. Tenía tantas preguntas que hacer a dos muertos que había momentos en que deseaba morir ella para encontrarse y pedirles todas las explicaciones que merecía.

—Paula, ¿te preparo algo? Tienes que comer un poco. —Carlos insistía para que esta le dijera que sí.

—No te mereces este principio, Carlos. Esta parecía una buena historia, pero se la han cargado. ¿Tú crees que es normal que a mis casi treinta me entere de que soy adoptada? Hija de una estudiante que vete a saber quién era y de no sé quién más. No entiendo cómo puedes entregar a un bebé. Cuando tenía en brazos a la hija de Judith pensaba que no puede existir un amor más grande. Ver a esa niña indefensa... ¿Cómo es posible que alguien no quiera a un ser tan pequeño?

Carlos se enfrentaba por primera vez a algo así, no tenía respuestas y en realidad pensaba que Paula tenía razón en todo.

Pasó otros dos días encerrada en su casa y Cayetana llamó a Judith al ver que no respondía ni a wasaps ni a llamadas. Judith lo estaba pasando fatal con la subida de la leche y sus padres apenas podían arreglárselas con sus otros nietos. Luis, como era de esperar, desapareció con la excusa de un viaje de trabajo. Al día siguiente, Ubaldina empezaría a trabajar en la casa de Judith, lo cual sería un alivio para todos.

—Perdona, Caye, no me da la vida para más. No. No sé nada desde que salí del hospital, y ahora que lo dices es raro, sí. Espera un momento. —Judith reclamó la atención de Gloria, que estaba preparando la merienda de sus nietos—. Mamá, ¿te ha llamado Paula?

—No, ¿y a ti?

—No, no desde que salí del hospital, y tiene el móvil apagado. Caye está tratando de localizarla desde hace dos días. Papá, ¿puedes acercarte a su casa? Es muy raro. —Joan asintió con la cabeza y se marchó en ese mismo instante. No vivían muy lejos.

—¿Seguro que no te ha llamado desde que saliste de la clínica? —insistió Gloria.

—¡No, mamá! Llevo colgado a un lado mi móvil y al otro a mi hija. Créeme que controlo ambas cosas. —Judith devolvió la atención al teléfono, donde su amiga seguía esperando—. Caye, mi padre acaba de irse. En un rato nos dirá algo.

—Vale. Por favor, mantenme informada.

—Por supuesto.

Joan llegó a la casa de Paula y llamó al interfono. Carlos se acercó a la cámara y, al reconocer de quién se trataba, se dirigió a Paula:

—Es tu tío. ¿Qué hago?

—¡No abras!

—No puedes seguir escondiéndote. Estarán preocupados.

—¡No me digas! ¡Durante treinta años les ha importado una mierda todo!

—¿Por qué no escuchas lo que tienen que decirte? Luego serás libre de juzgarlos y decidir cuál será tu relación ellos.

Paula alzó la mirada del suelo y respiró hondo mientras el interfono sonaba de nuevo.

—¡Está bien! Dile que suba.

Antes de que Joan pudiera abrir la boca, Paula le arrojó la carta de su padre a la cara.

Él leyó a trompicones el texto que nunca había sabido que Guillermo había escrito. ¿Qué sentido tenía implicarlos ahora en todo aquello? Sus manos temblaban, su corazón latía a un ritmo frenético y no se atrevía a mirar a Paula, que esperaba, en pie e impaciente, las explicaciones que merecía.

—Paula, voy a pedirle a tu tía Gloria que venga. Carlos, ¿me traes un poco de agua, por favor?

Paula, por respeto a Carlos, decidió mantener la calma mientras Joan llamaba a Gloria sin desvelar qué estaba ocurriendo. Solo le dijo que tomara un taxi hasta allí.

—¿Qué ha pasado, Joan? ¿Está bien la niña?

—Sí, físicamente sí, pero debes venir, Gloria.

—De acuerdo, voy enseguida.

Cuando llegó a su casa, fue Joan quien le entregó la carta. La reacción no fue la misma, lo que dejó en evidencia que ella sí conocía su existencia. En realidad, Gloria llevaba tiempo preparándose para ese momento. Guillermo le había contado sus intenciones el verano en que Amaia enfermó, en la casita de Santa Gertrudis. Gloria no aprobó aquella decisión, pero Guillermo no le dio más opciones. Había muchas posibilidades de que aquella carta no llegara a Paula de la manera más apropiada, pero Guillermo las aseguró todas. Si cuando Amaia y él faltaran, Joan o Gloria seguían vivos, serían ellos quienes explicarían lo sucedido a Paula. Si por caprichos de la vida morían ellos primero, Guillermo se había asegurado de que Lola, aquella estudiante descarada amiga de la madre biológica de su hija, se encargara de hacerlo.

Tardó años en dar con ella, hasta que descubrió que Amaia le enviaba las fotos de la niña a una dirección de correo electrónico.

Lola nunca dijo ni media palabra, todo lo que venía de aquel hombre le seguía pareciendo siniestro y por no contrariarlo ni verlo más le dijo que lo haría si llegado el momento no quedaba nadie vivo. No solía pensar en ello, pero cuando lo hacía suplicaba al universo que Gloria o Joan vivieran muchos años.

Gloria se sentó al lado de Paula. Ella evitó el contacto físico, no quería que la tocara, ni que la mirara, solo que hablara. No había derramado ni una sola lágrima desde que Amaia murió y se sentía vacía, engañada, abandonada, dolida y muy enfadada. Intentaba gestionar su ira por respeto a Carlos, a la primera historia de amor que le importaba de verdad.

—Paula, cariño…

—Vamos rápido, Gloria, por favor. —Gloria no recordaba que Paula la hubiera llamado así antes, sin acompañar su nombre del apelativo «tía».

—No sé si seré capaz de ir rápido.

Paula se levantó y empezó a moverse por el salón ante la mirada de Carlos y Joan.

—Dime, ¿cuándo se enteró Judith de que yo era adoptada?
—Cariño, Judith no sabe nada.

Paula sintió cierto alivio al oír aquello; todavía quedaba alguien que valía la pena en su mundo: sus amigas y Carlos.

—De acuerdo, ¿quién es mi madre biológica? En realidad, no sé para qué quiero saberlo. Es más, no te molestes en decírmelo, no me importa nada esa mujer. Ha pasado a importarme lo mismo que mis padres adoptivos, que nunca fueron capaces de contarme quién era de verdad. Ahora entiendo que su relación fuera mil veces más importante que yo; al fin y al cabo, yo no era su hija. Amaia Clemente no me parió.

—Por favor, Paula. Sé que estás dolida, pero no hables así de tus padres. Tu madre te deseó tanto que nunca reunió las fuerzas para decirte que no eras su hija biológica, pasó un verdadero calvario intentando tener un hijo. Tu padre trató de convencerla para hablar contigo cuando tenías diez años, pero siempre decía que no. La asustaba que vuestra relación pudiera resentirse.

—Claro, ¡qué mujeres tan generosas! Una me abandona como si fuera un juguete viejo y la otra me recoge y decide ocultar mi identidad durante veintiséis años. No contaré los tres últimos. Aunque resulta que cuando creíamos que su cabeza estaba ya vacía de recuerdos, ella sabía perfectamente lo que decía. Nunca había tenido una hija.

—No la juzgues, Paula, no lo merece. Créeme que tú eras lo más importante de sus vidas. —A Gloria le daba pánico la pregunta más complicada de responder, aunque quizá Paula no indagaría hasta llegar a descubrir que su adopción no fue legal.

Aquella tarde no quiso saber más. Cuando se fueron, Paula pudo por fin llorar, dejar salir aquel dolor retenido, un desamparo infantil, un sentimiento de abandono que solo podía calmar el abrazo de su madre, a la que acababa de enterrar.

Con el paso de los días, entendió a Amaia y creyó en todas y cada una de las palabras de Gloria. Carlos, Judith y Cayetana estuvieron esos días a su lado. Igual que Gloria y Joan. Descubrió entonces que para transmitir a un niño un amor incondicional no era necesario parirlo, y que parir un hijo no necesariamente te convierte en madre.

Sin embargo, por las noches no podía dejar de pensar en la mujer que renunció a ella. ¿Por qué lo habría hecho? ¿Cómo sería en la actualidad? Había llegado la hora de pedirle más información a Gloria.

30

ADRIANA

Barcelona, diciembre de 2021

Para estar a mediados de diciembre hacía un tiempo más bien primaveral en Barcelona. Era jueves por la tarde y Adriana volvía a casa de su limpieza facial mensual. Se quejaba, como la gran mayoría de los sanitarios, de la cantidad de horas que pasaba con la mascarilla. Tenía unas ojeras que esta solo enmarcaba y hacía más visibles, y que eran la señal de que su insomnio seguía muy presente. Su piel estaba apagada y tenía alergias.

Cuando llegó al aparcamiento de casa le extrañó ver la moto de Eloi, que no solía llegar antes de las seis.

Al entrar, lo encontró mirando pensativo por el amplio ventanal del salón.

—Hola, cariño, no sabía que hoy llegarías antes.

—Adriana...

Algo en su tono de voz, en el hecho de que la hubiera llamado por su nombre y que no se girara para mirarla, hizo sonar todas sus alarmas.

—Eloi, ¿estás bien? ¿Ocurre algo?

—Yo... No sé por dónde empezar.

—Cariño, me estás asustando...

Su marido soltó una risa amarga, carente de alegría.

—¿Cariño? Adri, los dos sabemos que hace tiempo que no soy nada para ti.

Adriana se quedó de piedra. No esperaba en absoluto que él llegara a sacar el tema del distanciamiento entre ambos. Todo lo que rodeaba a Eloi era tranquilo, suave, estable. Nunca discutían ni nunca hubo entre ellos fuegos artificiales. Silvia y Vega le preguntaban constantemente qué motivos la obligaban a seguir con él, más cuando no tenían hijos y poseían economías bien diferenciadas. No entendían que Eloi era su lugar seguro y no tenía fuerzas para renunciar a él. Sin embargo, parecía que le iba a tocar reunirlas en ese momento.

—Eloi, ¿de qué estás hablando?

—Te has dejado el ordenador encendido —fue su única explicación.

Adriana tardó unos segundos en atar cabos y lo miró con los ojos como platos antes de correr al despacho que ambos compartían para confirmar sus miedos.

Allí, en la pantalla, se había dejado abierta una conversación de WhatsApp. Y no era una cualquiera. La química y la complicidad con la que hablaba con el hombre al otro lado de la pantalla resultaban de lo más obvias.

Adriana cerró los ojos a la vez que cerraba la pantalla de su portátil. Oyó los pasos de Eloi detrás de ella.

—Eloi, yo...

—¿Quién es ese hombre, Adriana? Bueno, mira, prefiero no saberlo. Suficiente es haber descubierto que me has puesto los cuernos. —Se pasó las manos por el pelo, incrédulo—. Debería haberlo supuesto. Pensaba que la distancia que había entre nosotros era por el trabajo, que cada vez te agobia más, y quería darte espacio. Pero ya veo que estabas cepillándote a otro...

—¡No hables así, por favor! Déjame explicarte.

—¿Qué hay que explicar? ¿Pretendes justificarte? Porque me dan igual tus excusas, Adriana. Lo hecho está hecho, y no hay nada que ninguno de los dos podamos hacer para volver atrás.

Adriana rompió en un llanto sostenido, y con la voz entrecortada y un dolor que para Eloi no era nada nuevo intentó disuadirlo.

—Eloi, yo te quiero...

—¡Jamás me has amado! Siempre ha habido algo en ti que ha impedido que lo hicieras. Eres fría, Adriana, y esa tristeza que llevas dentro no te deja amar. Pones la muerte de tu padre como excusa, el trabajo, pero mucho antes tú ya estabas triste. Así te conocí y así has seguido.

Adriana bajó la mirada con muchas ganas de responder a Eloi. Si tan triste la veía, ¿por qué nunca se preocupó por saber si podía hacer algo? Era su marido, y no había nadie mejor que él para sanar las heridas abiertas que pudiera arrastrar. Pero no, Eloi era una buena persona, pero no se detenía ante los problemas ajenos, todo era para él sencillo de resolver aplicando la lógica de un ingeniero.

Pero para sorpresa de Adriana, en esa ocasión no había lógica alguna, solo reproches y nuevas heridas que sepultarían para siempre la relación.

Él tenía razón. No había vuelta atrás.

—De verdad que lo siento, Eloi. Sé que lo he hecho mal, que debería haber hablado contigo mucho antes, pero no tenía el valor suficiente. Yo te quiero, eso es cierto, pero no de la forma en que debería hacerlo. Y lo siento mucho.

Eloi se la quedó mirando a la espera de que dijera algo más, pero Adriana solo podía llorar. Él cerró los ojos apenado y rendido.

—Si te parece bien, hoy dormiré en la habitación de invitados. Mañana haré las maletas y me iré. —No esperó a que Adriana le contestara, solo salió del despacho cerrando la puerta con suavidad, algo que le dolió mucho más que si hubiera dado un portazo.

A Adriana le dejaron de gustar las Navidades de golpe. De un año a otro pasó de repartir espíritu navideño a diestro y siniestro a querer suprimir esos quince días del calendario.

A su madre le molestaba muchísimo, ya que siempre acababa sacando peros a todas las celebraciones. En casa le echaban la culpa al cambio de carácter que el estrés de la carrera de Medicina le causó cuando llegó a tercero, ya que no tenía tiempo de nada.

Nunca le volvieron a gustar.

Las fiestas se celebraban en su casa de Barcelona desde la muerte de su padre. Su madre llegaba desde La Coruña unos días antes de Nochebuena y su hermano Jorge lo hacía con su mujer la víspera, y todos se instalaban en su casa. A Adriana le gustaba tener gente allí, pero ese año todo había cambiado.

Hacía una semana que Eloi se había marchado de casa y se había instalado en otra de sus propiedades. No habían vuelto a hablar desde que salió por la puerta con un par de maletas y la avisó de que enviaría a alguien a recoger el resto de sus cosas. Adriana se había quedado horas frente a la puerta cerrada, pensando en qué momento todo se había ido al garete.

Tenía que recoger a su madre del aeropuerto, pese a que llevaba días aturdida, triste y muy perdida. Sus amigas aún no sabían nada de lo que había pasado y se había escudado en su trabajo para no tener que verlas.

Cuando se dio cuenta de que en menos de una hora su madre estaría sentada a su lado en el coche y que tendría que contárselo todo, se puso a llorar de nuevo. No estaba en condiciones de conducir. Consultó el vuelo de su madre en la app de Vueling y descubrió que estaba aterrizando. La llamaría en cualquier momento.

Bajó al garaje y al arrancar el coche la taquicardia fue en aumento. Entonces sonó el teléfono y, cuando levantó el móvil, vio que en la pantalla ponía MAMI. Intentó recomponerse como pudo para descolgar la llamada.

—Mamá, ¡estoy de camino! Ha habido un accidente en las Rondas y me retraso quince minutos. Espérame en la cafetería que encontrarás nada más salir de la zona de embarque.

—Tranquila, hija, voy con mis compañeros de fila, que son una pareja encantadora y me ayudan si me despisto. Yo te espero ahí donde dices. Tú no corras. ¿Estás bien de la garganta o es el teléfono? Te noto afónica...

Adriana tragó saliva como pudo, intentó respirar y le respondió:

—Será el teléfono, mami; espérame tranquila, que ya llego.

En pocos minutos llegaría al aeropuerto, pero estaba completamente bloqueada y rígida. ¿Qué iba a decirle a su madre? Su marido se había ido de casa y su vida en esos momentos era un drama. Adriana marcó el teléfono de Vega.

—¡Adri, amooor!

—Vega, necesito que me ayudes, por favor.

—¡Adri! ¿Qué pasa? ¿Estás llorando? ¿Dónde estás?

Para Vega que su amiga soltara una lágrima era algo gravísimo, ya que llevaba treinta años sin verla llorar un solo día, con la excepción del funeral de su padre. Incluso ese día se contuvo hasta el final. Tanto Silvia como la propia Vega le explicaban una y otra vez que debía exteriorizar sus sentimientos y que el no hacerlo siempre pasaba factura a su salud y, aunque era fuerte como un roble, las emociones las guardaba tan dentro que acababan rebosando en ataques de ansiedad y pánico.

—Vega, estoy en mi garaje totalmente bloqueada y con mi madre esperándome en el aeropuerto. Necesito que vengas cuanto antes para conducir mi coche. Te lo suplico, Vega.

—¡Voy pitando! No me supliques nada. Estoy en cinco minutos porque he venido con la moto a hacer unas compras por tu barrio.

Vega llegó rapidísimo, llamó de nuevo a Adriana para que abriera la puerta del garaje y bajó la rampa sin siquiera quitarse su casco verde esmeralda. Estaba muy nerviosa y no podía imaginar qué le había sucedido a su amiga.

Adriana bajó del coche y se lanzó a los brazos de Vega.

—Madre mía, ¿qué ha pasado?

Adri se separó de ella y dejó las explicaciones para más tarde.

—Rápido, Vega, mi madre está esperándome. Le diremos que tengo una contractura en el cuello y no puedo conducir. ¿Llevas algo de maquillaje en el bolso?

Vega, totalmente aturdida, se quitó el casco, buscó su pequeño neceser y subieron al coche mientras Adriana se tranquilizaba e intentaba disimular tanta tristeza en su rostro. Entonces comenzó a explicarle a su gran amiga todo lo sucedido, eso sí, sin dejarle claro con quién se veía a escondidas.

—¿Por eso llevas una semana evitándonos? —gritó Vega—. Sabía que había pasado algo, pero ¿cómo se te ocurre ocultarnos esto? Adriana, por Dios, tienes que aprender a hablar, a soltar las cosas.

—Lo sé, Vega, lo siento. No sabía cómo gestionarlo. Aún no sé qué voy a hacer. Creo que ha sido ahora cuando me he dado cuenta de todo lo que se me viene encima. Es Navidad y me va a tocar enfrentarme a todo el mundo. Ahora mismo tengo que pensar en qué decirle a mi madre. Está mayor y no sé si lo entenderá.

—Adri, piensa en ti, por favor. Ya has sabido cómo tratar otras situaciones difíciles con tu madre, esta es una más. Solo le queda el camino de la comprensión; si no le gusta, es tu vida, tu casa y tendrá que adaptarse o coger otro avión de vuelta a la suya. Creo que todo ha pasado en el mejor momento. Tu hermano llega en una semana y sabes que te apoyará en todo y te ayudará a tranquilizarla.

—De acuerdo. No diremos nada hasta que llegue a casa. Se alegrará mucho de verte. Y no te lo había dicho, el martes llega Lola de Londres, creo que viaja en el avión con Tomás. Le prometí a su hermano acompañarlo al aeropuerto para recogerla. No la veo desde antes del confinamiento y la he echado mucho de menos.

—Bien, vamos a ir ordenando temas. Primero, que se instale tu madre, lo de Lola y su hermano lo iremos gestionando estos días. Hija, cómo te complicas la agenda.

—¿Tienes un Lexatín?

—Creo que sí...

A los cincuenta, como decía Silvia, los ansiolíticos son un complemento más en el bolso de una mujer. Adriana se tomó un par de pastillas y respiró hondo.

Vega y Adriana llegaron al aeropuerto, el lugar en el que los sentimientos son más puros y sinceros, en el que unos se lanzan a los brazos de otros sin esperar nada más a cambio que ese amor incondicional que subió a un avión durante días, semanas, meses o años. Esa persona que recibes y que te espera es la mejor terapia para el desconsuelo.

Adriana se lanzó a los brazos de su madre con la misma intensidad con que lo haría una niña pequeña. Vega contempló emocionada la escena y rompió a llorar.

La madre de Adriana supo en ese preciso instante que no estaba bien. Porque a las madres no es necesario hablarles ni contarles, solo sentirlas y que te sientan. Ese instinto animal está muy latente en algunas, no en todas, pero la madre que lo tiene hace pura magia con él.

Era realmente difícil ayudar a una mujer como Adriana, tan autosuficiente, tan segura de sí misma, tan competitiva y luchadora, y más bien ella siempre era el escudo protector de su gente.

La realidad que solo ella conocía era diferente. Ni era tan fuerte, ni tan luchadora y ya estaba cansada de competir contra ella misma. Su nuevo yo, una mujer madura, le había ganado la partida.

31

ADRIANA

Cuando llegaron a casa y Adriana se tranquilizó, le contó todo a su madre.

—Lo siento mucho, mami. No pretendía que tu recibimiento fuera así, pero es un tema que ni siquiera ellas conocían; no soy muy de hablar, ya lo sabes. Lo siento muchísimo.

Carmen interrumpió a Adriana y cogió sus dos manos.

—Hija, estoy aquí y me tendrás que contar cuando tengas ganas; yo quiero a Eloi, pero tú eres mi hija. Y os corresponde a vosotros hablar de vuestras cosas. Solo lamento que haya pasado durante estas fechas. Y dentro de un par de días llegan tu hermano y tu cuñada...

—Mami, no te preocupes por eso. Celebraremos la Nochebuena como siempre, aunque está claro que ni Eloi ni sus padres aparecerán este año.

La verdad es que, en parte, Adriana se sentía aliviada. Nunca había soportado a su suegra. Aparentemente y ante los ojos de su hijo, la trataba bien, pero, en realidad, todo lo que hacía le parecía entre mal y peor. A menudo se metía con su altura, de seguro que porque le sacaba unos centímetros a su hijo, y detestaba su acento gallego, meloso y suave, que nunca había perdido a pesar de hablar perfectamente catalán.

En cambio, Adriana adoraba a su suegro, con el que se llevaba muy bien, y lamentaba muchísimo no poder celebrar las Navidades con él. Pero la realidad era esa: la relación de Adriana y Eloi había terminado.

Por primera vez en años, empezaba a sentir que el aire llenaba sus pulmones, y no era solo consecuencia de los ansiolíticos. Necesitaba soltar amarras, volar alto y empezar una nueva etapa sola o acompañada por otra persona que le devolviera la ilusión, que la hiciera sentir única, algo que Eloi había olvidado hacía muchos años.

—De acuerdo, hija. ¿Has hablado con tu hermano?

—No, aún no he hablado con nadie. Pero es cierto que necesito que Jorge esté aquí, os necesito a todos estos días. Esto no es algo nuevo, lo tengo muy asumido y no quiero estar llorando por las esquinas.

Vega escuchaba en silencio la conversación entre madre e hija. Le tenía un gran cariño a Carmen, pues cuando su madre murió, estuvo casi dos meses en su casa de La Coruña y la trató como a una hija. Era una mujer muy culta, con un carisma especial y bastante retranca, una palabra que aprendió conviviendo con las mujeres gallegas. Admiraba también ese matriarcado poderoso que le recordaba mucho al que había vivido con su familia materna de Copenhague.

Su abuela nunca había aprobado la relación de sus padres y se pasó la vida ignorando a Ernesto. A este poco o nada le importaba la relación con su suegra, a la que solo veía un par de veces al año.

—Carmen, ¿dónde te apetece comer mañana? —preguntó Vega a la madre de Adriana, en un intento por destensar un poco el ambiente—. Adri, mañana imagino que te has tomado el día libre.

—Sí. Mañana y los próximos quince días —respondió Adriana.

—¡Esa es mi chica! —exclamó Vega, bastante sorprendida de que su amiga se hubiera cogido tanto tiempo—. Entonces reservaré una mesita en La Venta; si a Carmen le encanta el Tibidabo, yo para allá que la llevo. ¿Te importa si traigo a mi padre, Carmen? No sé si te lo ha contado Adriana, pero lo veo bastante flojito.

—¡Pues claro, cariño! Pregunto mucho por él. Creo que hace más de cinco años que no lo veo. La última vez diría que fue en el verano de 2016 en Calella, ¿verdad?

—¡No sé, Carmen! Tienes ese prodigio de memoria que tanto admiro. Yo no sé ya ni lo que hice este verano. ¿Cómo voy a recordar lo que pasó en 2016?

Un poco más tarde, Adriana ayudaba a Carmen con el equipaje y le preparaba el baño para que se diera una ducha relajante y se pusiera cómoda. Vega se había vuelto a llenar la copa y decidió llamar a Silvia para que no se molestara. No le gustaba nada que la dejaran a un lado cuando sucedía algo importante, algo que para ella era casi todo. Vega tenía un concepto muy alejado de lo que era importante, pero aquella tarde sí creyó que el fin de la historia de amor entre Adriana y Eloi era lo bastante relevante como para avisar a Silvia.

Ella siempre les pedía a sus amigas que le enviaran audios o mensajes si no les cogía la llamada. El motivo era siempre el mismo, estaba en pleno proceso de creación de alguno de sus tiktoks sobre salud sexual (vídeos que la hacían acumular miles de seguidoras) y contestar las llamadas le suponía empezar la grabación desde cero.

Ese día Vega la llamó una, dos, tres... ¡y hasta cuatro veces! Hasta que Silvia descolgó por fin.

—Vega, ¡por favor! ¿Está viniendo un meteorito gigante y moriremos todos los pringados que no tengamos un búnker preparado?

—¡Peor, amiga!

—¿Qué pasa?

—Eloi se fue de casa a principios de semana, la madre de Adriana acaba de llegar y esto es un drama con el que sola no puedo. ¿Entiendes a qué me refiero?

—¿Cómo que Eloi se ha ido? ¿Qué ha pasado?

—Para saber la respuesta deberás venir lo antes posible a su casa. Estoy en su cocina con una botella de vino delante que necesito compartir contigo. Ya sabes que no soy muy buena gestionando estos temas...

—Me falta grabar unas cosas en consulta, pero da igual, las dejo para mañana. Estoy ahí en veinte minutos.

Adriana apareció en la cocina con el pijama puesto y un gesto en la cara que Vega hacía años que no contemplaba.

—¿Cómo ves a tu madre? —le preguntó Vega a su amiga, que se sentó en uno de los taburetes altos de la isla y se sirvió otra copa de vino.

—Tiene la tensión alta, pero no exagerada. La ducha caliente le sentará bien y pensaré qué hago de cena, no he ido a hacer la compra estos días...

—Dime qué falta y bajo a por ello en un momento, todavía no son ni las ocho. Por cierto, Silvia está de camino...

—¿Se lo has contado?

—Solo le he dicho que Eloi se ha marchado.

—Es que con mi madre aquí tampoco creo que podáis ayudarme mucho. Debo estar con ella.

—Bueno, no pasa nada. Cenaremos todas juntas y mañana será otro día.

—No sé cómo voy a gestionar todo esto, Vega. Eloi se ha llevado algunas cosas, pero la casa sigue llena. Si lo piensas, tiene el mismo derecho que yo a estar aquí. Y yo ya no sé si, por mucho que me guste, deseo empezar en este lugar una nueva etapa.

—¿Estás insinuando que te quieres marchar de Barcelona? —La cara de Vega pasó de la comprensión al enfado en segundos.

—No lo sé, Vega…

—¡Tú no te puedes ir a ningún lado! Me moriría de la pena si haces algo así.

Vega no podía liberarse de la dependencia de Adriana, buscaba siempre su aprobación para todo y pensar en perder esa conexión la aterraba. Era la que tenía un carácter más débil, a pesar de ser la menos tímida y la más resolutiva. Se consideraba una mala madre y ver crecer a su hija todavía le agudizaba ese sentimiento. Les repetía constantemente que su hija la odiaba, que quería vivir con su padre y la sosa que estaba con él.

Adriana cogió las manos de Vega y las apretó con fuerza.

—Vega, ahora estoy más perdida que nunca, estoy muy mal. No te puedes llegar a imaginar el dolor que siento, no sé gestionarlo. Me metería en la cama, cerraría los ojos y me despertaría dentro de mucho tiempo, pero ni eso cambiaría las cosas. He tenido que llegar hasta aquí para darme cuenta de lo mal que lo he hecho todo, de cómo se me ha escapado mi propia vida entre las manos y el engaño hacia todos los que me quieren y creen que soy una persona distinta de la realidad.

—¿Qué estás diciendo, Adri?

Las lágrimas empezaron a deslizarse por el rostro de Vega. Sentía pena y alivio de ver, por fin, cómo Adriana expresaba el dolor rompiendo su coraza. Nunca antes había utilizado esas palabras, un tabú en su vida.

Adriana era una mujer científica, muy racional. El cerebro siempre podía sobre su corazón, algo que Eloi le recordaba sin cesar. Pero ella no podía evitarlo, y colocaba la lógica siempre por encima de los sentimientos. Lo que nunca pensó es que el corazón guardaba lo que la razón olvidaba para seguir adelante.

—Vega, ahora sí debo empezar a curar heridas para intentar cerrarlas. No soy feliz, llevo treinta años sin serlo. Y creo que merezco algo de serenidad en los que me queden por vivir. Y sé que para eso debo avanzar, cerrar esta etapa y, posiblemente, marcharme.

El timbre de la puerta sonó. Silvia había llegado a casa de Adriana en apenas quince minutos. Vega permaneció inmóvil en el taburete mientras se limpiaba los lagrimones con la mano, que enrojecían su bonita y fina piel nórdica. No podía imaginar una vida sin Adriana a su lado.

Al abrirle la puerta, Silvia abrazó a Adriana sin decir ni un hola. Los segundos en silencio la reconfortaron. Hay muchas, infinitas maneras de amar. Las mujeres que son amigas de verdad tienen ese don de convertir los abrazos silenciosos en el mejor bálsamo para calmar las tempestades del alma.

Adriana era muy consciente de lo afortunada que era de tener a sus tres amigas. Vega, Silvia y Lola eran, junto con su hermano Jorge y sus padres, los grandes pilares de su vida, algo que Eloi nunca había conseguido.

Ella no supo quererlo, y él no lo merecía, pero los sentimientos son caprichosos y afloran sin atender a razones. Cuando lo hacen de ese modo, sin condiciones, brotan rebosantes. Adriana solo había permitido aquellas emociones que se regían por órdenes racionales. Las mismas que dejaron, treinta años atrás, marchar a Tomás sin que supiera lo que Adriana sentía por él. Esas que creyeron que Eloi sería un buen compañero de vida, y también las que la llevaron a sacrificar más de doce años de su juventud para ser la oncóloga que era hoy y que ya no quería ser más. Vega observaba la escena desde la barra de la isla de la cocina, sirviéndose otra copa y sin mediar palabra.

Silvia se quedó de nuevo en silencio al ver el estado en que se hallaba Vega.

—Cariño, ¿qué está pasando aquí? ¿Dónde está Carmen?

—Mi madre se está duchando. Voy a ver si necesita algo.

—Claro, cuando esté lista me avisas, que voy a darle un abrazo.

Silvia se sentó al lado de Vega, se sirvió una copa y arqueó las cejas para invitarla a que le explicase qué estaba pasando.

—Se quiere ir, Silvia, quiere romper con todo y largarse. Creo que no es algo que haya pensado ahora por las circunstancias, esto hace tiempo que lo está preparando, y tengo dos sospechas.

—¡A ver, a ver! No puedo procesar tanta información de golpe. Necesito ir por partes. Primero, ¿por qué se ha ido Eloi de casa?

—Lo de Eloi te lo contará ella, él ha descubierto unos wasaps de Adri con un hombre, ya sabes, ese que sospechábamos que se estaba tirando. Pues se dejó el portátil abierto y el otro llegó antes de lo previsto y, no sé cómo, pero lo vio. Pensaba que tenía contraseña, pero, no sé, ya sabes que es un desastre con esas cosas.

—Vaya... ¿Y Carmen qué dice? Vaya recibimiento...

—¡Pues imagina qué percal! Me ha llamado con un ataque de ansiedad en el garaje y Carmen ya en el aeropuerto esperando, pobre mujer. Nos lo ha ocultado durante una semana, y lo del tío ese, a saber cuánto tiempo. Yo sabía que había alguien, pero nada más.

—Vega, ¡yo lo tenía clarísimo! Pero como ella necesita tragárselo todo, pues qué otra cosa podíamos hacer sino respetarla.

—Pero ¡es que se quiere ir!

—¿Y te ha dicho adónde?

—No. Pero te digo que o a La Coruña o a Londres.

Silvia no podía dar crédito a lo que estaba oyendo y necesitaba confirmarlo cuanto antes.

—¿Por qué dices lo de Londres? ¿Has hablado con Lola?

—No, pero resulta que Tomás se ha separado. Y creo que dijo que vienen a Barcelona juntos pasado mañana.

—¡¿Qué?! ¿Cómo que juntos? ¡No me ha dicho nada!

—¡No juntos ellos! Juntos en el avión quiero decir. Pero que Tomás deje en Navidad a sus hijos para venir a Barcelona me parece muy pero que muy raro. Y que este lío con Eloi pase dos días antes de que llegue Tomás, todavía más.

—Oye, Vega... —Silvia cogió la botella y se dirigió, sacacorchos en mano, hacia la mesa alta en la que seguía esta—. ¿Tú crees que Adriana nos ha estado escondiendo algo? Quiero decir, si piensas que está hablando con Tomás; pensaba que no se habían vuelto a ver desde su boda.

—No lo sé, Silvia, es tan introvertida que ya sabes que cuando lo suelta poco podemos hacer... Yo no creo que el estado en el que la he encontrado esta tarde sea solo por poner fin a una relación que lleva muerta tanto tiempo, pero ¿Tomás? Son demasiados años ya como para continuar con eso, ¿no?

—¡Voy a escribir a Lola! —Silvia se levantó para buscar el móvil en su enorme bolso de Balenciaga de color verde cocodrilo.

—A ver, Silvia, si Lola ya viene pasado mañana, creo...

—Yo no puedo esperar a pasado mañana.

Empezó a escribir en su teléfono a toda velocidad. Oyeron que Adriana volvía hacia la sala y Silvia disimuló con éxito sirviéndose un vaso de agua.

Adriana se sentó y se echó más vino en otra copa.

—Gracias por estar aquí, niñas. ¿Qué voy a hacer con mi madre? No puedo darle este disgusto.

Adriana colocó su cabeza entre las manos mientras negaba de un lado a otro y estiraba el pelo por ambas sienes. Vega se levantó, le retiró las manos y las entrelazó con las suyas.

—Adriana, cariño. Primero debes pensar en ti, después vendrán los demás. Tu madre está tranquila. Ahora iremos a ver cómo está y no pasa nada. Pero a ti no recordamos verte tan mal, me atrevería a decir, desde hace casi treinta años.

32

ADRIANA

Una de las semanas más difíciles de la vida de Adriana estaba llegando a su fin. No se veía preparada para solucionar la cantidad de frentes abiertos que tenía.

A punto de estrenar la cincuentena, empezaba a entender que era el momento de tomar las riendas de su vida, esa tan planificada, que se desmoronaba como un castillo de naipes.

Debía enfrentarse a ella misma, ser y dejar libre a la Adriana de verdad, aquella que un día de 1992 decidió esconder en un rincón para seguir el camino correcto que, quizá, otros habían elegido para ella.

La ausencia de Eloi llegó a angustiarla más que a aliviarla, algo que su madre no alcanzaba a comprender. Adriana tenía en Eloi a un amigo, a uno de los grandes, y por eso lo echaba tanto de menos, porque las rupturas con estos pueden resultar más dolorosas que con las parejas. La intimidad de las palabras es, en ocasiones, más poderosa que la sexual.

A menudo, las amigas conversaban sobre sexo y hacía unos años que, exceptuando a Vega, el buen sexo tenía para ellas otros sustitutos igual de placenteros. Eran conscientes de que cuando la apatía sexual llamaba a la puerta solo podía ser por dos razones: estaban haciéndose mayores o sus relaciones empezaban a presagiar un naufragio con pocas posibilidades de supervivencia. Vega solía recodarles que llevaban muchos años casadas y que debían acostarse con otros hombres para sentirse vivas de nuevo, pero tanto Silvia como Adriana la increpaban por su falta de valores. Cuando Lola llegaba a Barcelona Vega se sentía más apoyada en su discurso a pesar de sus diferencias. Lola también estaba a punto de cumplir los cincuenta, seis días después que Adriana, pero su fogosidad seguía intacta.

Adriana había pasado la semana muy distraída; entre su familia de sangre y sus amigas de Barcelona, no había estado sola ni un momento, algo que era posiblemente lo que más necesitaba para poder reflexionar.

Eloi la había llamado casi cada día, el último muy afectado por la situación y con idea de verla para transmitirle su intención de dejar una puerta abierta a la reconciliación. Le pidió, como amigo, que celebraran juntos la Navidad para evitar el disgusto a sus padres, pero Adriana lo interpretó como un chantaje emocional y terminaron discutiendo.

El año estaba a punto de acabar. Adriana, su madre, su hermano y su cuñada habían pasado en familia la Nochebuena. Ella, como siempre, ejerció de perfecta anfitriona con una mesa y un menú exquisitos, pero la tristeza era más poderosa que la gula y la noche se le hizo larga y amarga, a pesar de la buena intención de todos para que resultara agradable. Sin embargo, pudo disimularlo y aguantó hasta bien entradas las dos de la madrugada conversando con su familia.

Al día siguiente, la Navidad se presentaba a lo grande por las circunstancias. Vega estaba sola, su hija se marchaba a Baqueira con su padre, así que debería pasarla con Ernesto.

Lola había llegado hacía unos días y pretendía pasar la Navidad sola con su madre, ya que su hermano lo hacía con la familia de su mujer y sus hijos. Lola adoraba a sus tres sobrinos, pero aquellas eran fechas complicadas para las familias y los niños pasaban la primera parte de las vacaciones en la masía que tenían sus abuelos maternos en Tarragona.

Silvia hacía lo propio y se marchaba a Mallorca para estar con su familia hasta el día de Reyes.

Así que Vega decidió, unos días antes, organizar la Navidad como si de uno de sus eventos se tratara. Por supuesto, todos accedieron. Reuniría a Ernesto, su padre; a la familia de Adriana; a Lola y su madre, y a Álvaro, su estilista, y su marido. Todos la pasarían juntos en la sala de reuniones de la agencia de Vega.

Como ella decía, sería una Navidad de almas descarriadas que debían unirse, algo que a todos les hacía mucha gracia.

Ahora las cosas eran diferentes, no había reuniones presenciales desde el pico de la pandemia, todo se hacía virtualmente y en aquella sala solo quedaban recuerdos. En las paredes seguían colgadas las imágenes de las grandes campañas que Ernesto había hecho en los años noventa con los modelos más importantes del panorama internacional, todas en blanco y negro, firmadas por grandes fotógrafos.

Los amplios ventanales ofrecían una vista magnífica de la majestuosidad del paseo de Gracia, iluminado al atardecer por los miles de luces navideñas de principio a fin. Era un verdadero privilegio volver a disfrutar de esa sala, y Vega sabía lo feliz que sería su padre cuando viera el esfuerzo que su hija había hecho por celebrar una fecha especial.

La había decorado con todos los detalles posibles. La bonita floristería de la calle Londres, con la que trabajaba siempre, le hizo un espectacular centro que recorría los más de cuatro metros de mesa, con flores en rojo y rosa pálido, con muchísimas lucecitas, eucalipto, muérdago y piñas.

También trasladó el gran árbol de Navidad que tenían en la entrada de la agencia a esa sala, y decoró las sillas envolviéndolas en terciopelo rosa con un gran lazo en rojo.

Vega había convocado a sus invitados sobre las doce y media para el aperitivo en aquel día más primaveral que propio de un 25 de diciembre. La calidez del ambiente permitió abrir los grandes ventanales para disfrutar de la luz del sol, que todavía hacía más espectacular el ambiente navideño recreado en aquella preciosa estancia reconvertida en un salón familiar.

Los primeros en llegar fueron Álvaro y su marido, Jesús, precisamente porque él llevaba un espectacular traje de pantalón rojo para Vega, que tenía que sentirse siempre perfecta, y más si era la anfitriona. Se vistió en cinco minutos, se calzó sus sandalias Tribute de Yves Saint Laurent, se retocó los labios con un tono bermejo y salió al balcón para fumarse un cigarrillo electrónico de los suyos.

Entonces oyó desde abajo los gritos de Lola:

—¡Bella Julieta, te juro mi amor, amada mía, por los rayos del sol que platean la copa de los árboles! —Vega soltó una carcajada ante su sentido del humor, siempre desbordante.

—¡Venga, Romeo! Apresúrese a subir, su Aperol Spritz le está esperando. —Lola hizo un gesto con los brazos de agradecimiento.

—¡Siempre serás mi diosa!

Lola y Petra subieron las escaleras hasta el entresuelo y Vega las recibió con un intenso y largo abrazo.

—Amiga, ¡qué felicidad teneros aquí en un día tan especial! Petra, estás en tu casa.

La madre de Lola no salía de su asombro al ver la mesa que había preparado Vega. A la decoración había que añadir un *catering* exquisito repartido por cada rincón. Y además algo que olía de maravilla se estaba cocinando en el *office*.

—Querida, muchísimas gracias por la invitación, estoy asombrada de lo que has organizado.

—Tu hija me ha ayudado mucho, Petra.

—Pero ¿qué dices? ¡Lo has hecho todo tú! Yo solo te he acompañado —puntualizó Lola.

—Aaay..., ella siempre tan modesta. ¡Venga, pasa y sírvete el Aperol! ¡Está todo en la mesa del fondo!

—Un momento, Vega, ¿podemos hablar un segundo? —la interrumpió Álvaro en ese momento, pero al ver a Lola soltó—: ¡Bellucci! Pero ¿tú siempre vas a tener veinte años?

Ambas sonrieron ante las ocurrencias del estilista, que admiraba la belleza racial de Lola.

Mucha gente veía en ella un asombroso parecido con la actriz italiana desde muy joven. Ese día estaba radiante, con un traje pantalón negro muy masculino, un bonito cinturón de Valentino que ceñía su figura y una camisa lima de seda con lazada en el cuello. Llevaba el pelo muy tirante, recogido con una coleta baja y, como siempre, los ojos oscuros enmarcados con *kohl* y los labios muy rojos. Su manera de maquillarse seguía siendo la misma desde que empezó a hacerlo en el instituto. Tenía una piel impoluta, con un tono siempre bronceado y con algunas arruguitas que se negaba a borrar de su rostro. Lola detestaba envejecer, pero lo estaba haciendo asombrosamente bien. Solo se obsesionaba por cuidar su piel en unos de los mejores salones de estética de Londres, donde vivía desde hacía más de veinte años. La que más la visitaba era Vega, que viajaba a la ciudad por trabajo constantemente. Y por placer también. Lola llegó a pensar que iba a verla solo porque le encantaba pasar una mañana en aquel salón de estética.

Lola vivía sola en un bonito apartamento en Chelsea, muy cerca de Tomás. Era jefa de cardiología en el Hospital Cromwell. Siempre tenía en mente regresar a Barcelona, y no le faltaban ofertas, pero nunca acababa de decidirse. Lola y Tomás seguían siendo íntimos amigos. Él se estaba divorciando y ahora solían quedar un par de veces por semana para cenar. Habían volado juntos desde Londres porque Tomás había decidido pasar las fiestas con sus padres, que estaban muy mayores.

En todos esos años Lola había mantenido una relación larga con otro médico inglés, de padres paquistaníes, con el que no se había llegado a casar y con el que había estado hasta que él la empezó a presionar para tener hijos. Era muy parecida a Adriana en el tema de la maternidad y decidió no tenerlos, lo cual acabó con su relación.

Dos décadas después de marcharse, seguía echando en falta a sus amigas, sobre todo a Adriana, que era como una hermana para ella y la que menos podía visitarla. Aun así, intentaba pasar con ella un fin de semana largo cada tres meses. Desde marzo de 2020, cuando el covid-19 paralizó el mundo, se habían podido ver una sola vez, y esa Navidad era una oportunidad para estar juntas, a pesar de la ausencia de Silvia.

—Lola, acompáñame al *office* a ver cómo van los aperitivos calientes. —Ambas se dirigieron hacia el fondo del pasillo mientras el marido de Álvaro le servía una copa de Bollinger a Petra—. ¿Ocurre algo? —le preguntó Vega cuando pudieron estar a solas.

—Me ha llamado Tomás. Le conté lo sucedido en el avión y no se sorprendió nada. Es más, me soltó lo de siempre, que Adri nunca había estado enamorada de Eloi. No me resultó pretencioso, quiero decir que no me pareció que insinuara en ningún momento que siempre había estado enamorada de él.

Vega escuchaba a Lola mientras colocaba uno de sus minúsculos cigarrillos en el dispositivo electrónico, que cada vez era más sofisticado.

—Pues no sé si a Adri le va a gustar que se lo hayas contado tú... Ya sabes que entre ellos hay una relación un tanto extraña. No sé si es tensión sexual poco resuelta, si es tensión sexual eterna o si realmente le va a gustar este hombre toda su vida. Es posible que ahora no le apetezca hablar con él y quiera digerir lo ocurrido. Su madre me ha dicho que está muy triste por pensar que su relación está rota para siempre y que no es fácil superar la pérdida de un amigo. Un amigo, Lola. Yo estoy como Carmen, no entiendo cómo Adri ve a Eloi ni para qué se casó con él, sinceramente. —Vega dio una profunda calada a su cigarrillo y revisó la decoración de las bandejas de aperitivos, que estaban listas para salir.

—Bueno, ya sabes que, si llegamos a los ochenta, seguiremos sin entender esa parte de Adri tan íntima. Pero vivir así de encerrada no puede ser bueno para su salud, estoy harta de repetírselo. A los cincuenta el corazón puede darnos un disgusto, no te imaginas la de chicas jóvenes que tengo en consulta con cardiopatías relacionadas con temas emocionales.

—¿Y qué hacemos? ¿La torturamos para que cante? ¡Va a seguir viviendo con ese silencio hasta que se muera!

—Lo que yo quería decirte es que Tomás me ha pedido venir, si no te importa, sobre las cinco de la tarde. Va a comer con sus padres, pero dice que, aunque sea Navidad, a las cuatro y media se retiran a dormir la siesta. Ya sabes, cosas de burgueses... Eso y que están fatal los dos.

—Por mí no hay ningún problema. No sé porque no me dijo nada el jueves cuando comimos en el Café París. Me estuvo hablando del lío que se trae con el divorcio y de lo difícil que se lo está poniendo Emma, pero en ningún momento me habló de Adri ni me dijo que quisiera venir hoy. A veces tampoco entiendo a Tomás, ¡parece gallego también! Nunca sé si va o si viene. Mira, Lola, quiero que hoy sea un día bonito, que lo pasemos genial, que estemos todos juntos hasta que el cuerpo aguante. El *catering* incluye un resopón, así que podemos estar aquí hasta mañana. No quiero que nada lo estropee, así que cuando entre Adri por la puerta, dejaremos pasar un ratito y le preguntas qué le parece si Tomás viene a la hora de las copas.

—Genial. Acaba de sonar el timbre, voy a abrir.

—Gracias, Lola.

Ernesto apareció tan feliz y coqueto como siempre. No podía evitar mirar a Lola con ojos de deseo, algo que molestaba muchísimo a Vega, pero que su amiga ya tenía más que asumido. Cuando eran jóvenes le había llegado a enfadar y habían discutido por ello en más de una ocasión cuando Lola le decía a Vega, en una de sus típicas salidas de modales que chocaban con los de su amiga, «Tu padre parece que quiera follarme con la mirada».

Pero treinta años después, Ernesto miraba a Lola de la misma manera.

—¡Feliz Navidad, Lola! Veo que el confinamiento te ha sentado muy bien. —Hacía un par de años que Ernesto no veía a la amiga de su hija.

—Gracias, querido Ernesto. A ti también te veo bien. Vamos, pasa, ya verás lo que ha preparado tu hija. Mi madre está en la sala, le encantará saludarte.

Ernesto no solía aplaudir los logros de su hija, más bien todo lo contrario, pero ese día fue muy distinto. Cuando entró en lo que hasta ahora era la sala de reuniones y contempló lo que había organizado, se quedó tan sorprendido que estuvo unos segundos sin mediar palabra. Sumido en ese silencio, disfrutaba de la belleza y elegancia de aquella sala y solo el abrazo de Vega por detrás lo sacó de su ensimismamiento.

—Feliz Navidad, papi. Espero que hoy te sientas muy feliz y disfrutes de este día con la que, para mí, es una gran familia. Estás guapísimo y hueles de maravilla.

—¡Caray, hija! Realmente estoy sorprendido de lo bonito que está todo. Será muy emocionante compartir este día con vosotros. ¡Petra! ¿Cómo estás? —Ernesto se dirigió a la madre de Lola, que estaba apoyada en la balaustrada de uno de los balcones con su copa de champán en una mano.

Justo en ese momento Adriana y su familia bajaban del Cabify y saludaron a Ernesto y a Petra desde la calle. Vega y Lola recibieron a su amiga, que, a pesar de no poder disimular unas ojeras pronunciadas por la situación de los últimos días, estaba guapísima. Adriana tenía una elegancia innata que Vega también ostentaba, pero que era muy diferente. Había algo mágico en los andares, en su manera de darles movimiento a las prendas que vestía. Llevaba también la melena recogida en una coleta baja, igual que Lola, y unos enormes pendientes de piedras de colores en tonos pastel. Iba enfundada en un pantalón de *paillettes* larguísimo y acampanado en tono champán, igual que su *blazer* masculino. Cubría su escote con una estola de pelo artificial de color fucsia, a conjunto con los Manolos que calzaba.

Vega y Lola eran las admiradoras número uno del estilo de Adriana y la abrazaron a la vez mientras casi al unísono le susurraban:

—Cariño, estás tan guapa... —Adriana sonrió algo emocionada. Esos días tenía los sentimientos a flor de piel, pero sabía que Vega lo había preparado todo con muchísimo cariño, y no podía defraudarla.

—Carmen, ¡qué guapísima! —Vega abrazó a la madre de su amiga—. ¡Pasad, por favor! Jorge, Andrea, me alegro tanto de teneros aquí hoy... —El hermano y la cuñada de Adriana se unieron al corrillo—. Mi padre, Petra, Álvaro y su marido están en la sala. Pasad, estoy deseando que disfrutéis de todo lo que os tengo preparado.

Adriana no soltaba las manos de sus amigas y se sentía muy afortunada de tenerlas en lo bueno y en lo malo.

—Gracias, Vega. Eres la mejor anfitriona que he conocido. Te estoy muy agradecida, espero poder estar a la altura y no venirme muy abajo.

Lola abrazó a Adriana.

—Vamos, Adri, la vida son etapas y ahora empiezas una nueva. Sé que a los cincuenta te puede parecer un reto, pero, créeme, es igual de ilusionante. Entra a saludar y cuando Jesús te ponga una copa vuelve, que necesito comentarte algo, ¿vale? —Vega sonrió a Adriana y esta se quedó algo intrigada.

Dos camareros empezaron a salir con bandejas de virutas de jamón y picos que parecían de parmesano.

La sala cobró vida y se llenó de murmullos y carcajadas. Álvaro descorchaba la segunda botella de Bollinger, el champán favorito de Ernesto y de la madre de Adriana. Recordaban aquellos veranos en la Costa Brava y las muchas copas de Bollinger que habían acompañado las noches en la casa de verano de los Urriaga.

Vega puso una de sus listas de Spotify con pop de los noventa. Tenía varias con muchísimos seguidores y era realmente buena escogiendo los temas perfectos para cada momento de una celebración. Desde muy joven le encantaba encargarse de la música y cuando una fiesta decaía, llegaba Vega con sus discos y levantaba de la silla o del suelo a cualquiera. Luego vino la época del iPod y ahí fue cuando empezó a crear sus listas, algo heredado de sus padres, que siempre tenían la música alta en casa.

Adriana prefirió beber el Aperol Spritz que Jesús le había preparado y se dirigió hacia el recibidor, donde charlaban Lola y su cuñada Andrea.

—Chicas, ¿qué tal? Menuda maravilla de sala ha preparado Vega, estoy realmente impresionada. Si es bonita de día, cuando anochezca será más espectacular todavía.

—Vega ha preparado esta Navidad improvisada con el mayor de los cariños y de los gustos también. Andrea, si nos disculpas, debo hablar un momento a solas con Adri.

La cuñada de Adriana se retiró con una sonrisa y las chicas se trasladaron a una sala en la que había un *showroom* de prendas, una especie de vestidor gigante decorado también de manera exquisita.

—¿Qué pasa, Lola?

—Tomás me ha llamado para decirme que piensa presentarse esta tarde aquí. Pero eso solo si tú lo apruebas.

—Ah... —Adriana pareció desubicada durante unos segundos—. Sí, ¿por qué no? Seguimos siendo amigos —le respondió con una sonrisa.

Lola se extrañó. Se esperaba una negativa o al menos un poco más de resistencia. Sin embargo, prefirió no insistir más. Ella también quería ver a Tomás y, tras confirmarle a su amigo que no había ningún problema, las dos volvieron a unirse a la fiesta.

Vega le lanzó una mirada interrogante a Lola cuando ambas aparecieron en la sala, y Lola alzó el pulgar, a lo que esta contestó con una mueca de asombro, pero no pensaba decir nada más al respecto.

33

ADRIANA

Ese día nada salió mal. La tristeza de Adriana iba de la mano de una sensación de libertad que compensaba el dolor. Siempre solía anteponer el bienestar y la felicidad de quienes quería a los suyos propios y ese día de Navidad las risas de su madre con Ernesto, estar junto a su hermano, que para ella era una persona imprescindible en su vida, y cerca de dos de sus mejores amigas eran los ingredientes perfectos para un día inolvidable.

Eran las seis de la tarde, algunos seguían en la mesa, otros bailaban y cantaban. Adriana estaba apoyada en uno de los ventanales, observando cómo la ciudad empezaba a conquistar la noche en un día tan familiar mientras sostenía un vaso de cobre con el tercer Moscow Mule que Jesús le había servido. Tenía una sensación de paz y de alegría pasajera por efecto de los cócteles. Estaba bien por primera vez en meses.

Los aplausos y el alboroto de la sala la devolvieron a la realidad. Se acababan de encender las luces del paseo de Gracia. Todos los que allí estaban habrían querido congelar ese momento.

Vega abrazó a su padre, algo que no solía hacer casi nunca, y se sintió contenta de haber logrado su objetivo: crear un evento para que la gente fuera feliz.

—Vega, muchísimas gracias por este día, tienes un gusto exquisito y un corazón enorme. Nos has hecho felices a todos. —La madre de Adriana quería mucho a la amiga de su hija y no dejó de agradecerle su esfuerzo durante toda la tarde.

—Gracias a ti, Carmen. No podíamos dejar de celebrar la vida, no otra Navidad. Estoy cansada de prohibiciones, de esta pandemia, de no ver el fin. Creo que nadie puede ni debe prohibirnos disfrutar de los nuestros.

Vega era la que peor llevaba las restricciones de la pandemia, también la que más las había sufrido en su economía. No solía tocar mucho el tema porque tanto Adriana como Silvia eran muy estrictas. Lola, a pesar de vivir también la dureza de las restricciones en Londres, tenía otro punto de vista que sus amigas y colegas no compartían, pero sí Vega. En ese momento, hablar sobre el covid-19 era peor que hacerlo de política. Separaba familias, amigos, compañeros de trabajo…

En sus «vinollamadas», como ellas habían bautizado a las reuniones de los martes, en las que Lola estaba al otro lado de la pantalla, habían prometido no mencionar nada más sobre la pandemia tras varias discusiones que las enfrentaron más de un día.

Adriana decidió cambiar su Moscow Mule por un buen vaso de agua cuando se dio cuenta de que no vocalizaba demasiado bien.

En ese mismo momento, para sorpresa de casi todos, Vega abría la puerta y Tomás llegaba a la fiesta. Cuando lo hizo, repasó la sala en busca de la mirada de Adriana, que lo observaba estupefacta.

—Feliz Navidad a todos. Este regalo tan especial es para ti, Adriana. Por fin vas a tener todo lo que realmente quieres. —Tomás se le había acercado y le había tendido una bola peluda.

Lola y Vega no podían ni articular palabra. La primera cogió aire y fuerzas para dirigirse a la segunda.

—Vega, dime que estoy tan pedo que esto no está pasando. ¿A qué coño se refiere Tomás? —Vega dio un trago largo a la copa de gin-tonic que sostenía.

—No sé ni qué responderte.

Adriana se acercó muy emocionada a Tomás y lo abrazó. Ninguno de los presentes hizo preguntas, pero Adriana le pidió a su hermano que bajara la música.

—Gracias, Jorge. Todos los que estáis aquí sois muy especiales para mí. He pasado unos días muy difíciles, lo sabéis. En realidad, llevo varios años dando vueltas en una rueda dentro de una jaula, así me siento, sí, igual que un hámster. Así que cuando llegas tan al fondo no queda otra, el mismo golpe te hace rebotar y empezar a ir hacia arriba. Y eso he hecho. Estoy a punto de cumplir los cincuenta, necesito hacer lo que realmente quiero. No estudié tantos años de medicina para perder tantas batallas, quiero salvar muchas más vidas y ver el cáncer tan de cerca y a todas esas familias pasándolo mal me ha acabado destruyendo a mí y me ha hecho replantearme mi carrera muchas veces.

Todos permanecían atentos al discurso de Adriana, sobre todo su madre, que sabía perfectamente que su hija estaba a punto de romper con todo. Adriana prosiguió:

—El quince de enero dejo el hospital para dirigir un proyecto de investigación de capital inglés que tendrá su sede en

Barcelona. Es lo que llevo soñando estos últimos diez años, descubrir cómo prevenir la enfermedad. Sabéis el tiempo que dedico a mi proyecto personal y esta gente me ha entendido a la perfección.

Vega rompió el silencio imperante en la sala.

—Adri, ¡eso es fantástico! ¡Te quedas aquí! Llevo días sin dormir pensando que querías marcharte. ¿Desde cuándo lo sabes?

Entonces el que interrumpió fue Tomás.

—Lo sabe desde hace cuatro meses, Vega, pero no quería decir nada hasta tenerlo todo claro. Su despacho será tan grande que casi podrá vivir en él, con unas vistas preciosas al mar.

Adriana miró a Tomás con una alegría en los ojos que ninguno de los que allí se encontraba habían visto en los últimos años.

—Ya sabéis que la medicina es mi vida, pero cuando escogí la especialidad me pudo la ambición y acepté un cargo que no estaba hecho para mí. Una cosa es que me guste la oncología y otra muy diferente que quisiera ser oncóloga. Quiero dar las gracias a Tomás por su apoyo todos estos meses, duros también para él en el terreno personal. Sabéis el enorme cariño que nos une desde que nos conocimos.

Tomás volvió a interrumpir a Adriana.

—¡Y lo pesada que ha sido la vida para que no acabáramos juntos! Pero está claro que debía ser así.

Lola estaba cada vez más molesta e intentaba encajar las piezas de aquel tetris navideño que le estaban planteando sus mejores amigos.

—Quiero que sepáis que me siento muy bien, lamento si he podido hacerle daño a Eloi, es de lo que más me arrepiento. Eloi y yo ya no remábamos en la misma dirección, es posible que nunca lo hiciéramos y que no hayamos sido capaces de verlo hasta ahora. Estoy segura de que separados ambos seremos mucho más felices.

Lola alzó una botella de champán y decidió poner fin al discurso, reclamar de nuevo la música y pedirles a todos que brindaran por la nueva vida de Adriana, que sostenía al cachorrito en brazos.

—Por ti, amiga, no negaré que estoy cabreadísima porque este mamón tuviera información confidencial antes que nosotras, espero que nos expliques en otro momento el motivo. ¡Y yo sufriendo por si lord Bennet aparecía hoy aquí! Lo has disimulado de maravilla. —Lola solía llamar así a Tomás por su ascendencia inglesa.

En realidad, Lola seguía incómoda por la situación, y además tenía claras sospechas de que Adriana hubiera tenido algo que ver en el divorcio de Tomás. Adoraba a su amiga, pero detestaba su hermetismo y ni siquiera los años que habían pasado juntas conseguían raspar la superficie de lo que su amiga escondía en su interior.

La fiesta navideña continuó hasta pasadas las once de la noche, hora a la que todos empezaron a retirarse. Tomás se ofreció para llevar a Adriana y a su familia a casa.

Ernesto se resistía a volver tan temprano, pero Vega lo metió en un taxi rápidamente, aunque no las tenía todas consigo y sospechaba que su padre acabaría la noche en Dry Martini, su segundo hogar.

Lola y su madre estaban a unos diez minutos de casa, pues Petra seguía viviendo en el piso de la calle Balmes, así que decidieron ir a pie. Durante el paseo, en una noche templada para esa época del año, Petra se dirigió a su hija con serenidad para intentar que se sincerara con ella, sin importunarla demasiado.

—Lola, te ha molestado mucho esta complicidad entre Tomás y Adriana, ¿no es así?

—A ver, mamá, me ha molestado la falta de confianza. Sí, estoy dolida. Y prefiero pensar que, por mucho discursito que tuvieran preparado, aquí hay algo más. Estos se traen algo entre manos, tal vez incluso se hayan liado, pero ninguna de nosotras sabía que tuvieran este contacto tan estrecho otra vez. Vega ha llamado a Silvia y está igual de sorprendida que nosotras. —Lola caminaba sin alzar la mirada del suelo, algo que solía hacer cuando estaba muy nerviosa.

—Tú siempre me has dicho que Adriana y Tomás estarían eternamente enamorados el uno del otro, ¿y si es así? Lola, hija, ¿no será que eres tú la que está enamorada de él?

—Pero ¿qué dices, mamá? Tomás no me atrae en absoluto, lo quiero porque es mi amigo, y por eso estoy tan cabreada. Él también ha traicionado mi confianza. Yo creía que estaba mucho más unido a mí que a Adri, porque los separan unos cuantos kilómetros, pero veo que no, y en su caso sí quiere decir mucho. No es que siempre tengan una tensión sexual no resuelta, sino mucho más que resolver que echar un polvo de vez en cuando.

La cara de Petra era de asombro ante las palabras de su hija.

—¿Tú sabías que se acostaban aun estando en otras relaciones? ¿Y por qué se casaron con otras personas?

—Ellos sabrán, mamá. Hay algunas incógnitas en esta relación que desconocemos si están despejadas, a nosotras no nos incumbe, ha quedado claro. Es ella la que debe ser consecuente, y es posible que este sea el momento.

Álvaro, Jesús y Vega caminaban también hacia la casa de ella, donde habían decidido continuar la fiesta. Ella estaba mareadísima y se apoyaba en ambos para poder caminar con agilidad, pese a que había sustituido sus carísimas sandalias por unas bailarinas que Álvaro odiaba.

—Qué triste ver a tu diosa envejecer tan indignamente —comentó con ironía dirigiéndose a Vega.

—¡Vete a la mierda, querido! Ni una de veinte aguantaría encima de once centímetros de tacón todo un día. Venga, tira, que tengo en la nevera un champán alucinante que me ha regalado un cliente.

—No habrás hecho nada que no debieras para que te la regalara, ¿no?

—De verdad que yo no sé qué hice yo en otra vida para encontrarme en esta contigo y tener que aguantarte.

En realidad, Vega adoraba al estilista, quien además era parte del éxito de la mayoría de las campañas de moda que hacían en la agencia, e incluso estaba pensando seriamente en hacerlo socio.

—Supongo que vamos a comentar el culebrón Adriana, ¿no? ¡Santa Adriana ha salido del armario! —Álvaro le tenía un cariño especial a su amiga, de la que siempre decía que, aunque la pincharas, no le saldría ni una gota de sangre y a la que siempre que la veía le recomendaba echarse un amante, algo en lo que parecía haberle hecho caso.

—Vosotros pensáis igual que yo, ¿verdad? Adriana y Tomás hace tiempo que tienen algo y ella nos ha pegado ese rollo de su trabajo y de su nueva vida porque no ha tenido el valor, de momento, de soltarnos que en su nueva vida están Tomás y ese perrito.

Álvaro no tardó en ofrecer su opinión.

—¡Por supuesto! Pero si él se estaba derritiendo con cada palabra que decía ella. Yo, me vais a perdonar, pero solo tenía ojos para ese señor que me parece tan maravilloso en todos los sentidos. No me negaréis que su entrada con el cachorro en brazos no ha sido triunfal. —Jesús lanzó a Álvaro una mirada de desaprobación por el comentario—. A ver, Jesús, que tú también has dicho que es un hombre guapísimo, no te pongas ahora celoso. ¡Hacen una pareja tan bonita! Nunca he entendido qué hacía Adriana con el soso de Eloi, le ha costado una eternidad darse cuenta, pero nunca es tarde...

—¡Álvaro, no seas capullo! —A Vega le dolía que se metieran con Eloi, de todas ellas era la que más relación tenía con él, algo que podía calificarse de amistad propia y que no solo se debía a que fuera el marido de una de sus mejores amigas.

—Vega, es soso, bajito y no le pega nada a Adriana. A mí me gusta Tomás para ella, creo que a todos. ¿Has visto la cara de la madre? ¡Me encanta su madre! Yo creo que ella ya sabía algo y le mola mucho más el burgués que el ingeniero.

Todos sonrieron, incluida Vega.

—Bueno, veremos qué sucede en los próximos días y cómo nos cuentan, si es que lo hacen, qué es lo que realmente pasa entre ellos. De momento, yo estoy feliz de ver a mi amiga tan ilusionada, porque lo que me encontré el otro día fue una Adriana asustada, indefensa y sin saber muy bien cómo gestionar su nueva vida. Eso es lo que me extraña, que ese día ella ya sabía que tenía que afrontar los cambios y no me lo dijo. Ni a mí ni a ninguna.

Vega llegó a casa feliz por haber organizado un bonito día de Navidad para todos. Aunque, al igual que Lola, sentía cierta traición por parte de Adriana, que por muchos años que pasaran siempre seguiría siendo igual de silenciosa con su vida privada. Todas sabían que, por mucho que preguntaran, ella hablaría cuando estuviera preparada para hacerlo.

34

ADRIANA

Barcelona, enero de 2022

Adriana había empezado hacía unos días a trabajar en su nuevo cargo, con la máxima ilusión y con la esperanza de que esta vez no estuviera equivocándose ni negándose la felicidad.

Volvió a terapia para aprender a sobrellevar su ruptura con el que había sido durante más de veinte años su compañero de vida, una persona buena a la que también le hizo daño.

Ahora era lo bastante madura como para empezar a entender que los cadáveres emocionales que dejaba a su paso eran su responsabilidad y que durante mucho tiempo había sido una cobarde. Los años y los golpes no le habían enseñado a ser valiente ni a enfrentarse sola a sus miedos, a sus batallas, a lucharlas, aunque las perdiera. Ella siempre había preferido no ir a la guerra y llorar por los que perdieron por culpa de sus decisiones.

Las puertas de uno de los mejores momentos de su vida estaban a punto de abrirse, pero necesitaba pasar su duelo, ese en el que había vivido de forma permanente desde sus veinte años. Y no solo por la renuncia a su hija, sino por el rechazo a su amor por Tomás, por vivir sabiendo que su padre había muerto sin conocer a su nieta, por pensar que a su madre le ocurriría lo mismo...

Cada semana vivía la angustia de sus pacientes con cáncer, el pánico de sus familias y las largas batallas de todos por vencer a una enfermedad a la que no todos sobrevivían. Nunca supo desvincularse emocionalmente del dolor ajeno de aquellos a los que trataba y ni siquiera le funcionó la terapia en ese aspecto, algo decisivo a la hora de decidir marcharse de un puesto por el que había luchado muchísimo durante casi toda su vida.

Tomás y Adriana se volvieron a ver unos meses después de la fiesta del treinta cumpleaños de Lola, en septiembre de 2002, en un congreso en París. Allí coincidieron en la misma mesa de la cena de gala que celebraban los laboratorios organizadores, bebieron mucho y Tomás acompañó a Adriana a su hotel caminando más de media hora por el romántico París.

Aquella noche la pasaron juntos, con la misma pasión que los había acompañado desde su primer encuentro. A partir de ese momento hubo más congresos a los que decidían ir para vivir su historia lejos de sus casas y de su realidad.

Desde 2015, el matrimonio de Tomás y Emma era insostenible. Ella estaba muy afectada y Lola intentaba hacer entrar en razón a Tomás, pidiéndole que estuviera más pendiente de su mujer y sus hijos. Nunca sospechó que Tomás y Adriana se siguieran viendo.

Nunca hubo nadie más en la vida de Adriana.

Pero seguía haciendo mal las cosas. En todos esos años, jamás le mencionó a Tomás nada de Paula. Tampoco dejó de tomar la píldora, a pesar de que él fantaseaba con tener una pequeña Adriana algún día, una broma que a ella solo le provocaba escalofríos.

El trabajo de su terapeuta comenzaba a ver sus frutos y cada vez estaba más convencida de que la única manera de empezar aquella nueva vida era asumiendo todos sus errores. Para ello debía entender a Eloi y pedirle disculpas; comprender a Lola, a la que en contadas ocasiones le había dado las gracias o le había dicho que la quería, y, sobre todo, ser consciente de que Tomás tenía el derecho a saber que le había ocultado a su hija durante treinta años. Sin embargo, el hecho de saber cómo debía tomar las riendas de su vida de ahora en adelante no quitaba que Adriana se sintiera acorralada.

Gloria la había avisado de la muerte de Amaia, por la que sintió una enorme pena, por ella y por el dolor que podía estar experimentando Paula, una mujer adulta que de seguro no necesitaba una nueva madre.

Era el momento de cerrar capítulos, no de reabrirlos.

¿Para qué hacer pasar a Tomás por todo eso si era feliz sin saberlo?, solía repetirse una y otra vez. Tenía dos hijos, no necesitaba conocer ahora a una extraña treintañera que no sentiría ni el más mínimo cariño por él.

Eloi había recogido ya todas sus cosas para trasladarse a su nueva casa, bastante lejos de la de Adriana, que le había comprado su parte para quedarse allí. Tomás regresó a Londres para arreglar varios asuntos, entre ellos su vuelta a Barcelona para trabajar en la misma empresa que Adriana, aunque pasaría la mitad del tiempo en la capital inglesa, lo cual era perfecto para él y para poder ver a sus hijos, que ya estaban en la veintena y poco les importaba lo que su padre hiciera o dejase de hacer, aunque tenían con él una excelente relación. No así Emma, que seguía enamorada y muy dolida con Tomás, aun sin saber que el verdadero motivo de que su marido la dejara era la mejor amiga de su cercana Lola.

El vino de aquel martes en casa de Vega comenzó a las ocho de la noche y se alargaría hasta la madrugada. Había llegado el día de dar explicaciones a todas las que la querían, a sus tres amigas que jamás la dejaron sola y que fueron capaces de mantener aquel vínculo durante más de treinta años.

—¡Vega! ¿No has comprado palitos para la mortadela trufada? ¡Mira que te dije que ya me encargaba yo de todo! En fin, voy a bajar a ver qué encuentro.

Silvia se puso el abrigo mientras Vega salía de la ducha apresurada, en albornoz y con un turbante en el pelo, para conectar el portátil en el que segundos después aparecería Lola, que ya estaba en Londres.

—Lo siento, no me da la cabeza para más. ¿Cuánto dices que va a durarme esta neblina mental? No me quedaré así de idiota, ¿verdad?

—No, Vega, esa confusión se irá cuando las hormonas dejen de bailar, aunque no te aseguro que la idiotez se te vaya, ¿eh? —Vega miró con gesto irónico a Silvia por encima de sus «gafas de vieja», como ella las llamaba desde que le diagnosticaron la presbicia.

—¡Hola, Bellucci! Estás muy oscura, ponte un poco de luz, hija…

—¡Hola, Lola! —exclamó Silvia—. Ahora vuelvo, que voy a por todo lo que se ha olvidado Vega.

—¿Qué llevas en los ojos? —le preguntó Lola a Vega.

—Parches de colágeno. Esta mañana me he hecho un tratamiento en el contorno. Estoy como una pasa de arrugada y el bótox ahí no funciona nada bien.

—De verdad, Vega, deja de pincharte historias y folla con alguien interesante, hija mía.

—Hablando de «follamentas»... Voy a ir a Londres a ver a un viejo amigo que es muy loco en la cama y nos llevamos estupendamente. Tiene un colega muy interesante que no sé si folla igual de bien, pero estaría bien cenar los cuatro, ¿no?

—A mí déjame, que tengo la libido por los suelos. Cenar sí, pero el postre que se lo pida doble en el restaurante. Yo paso. —Lola estaba últimamente más apática con los hombres.

A los pocos minutos, se oyeron risas en la puerta y Silvia apareció con Adriana.

—Hola, reinas. Lola se te ve muy oscura, ¿no?

—¡Qué pesadas con la oscuridad! Voy a enchufar el aro que utilizo para grabar los cursos online... Un momento.

En aquella reunión Adriana consiguió hacer acopio de las fuerzas y la valentía que nunca había tenido para contar toda su historia con Tomás durante esos años. El vinito de los martes se convirtió en un monólogo que ninguna se atrevía a interrumpir, pero a Lola, a la que la unía un fuerte vínculo de amistad con Emma, le dolió que Adriana hubiera actuado así de mal de nuevo.

—¿Cómo has podido hacer esto tanto tiempo sabiendo que había dos personas más que no tienen la culpa de lo mal que habéis hecho las cosas en la vida Tomás y tú? ¡No me lo puedo creer, Adri! Esta vez te has pasado, y el otro, ¡menudo capullo! No conoces a Emma, no merece esto. Al igual que tampoco lo merecía Eloi. ¡Qué putos cobardes!

—Basta, Lola —la interrumpió Silvia, Vega las miraba incapaz de decir nada.

—Alguien le tiene que decir las cosas como son, ¿no? Te hemos respetado siempre. No querías a tu hija y lo respetamos; no quisiste nunca hablarle a su padre de ella y también lo respetamos. Estuvimos a tu lado siempre y ahora resulta que tú decides ir a tu bola, pisando a todo el mundo para liarte de nuevo con este memo y vivir una historia de amor patética a los cincuenta años, ¿es eso?

—Lola, de nada sirve que durante años no me hayas juzgado si vas a hacerlo ahora de una manera tan cruel. Yo me vi obligada a renunciar a mi hija, ¡eran los noventa! Las cosas no eran tan sencillas como ahora. No supe enfrentarme a ello y decidí enterrarlo. Hubiera deseado que nunca me enseñaras las fotos de mi hija, año tras año, pero te hacía tanta ilusión que me callé, como siempre. A mí me provocaban un dolor inmenso durante meses. Cuando empezaba a recuperarme llegaba otra nueva foto de la niña. Fue muy duro para mí.

»No podía decirle nada a Tomás porque no sabía cómo reaccionaría y no quería comprometer a Amaia y Guillermo. Lo que más temía era que los descubrieran y se llevaran a la niña a un centro de esos para que la adoptara otra familia. Paula ha sido muy feliz con esos padres.

—¿Y tú qué sabes? —Lola cada vez estaba más furiosa.

—Lo sé por Gloria, la amiga de Amaia. Un día me la encontré en el Liceo. Yo iba con Eloi. Nos alegramos de vernos y nos dimos los números de móvil. Desde entonces nos hemos visto un par de veces y hablamos por WhatsApp de vez en cuando. Sé que Paula ha sido feliz y que es una chica responsable, culta y muy madura. Llevaba cuidando de Amaia desde que Guillermo murió durante la pandemia, ha sido muy duro para ella y ahora deberá empezar sola una nueva vida, en la que sus padres se aseguraron de que no le faltara de nada.

—Pero, Adri, ¿cómo no nos habías contado nada de todo esto? —Vega por fin pudo decir algo.

—Adriana Merino está por encima del bien y del mal, no necesita compartir su vida con nadie —arremetió de nuevo Lola resentida.

—Lola, por más que intentes machacarme ya no hay vuelta atrás. Esta es mi nueva vida, en la que quiero y deseo que estéis.

—Bien, doy la vinollamada por zanjada, necesito digerir todo esto. —Lola no quería seguir escuchando a Adriana.

—Por favor, sabes que tú podrías haber hecho lo mismo. Tu acercamiento a Tomás fue porque siempre estuviste colgada de él, pero preferiste tenerlo cerca que perderlo. Él me reconoció que siempre se sintió atraído por ti, pero erais tan diferentes que no hubiera funcionado. ¿Por qué no lo hablasteis nunca, Lola? Creo que estás escupiendo tu rabia contra mí porque al final yo nunca renuncié a él.

—He tenido suficiente. Adiós, Vega, adiós, Silvia.

La pantalla quedó oscura.

Vega, Adriana y Silvia pasaron juntas aquella noche hasta bien entrada la madrugada. Sentían que Lola necesitaba tiempo para asimilar todo aquello.

A los cincuenta, parece que todo resulta fácil y que el amor es aquella ligera brisa que queda tras la tormenta de los primeros años, pero la historia de Adriana había calado en todas ellas haciéndolas sentir más vivas que nunca.

El matrimonio de Silvia había tenido sus crisis, sobre todo, al nacer su tercera hija cuando ya no la esperaban. Pero lo superaron y eran felices a su manera, aunque Silvia salió de casa de Vega aquella noche con ganas de irse con su marido un fin de semana solos y hablar de lo que nunca hablaban. Podría ser que tuviera una amante y ella ni se hubiera enterado. El mundo podía estar lleno de Adrianas...

Vega tampoco tuvo el valor de decirle a su íntima amiga que ser la amante del marido de otra, por mucho que ella lo hubiera conocido antes, no era algo que aplaudir. Más después de lo vivido con el padre de su única hija, Fiona, un tipo que la dejó tirada con su bebé para irse con una estilista que trabajaba para ella, quince años más joven y con un físico imponente. El dolor de esta traición hizo que Vega se volviera tremendamente insegura y obsesionada por frenar el paso del tiempo, así como por liarse con hombres mucho más jóvenes.

Las rupturas familiares siempre son mucho más amargas y duras que las de una pareja en la que decirse adiós no implica el dolor de terceros.

Treinta y dos años después de conocerse, respetarse y apoyarse, la amistad entre ellas estaba en la cuerda floja.

Cada una, a su manera, había juzgado la actitud egoísta de Adriana e hicieron lo que nunca antes habían hecho, hablar de ella a sus espaldas y juzgar sus decisiones.

El grupo de WhatsApp permaneció en silencio varios días. Nadie sabía qué decir.

35

ADRIANA

Barcelona, febrero de 2022

Se encontraba en su espectacular despacho, ubicado en una de las plantas superiores de la Torre Mapfre de Barcelona. Esperaba a Vega para comer juntas allí mismo. Había pedido *catering* y les habían preparado una mesa, perfectamente decorada, en uno de los grandes ventanales que daban al mar.

A las dos en punto la secretaria anunció, en inglés, la visita de Vega.

—*Thank you*, Margaret.

Vega entró casi sin fijarse en Adriana, sus ojos no podían parar de admirar cada uno de los rincones de aquella estancia.

—¡Madre del amor hermoso! Dime que no estoy soñando.

Adriana la abrazó y la invitó a sentarse.

—¡Fuera mascarillas! No las soporto más. Esto es un poco demasiado, ¿no? La secretaria hablando *in English*, este impresionante despacho...

—Estoy contenta, sí. —Adriana se quitó también la mascarilla, que solo se ponía cuando alguien entraba en el despacho.

—¿Sabes que venía oyendo en el Cabify que en Inglaterra vuelven a la normalidad? ¡Lola y Tomás estarán felices! Aunque no sé si tanto como yo lo estoy por ti. Perdona si la otra noche te sentiste juzgada, no era mi intención.

—Lo sé, Vega, pero tenéis razón. Me he puesto por encima de los demás. Aunque no lo creáis, las cosas no son como las interpreta Lola. Yo también pensaba, como ella, que soy una cobarde, pero no lo soy, Vega. He comprendido que hay que ser muy valiente para renunciar a una hija.

—Adriana, mira hacia delante. Ya. No te martirices más. Lola aparecerá por esa puerta cuando menos te lo esperes. No puede estar tan unida a la exmujer de Tomás, no me lo creo. Yo comparto contigo que ella siempre estuvo enamorada de Tomás, pero se conformó con tenerlo cerca y con el tiempo quizá asumió que nunca estarían juntos.

—No sé, Vega... Creo que hemos llegado a un punto en el que volvemos a parecer adolescentes, con las hormonas igual de revueltas. En el caso de Lola creo que está más crispada por eso y no porque yo le haya ocultado mi historia con Tomás. Pienso que Lola es feliz. No ha sabido gestionar su relación con los hombres, pero tampoco los ha necesitado para nada. Su trabajo es su gran amante y su vida social es tan plena que no me parece que eche de menos no haber creado su propia familia. Además, sus sobrinos son para ella los hijos que no ha tenido.

El móvil de Adriana sonó un par de veces con el tono que tenía para las notificaciones de WhatsApp, pero decidió no mirarlo y disfrutar de su comida con Vega.

Estuvieron charlando hasta pasadas las cuatro. Vega no

tenía prisa por irse, pero Adriana debía preparar la reunión de las cinco.

—Gracias por la comida, cariño. Me ha encantado tu despacho y espero que seas muy feliz aquí.

Adriana echó un vistazo al móvil mientras su amiga hablaba, y vio que los mensajes eran de Gloria.

«Adriana, llámame tan pronto como puedas», decía el primero. «Paula lo sabe», ponía en el segundo.

Adriana se dejó caer en su elegante silla de cuero de color hueso y Vega se dio cuenta rápidamente de que algo pasaba, porque conocía aquella cara de pánico.

—¿Qué ocurre Adri? —La respiración de Adriana era tan agitada que apenas podía hablar—. ¿Qué pasa? —Le acercó un vaso de agua.

—Vega, es Gloria, la amiga de la doctora Clemente, ¿te acuerdas de ella?

—Sí, creo que sí. ¿Qué quiere?

—Lo sabe, Vega. Paula se ha enterado.

—¿Cómo que se ha enterado? ¿Quién se lo ha dicho?

—No lo sé. Voy a llamarla. Quédate, por favor.

Adriana estuvo hablando unos diez minutos con Gloria y a juzgar por sus caras lo que esta le estaba contando ponía en peligro toda su felicidad del momento. Cuando colgó le explicó todo a Vega al detalle.

¿Cómo podía Guillermo haber hecho eso? ¿Y si Paula preguntaba por su madre biológica? Era algo que haría tarde o temprano.

—¿Qué voy a hacer, Vega? No puedo decirle a Tomás que tiene una hija de veintinueve años que di en adopción a los nueve meses de que se hubiera marchado a Inglaterra.

—Cálmate, que todavía no ha preguntado por ti. Quizá

nunca lo haga. Tiene casi treinta años, sus padres han muerto y no creo que quiera ahora conocer a su madre biológica. Ya no te necesita, Adri.

—Eso no lo sabemos.

Vega salió del edificio un buen rato después y, al subir al Cabify, que la esperaba en la misma puerta, sacó el móvil de su diminuto bolso de Jacquemus y llamó a Lola.

Esta no cogió el teléfono y supuso que estaría con algún paciente. Esa misma noche le devolvió la llamada.

—Tengo una perdida tuya, Vega, ¿todo bien? —Habían hablado hacía un par de días.

—Lola, Paula se ha enterado de su adopción. Adri está hecha polvo y muerta de miedo.

—Vaya... El momento de la carta ha llegado.

—¿Cómo sabes tú eso? —Vega estaba sorprendida y perdida a partes iguales.

—Te voy a explicar las geniales ideas de Guillermo Suárez, que ya te las puedes imaginar. —Y le contó a Vega cómo Guillermo había ideado el plan de la carta y la escala de personas encargadas de darle las explicaciones pertinentes a Paula.

Tomás llegó a casa de Adriana aquella noche directo desde el aeropuerto.

Ella estaba sentada en la barra de la cocina con una copa de vino tinto delante y al lado reposaba una botella en la que quedaba algo menos de la mitad.

—Vaya, ¿me he perdido algo? —Tomás besó a Adriana—. ¿Qué tal el día, amor?

No hubo respuesta. Hacía años que Adriana no sentía ese vacío en el estómago que le causaba náuseas cada pocos minutos. Y es que cuando el alma decide volver a doler, lo hace cada vez con más intensidad. Había llegado por fin el punto de no retorno.

36

PAULA

Madrid, febrero de 2022

Paula y Judith salieron de casa para reunirse con Gloria y Joan en El Pimiento Verde Lagasca, un sitio que le encantaba a este último.

Carlos la había hecho entrar en razón y le aconsejó que poco a poco fuera conociendo más detalles de su adopción. No era una niña y podía construir nuevos vínculos si conocía a sus padres biológicos. Escuchar su historia le devolvería esa identidad que sentía robada, casi ultrajada.

Lo había comentado con Cayetana y Judith. La primera le aconsejó dejar las cosas como estaban, pero Judith, pensando en el bienestar de sus padres, a los que veía profundamente afectados, le recomendó que por lo menos se sentara a hablar con ellos. Y eso decidió Paula hacer aquella tarde.

Gloria le contó la historia de su adopción ante el silencio y la atenta mirada de todos los presentes en la mesa, repleta de platos que nadie probó.

Hay muchas maneras de contar las historias, pero lo importante es hacerlo de forma serena, creando un vaivén de palabras que atrapen en ese relato a los que desean conocerlo. Las palabras de Gloria eran como las gotas de lluvia que distraían a Paula cuando cogía un taxi en un día lluvioso en Madrid y deseaba que algunas de las que iban creando la historia de su vida desaparecieran cuanto antes al final de la ventanilla.

Era la primera vez que le hablaban de su madre biológica, una doctora importante, una mujer buena, bella y que llevaba treinta años sobreviviendo a la tristeza de haber renunciado a su pequeña. Pero Paula no lo entendía. Gloria había endulzado el relato y había convertido a Adriana en una víctima, una niña que no supo cómo gestionar todo aquello y que solo quería ser médica y que sus padres estuvieran orgullosos. Volver tras el primer curso de carrera a La Coruña con una barriga de embarazada no era lo que había planeado. Había confiado en Amaia, una de las personas de su nuevo entorno en las que más fe tenía, y el plan le pareció su única salida.

—¿Cómo es mi verdadera madre, tía Gloria? —A ella se le iluminaron los ojos al oír a Paula volver a llamarla «tía».

—Tu madre es igual que tú, Paula. Es una mujer muy bella, ¡y muy alta! Elegante y muy educada, muy reconocida en su profesión.

—¿Y ese reconocimiento le ha compensado el abandono de su hija? Yo no sé si quiero conocer a alguien así. Es que no sabría de qué hablar con una madre desconocida que nunca quiso serlo. No puede existir ningún tipo de confianza con alguien que nunca ha estado contigo y que irrumpe en tu vida a los treinta. ¿Tengo hermanos?

—No, Paula. No volvió a tener hijos. Tienes una madre biológica, puedes hacer lo que tú creas oportuno, nadie interferirá en tu decisión.

—¿Y ella? ¿Alguna vez te ha comentado que quiera conocerme?

Gloria empezó a divagar, porque la realidad era que Adriana solo preguntaba si era feliz y prefería no tener más detalles de su vida. Tras la conversación, Paula seguía sin una respuesta clara.

A última hora de una tarde de mediados de febrero, Carlos canceló los planes que tenía con ella debido a una gripe estomacal y, aunque Paula insistió en ir a verlo y pasar la noche con él, Carlos se negó, puesto que no quería contagiarla.

Sabía que sus amigas también estaban ocupadas, así que se resignó a pasar el viernes por la noche sola. Se preparó la cena y se sirvió una copa de vino. Inevitablemente, los hechos de las últimas semanas decidieron hacer acto de presencia en sus pensamientos e intentó ahuyentarlos sin éxito. Aún echaba de menos a su madre —a su verdadera madre, no a la mujer que la había dado en adopción—, a pesar de que hacía tiempo que no sentía el calor de su abrazo o sus palabras cariñosas. Su madre se había ido meses antes de su muerte, pero sentía como si todo se le hubiera venido encima de repente.

En un ataque de melancolía, decidió coger las llaves y subir al piso de su madre. Aún había cajas a medio llenar, puesto que no soportaba estar mucho tiempo seguido allí, y solo iba cuando alguien podía ayudarla y hacerle compañía. Era la primera vez que entraba sola desde la muerte de Amaia.

Pasó a la habitación de su madre, donde todo seguía en su lugar. Dejó su copa de vino en la mesita de noche, se puso *Turandot* en el Spotify de su móvil y se dispuso a llenar cajas. Lo hacía con cariño, deteniéndose a admirar sus ropas y oler el suavizante tan característico que había usado siempre. Deslizó los dedos por las joyas que guardaba en su tocador, olió su colección de perfumes y decidió qué quedarse y qué donaría.

Cuando llegó a los cajones de su mesita de noche, le costó un poco abrir el último. Se ve que hacía tiempo que a su madre no le interesaba lo que hubiera ahí dentro. Con un tirón fuerte, consiguió que cediera. Dentro encontró álbumes de fotos. Paula ya los había visto, todos eran de su infancia. Sin embargo, había uno pequeño que no creía haber ojeado nunca. Lo cogió y se sentó en el suelo con las piernas cruzadas. Eran fotos de sus padres antes de que ella llegara a su vida. No había muchas, pero se los veía en la adolescencia y abarcaba hasta el año en que nació ella. Paula lloró y rio al verlos tan enamorados, tan a gusto con la vida que les había tocado, aunque era consciente de todo lo que habían pasado. La última foto, sin embargo, no se la esperaba.

Aparecía su madre, sonriente, apoyando las manos sobre los hombros de una chica muy joven sentada a una mesa de una cafetería y que sonreía con timidez. Esa chica… se parecía muchísimo a ella. Con manos temblorosas sacó la fotografía del álbum y le dio la vuelta: «Adriana y yo en la cafetería de la universidad. Foto hecha por Lola. 1991, Barcelona».

Volvió a mirarla, aquella era su madre biológica. Sabía que cuando se quedó embarazada de ella tenía veinte años, pero verla en la foto la había convertido en una persona real que ya no estaba solo en su imaginación, y se dio cuenta de que era muy joven, casi una niña. Se permitió por fin ponerse en el lugar de Adriana. Ya no era solo que hubiera tenido que renunciar a muchas cosas, sino que… tenía miedo. Tan simple y complicado como eso. Estaba empezando a vivir, intentaba labrarse su propio futuro por su cuenta, se había enamorado por primera vez… Todo eso se habría desmoronado con un bebé en brazos. Y decidió confiar en que, con otra persona, ella estaría mucho mejor y tendría una vida más sencilla. ¿Podía de verdad enfadarse por eso?

Le había dado a su madre. Admiraba a Amaia por la mujer que fue, por luchar por lo que de verdad quería, por su marido, por su carrera y, luego, por su hija. Nada la había parado nunca, siempre había sido una mujer fuerte que le había enseñado a su hija a ser igual que ella: independiente y con capacidad de tomar sus propias decisiones. Sabía que aprobaría lo que Paula decidiera, pero también que ella no se acobardaría ante nada. Estos últimos meses la habían conducido a ese momento, a descubrir por fin su verdadera historia. Sabía quién era, la sangre que corría por sus venas no cambiaba eso, pero saber de dónde venía la ayudaría a entender quiénes fueron las mujeres que le dieron la vida, porque sus historias también merecían ser reconocidas. Allí, sentada en el suelo de la habitación de su madre, Paula consiguió tomar una decisión. Viajaría a Barcelona para conocer a su madre biológica, era el único modo de volver a tejer su identidad, de saber quién era su padre, de entender el motivo por el que aquella mujer a la que Gloria disculpaba, aquella que tantas cosas había logrado en su vida a los cincuenta años, había renunciado a ella.

Compró los billetes de AVE para el día siguiente. Reservó una habitación durante tres noches en el Hotel Majestic con vistas al paseo de Gracia. Siempre había querido alojarse ahí y podía permitirse un buen capricho gracias a su herencia. «¡Me lo merezco!», pensó.

Ahora solo faltaba la parte más difícil: ponerse en contacto con esa mujer que la había dado a luz y encontrarse con ella.

37

ADRIANA

Barcelona, febrero de 2022

Eran algo más de las ocho de la mañana. Adriana estaba preparando café mientras Tomás se duchaba. Oyó el tono del WhatsApp de su móvil, que estaba en algún rincón del salón.
  Era Gloria.

> Adriana, en estos momentos mi responsabilidad es velar por el bienestar emocional de Paula. Espero que entiendas que he tenido que darle tu teléfono. Hoy llegará a Barcelona. No sé cuándo te escribirá o te llamará. Está en el Hotel Majestic hasta el jueves. Ahora sois vosotras las que debéis hablar. Yo estaré aquí para apoyaros a las dos, pero las explicaciones que le faltan a Paula debes dárselas tú.
> Es vuestra historia, Adriana. Tu hija es una mujer increíble y merecéis tener la oportunidad de reencontraros. Un abrazo.

Un escalofrío seguido de un sofoco ardiente recorrió todo el cuerpo de Adriana. Había llegado el día que siempre supo que llegaría y para el que había intentado prepararse sin éxito. Tomás salió de la ducha con la toalla en la cintura y sosteniendo otra en la mano para secarse el pelo. Con el mismo cabello que tenía a los veinte y con el cuerpo esculpido a base de horas de CrossFit, Tomás era un hombre de cincuenta años que seguía siendo igual de atractivo.

—Buenos días, amor, ¡parece que hayas visto un fantasma! ¿Todo bien? —Adriana se bloqueó y en vez de palabras solo brotaron lágrimas para gran alarma de Tomás—. Cariño, me estás asustando.

—Tenemos que hablar. Siéntate, por favor. Sé que tendría que haberte contado esto hace tiempo, pero...

Adriana sacó las fuerzas que no había tenido en treinta años para hacerlo testigo de su historia desde el corazón desnudo. Con lo bueno y lo malo. Entonando el *mea culpa* ante el que había sido siempre su gran amor, a quien ocultó la existencia de una hija fruto de aquella historia de ambos. Creyó que hacía lo mejor para todos, y solo ahora empezaba a darse cuenta de que, aunque la decisión final era suya, debería haber contado con él. Pero la Adriana de entonces era una chica asustada y protegida bajo el ala de una mujer a la que admiraba, y a la que vio como su salvación, su única salida para poder continuar con la vida que había planeado.

Tomás se marchó de casa de Adriana unos días para digerir todo aquello. No tuvo una reacción agresiva, pero necesitaba no solo entender la renuncia a su hija, sino que hubiera traicionado su confianza ocultando toda una vida la existencia de Paula. Por otra parte, creía que lo mejor era que madre e hija se reunieran por primera vez a solas. Él acababa de enterarse, podía esperar unos días más y verla sin estar cegado por el enfado y la decepción que aquella noticia le había provocado.

Adriana, sin saber qué más hacer, llamó a Lola. A pesar de sus desavenencias en los últimos días, era la persona que mejor la conocía y quien mejor podía entenderla.

Esa misma noche, Lola abrazaba a su amiga en su casa de Barcelona, adonde había llegado una hora antes. No había querido perder tiempo.

Adriana volvía a sentirse acorralada e indefensa. Había sido víctima del naufragio de la inmadurez que la ahogó para siempre en un mar de silencio, que solo rugía de noche, como si de tormentas de recuerdos se tratara. Y después volvía a sumergirse en la tristeza, la desconfianza y el aislamiento que condicionó cada uno de los años que había pasado alejada de Paula. Ni un solo día de aquellos treinta años había dejado de pensar en ella. El vacío que dejó la difícil decisión de renunciar a su hija partió su vida en dos. ¿Había habido algo antes de Paula? No se acordaba.

Pero Lola, allí a su lado, le recordó que sí. Que, aunque Paula había sido un punto de inflexión en su vida, debía darse cuenta de quién había sido y quién era ahora. Lola sacó de su maleta el álbum de fotografías que Adriana le había regalado cuando tomó la decisión de irse a Londres tantos años atrás. Allí estaban recopilados todos los momentos que habían vivido juntas durante esos años universitarios tan duros y a la vez tan maravillosos: Vega vestida con modelitos que Adriana adoraba, Lola sacando la lengua, Tomás guiñándole el ojo, las tres amigas juntas riéndose, sabiendo que siempre estarían ahí las unas para las otras... Incluso cuando la mirada de Adriana se apagó, allí estaban ellas.

—Estas éramos nosotras, Adri. Incluso ante las adversidades, supimos permanecer juntas y luchar por lo que queríamos. Las mujeres que fuimos no distan demasiado de las que somos ahora. Y creo sinceramente que la Adriana del pasado no te juzgaría por las decisiones que tomaste, porque era lo que creías correcto en ese momento. Pero ahora eres más consciente que nunca de lo que tuviste que sacrificar, aunque sé que en el fondo nunca has dejado de cuestionártelo. No puedes dejar pasar la oportunidad de enmendar las cosas. De conocerla, saber cómo es…, de pedirle perdón. Tal vez nunca podáis tener una relación madre e hija, pero ¿no vale la pena intentarlo?

Eso se preguntaba Adriana horas después, en la oscuridad de su habitación, echando de menos el calor del cuerpo de Tomás a su lado. ¿Valía la pena que toda su vida volviera a ponerse patas arriba por alguien para la que ella solo era una desconocida? Adriana la había querido con locura desde el momento en el que la vio en sus brazos, y aunque la dio a otras personas para que la cuidaran, porque ella no se veía capaz, ese amor nunca se había apagado.

Aunque durante esos años se había esforzado por construirse una buena vida y se sentía realizada, había algo que en todo ese tiempo le fallaba; aunque lo silenciara en su cabeza, ese eco siempre estaba allí. En realidad, nunca se había sentido completa, siempre le había faltado ella, esa niña. Algo en Adriana se había quebrado ese día en que sus vidas se separaron.

Había que ser muy valiente para poder enfrentarse al pasado. No sería la primera vez que otra persona, o ella misma, la tachara de cobarde, pero no quería volver a serlo. No le daría de nuevo la espalda a nada ni a nadie.

Porque llega un momento en que las mujeres necesitamos reconocernos en quienes fuimos, pero también sentirnos orgullosas de quienes somos y de las mujeres que seremos.

Epílogo

PAULA Y ADRIANA

Hola, Adriana. Soy Paula. ¿Te iría bien desayunar mañana en el Hotel Majestic a las 9.30? Ya me dices. Gracias.

Adriana caminaba a paso acelerado por paseo de Gracia, en una mañana soleada más propia de la primavera que del invierno.

Ella era capaz de distinguir la luz de cada estación solo mirando a su alrededor, sabía captar el cambio de colores en todo aquello que la rodeaba según incidiera el sol. Siempre intentaba explicárselo a los demás, pero era algo tan suyo... A medida que sus pasos la acercaban al encuentro con Paula, se sentía más vacía. Sin cuerpo, sin alma, sin voz...

Aunque no se había preparado nada para enfrentarse a este momento, sabía que necesitaba, por fin, reconstruir esa vida destruida aquel junio de 1992. Por lo menos, merecía intentarlo, aunque el resto del mundo la juzgara, aunque su propia hija lo hiciera también. Debía pedirle perdón y prometerle que, si quería, nunca más iba a dejarla.

Quizá, la vida de Adriana se detuvo al nacer Paula y recuperarla era la única forma de seguir viajando en ese tren vital. Tenía la sensación de que todo lo que había conseguido no tendría sentido sin ella.

A las 9.28 Adriana entraba en el Hotel Majestic ante la mirada serena de su hija Paula. Ambas vestían de negro y poseían una melena prácticamente idéntica, además de la misma estatura y complexión.

Allí sentadas, una frente a otra, empezarían a escribir su historia juntas. La que Adriana se debía y la que Paula merecía.

Agradecimientos

Nunca pensé que escribir un libro supusiera un reto tan apasionante y enriquecedor, un viaje a los mejores momentos de mi juventud, a la Barcelona que me robó el corazón para siempre y a una época que, para los nacidos en la década de los setenta, siempre será la mejor, aquellos maravillosos años.

Gracias a Aranzazu por ser el hada madrina que cumplió mi deseo de escribir una novela.

Quiero agradecer a todos los que me han dedicado un ratito de sus vidas para ayudarme a recordar, para situarme en aquella Barcelona preolímpica, para repasar conmigo la lista de canciones que sonaban en nuestros radiocasetes, para rescatar fotos de nuestros dieciocho y, de paso, reírnos a carcajadas de nuestros estilismos noventeros.

Gracias a la Fundación Pasqual Maragall, a Clara y a Mireia por contarme de una manera tan emotiva las luces y las sombras de una enfermedad tan dura como el alzhéimer, que convierte a nuestros seres más queridos en desconocidos. Necesitaba rendir homenaje a todas esas mujeres cuidadoras, entre las que me encuentro, junto a mi madre y a mi hermana.

Gracias a los chicos del Carmelo (Vero, Rocío, Mónica y Fran) que acudisteis a mi llamada para contarme historias apasionantes de un barrio desconocido para muchos. ¡Benditas redes sociales que me permitieron llegar a vosotros! Me habéis ayudado muchísimo a construir uno de los personajes más complejos y reales de mi historia: mi querida Lola.

Gracias también a los médicos que me habéis ayudado a regresar a la facultad de Medicina para recordar aquellos años inolvidables de nuestras vidas.

Gracias a Antonio por rememorar tantos momentos en el bar de la facultad.

Gracias a Laia, del Departament de Drets Socials de la Generalitat de Catalunya, por poner luz a tantas sombras que me asaltaron en los temas de la adopción.

Gracias a Mar por aclararme ciertos temas legales muy necesarios para continuar mi historia.

Gracias a mis editoras, Ana María y Sara; poco se habla del gran trabajo que hacéis.

Y, por último, gracias a todas las mujeres que protagonizan este libro, porque en todas y cada una de ellas hay algo de mí.

Gracias a todos, de corazón.